爱你，
明媚如初

顾七兮 著

远方出版社

图书在版编目(CIP)数据

爱你,明媚如初 / 顾七兮著. —呼和浩特:远方出版社,2017.7

(紫水晶情感小说系列)

ISBN 978-7-5555-0927-1

Ⅰ.①爱… Ⅱ.①顾… Ⅲ.①长篇小说—中国—当代 Ⅳ.①I247.5

中国版本图书馆 CIP 数据核字(2017)第 154172 号

爱你,明媚如初
AINI, MINGMEI RUCHU

作　　者	顾七兮
责任编辑	蔺　洁
责任校对	蔺　洁
出版发行	远方出版社
社　　址	呼和浩特市乌兰察布东路 666 号　邮编 010010
电　　话	(0471)2236471 总编室　2236460 发行部
经　　销	新华书店
印　　刷	三河市华东印刷有限公司
开　　本	155mm×225mm　1/16
字　　数	190 千
印　　张	15.5
版　　次	2017 年 7 月第 1 版
印　　次	2017 年 9 月第 1 次印刷
标准书号	ISBN 978-7-5555-0927-1
定　　价	38.00 元

如发现印装质量问题,请与出版社联系调换

目录

第一章　那些肆意的青春 / 002

第二章　懵懂心动 / 022

第三章　暧昧流传 / 050

第四章　彼此有意却忍住不说 / 106

第五章　情敌强势来袭 / 126

第六章　彻底放弃 / 149

第七章　寻找新目标 / 173

第八章　假装自己幸福 / 188

第九章　彻底放弃 / 199

第十章　惨烈结局 / 214

第十一章　爱你明媚如初 / 225

后　记 / 237

当一个女人，在经历了某些撕心裂肺的感情后，有的会选择拒绝温暖，为曾经的爱守节殉了自己，孤独终老；而有的会接受温暖，为曾经的爱祝福，也为了成全自己，圆满一次。我原谅自己的一切，选择重新来过。我不是爱得不够深沉，不够全部，不够坚决，只是当一切爱的繁华褪尽，我想回归于一个平静的归宿。曾经，我为了爱情，奋不顾身，而今却又是为了爱情，变得小心翼翼。我这个伤痕累累的女人，不想再伪装坚强，也没有必要为了留不住的脚步而束缚了自己的选择，错一次并不可怕，一错再错才叫执迷不悟。这场用生命演绎的戏，除了擦干眼泪，把悲伤放在心里，没有任何机会可以从头再来一遍，于是我选择祭祀我的曾经，安静地择一座城去回忆里宿醉，但是爱你，却明媚如初。

　　因为你是我最初的爱，第一次的心动。

第一章　那些肆意的青春

"小姐,你想做什么?"年轻的发廊小妹帮姚乐麻利地围好布,熟稔地伸手撸了一下她的头发,随口问:"刚烫的头发吧?有点枯,你是不是要上个护理呢?"

"不用上护理,直接剪了。"姚乐头也不抬地回了句,半天不见发廊小妹接话,转脸见她满脸诧异,又很耐心地补了句,"我要全部剪掉,有问题吗?"

"小姐,你确定全部剪了?"发郎小妹看上去不过二十来岁,情绪丝毫不加掩饰地挂在脸上,是啊,二十岁,一个年轻藏不住心事的年纪。

"我确定,全部剪了。"姚乐淡淡一笑,说得无比果断。其实她自己也不知道怎么了,明明三天前才做的卷发,但今天就心血来潮想要剪头发,似乎不折腾头发,心里憋得难受。二十一岁的她,也是一个藏不住心思的年纪,但是偏偏又要伪装成熟,故作坚强到无坚不摧,这种矛盾的思想,典型的肆意妄为的青春期综合征。

姚乐从镜子里看着发廊小妹手足无措的样子,顺手也抚了一下齐肩的发,干枯、粗糙,确实做个护理比较好,但是剪掉或许会更好。她转过脸吩咐:"叫你们总监出来剪吧。"

小妹如释重负地叹了口气,蹬蹬地跑进去了。

姚乐看着镜子里的自己，烫过微卷齐肩的短发，染黄以后又漂了层红色的丝缕，把她的脸色衬托得异常苍白。她的眼袋很深，下眼睑的黑眼圈都快媲美熊猫了，她知道自己最近睡眠质量较差，但更多的原因是她颠倒的夜生活。似乎不熬夜，不张扬，就对不起自己这可肆意挥霍的年轻资本。

姚乐不动声色地叹了口气，缓缓地闭上眼，一股说不出的疲倦在心头蔓延开来。其实明明不想过得如此颓然，但又没有目标，整个人浑浑噩噩，或许青春就是拿来这样肆意挥洒浪费的吧。

"怎么突然想剪头发了？"

姚乐没有回头，睁开眼，看了眼镜子里的汪河，漫不经心道："就是觉得长头发不舒服，想剪了。"

"早想剪头发，那你烫它做什么？"汪河熟练地操起姚乐的头发比画了两下，专业地总结道，"烫得蛮好的，稍微有点枯，上个护理吧。"

"我说要剪了。"姚乐不耐烦地瞥了眼汪河，语气不悦道，"你剪不剪？"

"剪了回头你后悔，我可没办法马上接起来。"汪河无视姚乐的不耐，自顾自道，"要剪你换别人剪，我只上护理。"然后转过脸吩咐一旁的发廊小妹："小鑫，你去把那个护发膏拿过来。"

"你不剪算了，我换人。"姚乐说着就要站起身子。

"姚乐，你敢换个试试？"汪河一把大力地将她按在座椅上，"你故意给我找茬儿的是不是？"

"我是顾客。"姚乐见汪河严肃的俊脸板了起来，微怔了一下，语气不自觉地弱了几分。

"顾客，是好顾客。"汪河没好气道，"这个星期，你刚拉离子烫，漂了色，结果一句没新鲜感，三天不到就做了烟花头，又嫌显脸大，非要烫个大波浪卷。我给你建议你一句也不听，三天前做了这个小卷，你说不会再换了。"

"是不换了，我剪了嘛！"

"要剪自己剪。"汪河没好气地赏了对白眼给姚乐，顺手接过小鑫递过来的护发膏，麻利地给姚乐头上涂完，然后仔细地包好，"你要实在闲得无聊就看一会儿电视吧。"

姚乐也不再坚持要剪短，她安静地坐在椅子上看电视，剧中播放了什么内容她一点也看不进去，她的脑袋乱哄哄的，自己也不清楚到底在想什么。

或许，她今天到汪河这边来，只是为了寻找存在感吧。

汪河是一个优秀的发型师，也是一个跟姚乐算相熟的朋友，他毫不遮掩自己对姚乐的好感，但是又保持一定的距离，这让姚乐觉得他很有分寸，跟他相处可以任性，可以耍性子，但是又在安全距离内。

说到这个安全距离，其实也没特定的界限，只是姚乐自己心里凭借喜好所定的直觉距离。所谓喜欢一个人，可以到处找借口；厌恶一个人，却不需要找理由。

这时又走进来一个女人，三十五岁上下的样子，具体多大，姚乐还真猜不出来。女人保养得很好，还化了个淡妆，她带着温柔的笑容，甜腻腻地开口："小姐，我想剪头发，换个发型，有啥合适的推荐不？"

发廊小妹撸起她的头发简单看了看，笑吟吟地拿着样稿杂志推荐着，"美女，你的发质很好，或许剪这个发型会显得更知性，你要不要试一下？"

女人很爽快地点头，"好吧，就试试这个。"

发廊小妹毫不犹豫地熟练地操刀开剪。

姚乐看着那女人齐腰的发，被果断地剪短之后，一点一点地被削薄，发丝凌乱地飞舞，心里不知不觉被触动，她突然有点难过地想哭。四年前她也曾这样欢喜地为了某人而来这家理发店换发型，那时候她是多么简单快乐的人，可就算是为了某人的喜好换了发型又如何，她不过是一个可笑之人，一个别人的替身都算不上的备胎。最后她咬牙将头发剪成板寸，大有削发明志、落地出家的决然。

女人那被割舍掉的碎发，就好比姚乐那残破的回忆，一点一点被剥离出来，即使过去好几年，那些伤依旧触目惊心。年轻的时候真的伤不起，因为曾经是那样地掏心掏肺，却落得一个支离破碎的结局。现在一切都变得小心翼翼，再也不敢轻易交付真心，就怕好不容易缝合好的伤口，再一次崩裂开来，那种痛彻心扉的疼痛，任谁也不想再来一次。

那一次的板寸头，让姚乐这个乖乖女，从外形上彻底变成了叛逆少女。其实她也知道自己的做法过于偏激，但那时候就是那样任性，那样不顾一切。似乎不折腾点事，不叛逆一下，就对不起自己那无疾而终的初恋似的。

当真心关切的友人问起时，姚乐只是淡然一笑，她并没有跟人解释，她为什么要剪这么短的头发。她是用断发，祭祀她那一段感情，她的悲伤和难过都随着断发而去，她依旧阳光、开朗，甚至更乐观。她的强颜欢笑，只不过是不想把脆弱告诉他人，就算明知道这样伪装会很辛苦，亦无悔。

一晃好几年，她也就习惯了这样。似乎，原本就该这样。

"小乐，你在哪里？"阿珀打电话来的时候，姚乐正好做完护理，她没有如愿剪掉头发。汪河还在生闷气，气得都没有出来，姚乐付完钱就直接走了，这家发廊或许再也不会来了，因为发型师都不肯给她剪头发。

"我现在正要过去。"挂完阿珀的电话,姚乐便匆匆赶过去了。

"你们怎么都剪头发了?"姚乐看到短发的阿珀有些意外,她以前是一头棕红色的长卷发,戴着大发箍,特别妩媚。还有小深,她一直是柔顺的直长发,给人感觉特别青春洋溢。这会儿两个人都选择了齐肩的短发,跟装嫩的"BOBO"刘海。

"你不觉得我现在这样特别知性吗?"阿珀勾着嘴角浅笑了一下,"温文尔雅,貌美如花。"说着还配合着动作,搔首弄姿地眨了个媚眼。

姚乐毫不客气地翻翻白眼,"有你这么自夸的吗?你的脸还要不要了?"

虽然她心里认同阿珀说的,短发确实比她之前的长发有知性的味道,但是嘴上忍不住损上几句,末了还不忘记补刀一句:"像我这样的,不管长发还是短发,都知性。因为我骨子里是文艺女青年。"

"我呸!"阿珀鄙夷道,"你的脸呢?"

"我的脸不好好地在这儿嘛。"姚乐笑吟吟地凑过脸,对阿珀吐了吐舌头,扮了个鬼脸,不怕死地继续调侃,"你就羡慕嫉妒我吧。"

"文艺女青年这种病,得治。"阿珀煞有其事地说道,"小乐,不是我说你,你这种装文艺的,就少在姐姐面前摆谱了。"

"好了好了,你们两个怎么回事,见面就抬杠?"小深忍不住插话进来,"文艺女青年也好,不文艺女青年也罢,咱们都是美女,这事实就够了。"

"切,最自恋的原来是你。"姚乐跟阿珀异口同声道,说完相视对笑了起来。

"不是一家人不进一家门，咱们都半斤八两的货，谁也别说谁了啊，矫情。"小深不以为然地笑笑，"况且大家都那么熟了，装来装去得多没意思。"

"切。"姚乐跟阿珀再次默契地鄙夷小深，"你才装呢。"

"好吧，我装就我装。"小深无奈地点头承认，"那么不装的你们，是不是要开始真心话坦白呢？"

"这话题有点跳跃吧？"姚乐心里一阵发紧，努力装作淡定，面不改色道，"小深，你是不是得给我们一点适应的时间呢？"

"不跳不跳，一点也不跳。"阿珀忙接话，转过脸笑嘻嘻地看着姚乐问，"小乐，你这么急地跳出来干啥？又不是非要逼你坦白什么。"说罢不等姚乐开口又自顾自道："当然，你现在主动坦白交代，那么姐姐我们也是愿意给你机会的，随便你说。"

"没有。"姚乐端过酒杯蒙头喝了一口，淡定道，"心都没有，哪里来的心事？"她的心早就碎得捡不起来了，即使偶尔有那么一点情绪的波动，她相信很快就过去了，因为那些涟漪还不足以撼动她封闭的心门。

"小乐，你这是蒙我呢，还是蒙阿珀呢？"小深凑了身子过来，"你空间日志最近情绪波动很大，微信朋友圈也表现出很大的文艺范，明明就是动了情的表现。"

"就是就是，是熟悉的老相好呢，还是新认识的小鲜肉？"阿珀暧昧地朝姚乐眨巴眨巴眼睛，"来，跟姐姐分享一下八卦嘛，姐姐可是很乐意为你参谋参谋的。"

"懒得跟你们说。"姚乐抓起桌子上的零食猛吃，努力掩饰内心的慌乱，"别逼问我，我现在什么都不想说。"含糊不清地丢下这么句话，其实她心里也是没有头绪，不是不想说，而是不知道该从何说起。

"你耳朵上又新打了个耳洞，第四个，这说明什么？说明一段没有结果的感情你放弃了。"小深凑过身子，挨着姚乐，在昏暗的灯光下指着她的耳朵一本正经地催促道，"说吧，说吧。"

第一个耳洞是父母帮姚乐打的，女孩子挂坠子，漂亮。第二个耳洞是姚乐自己打上去的，用来告别自己的初恋，那一段青涩疼痛的过往，想起来便是满满的伤心。第三个耳洞是她遇见了一个想爱却又不能爱的人，将那一段还没萌芽的情感扼杀在最开始，她依旧是用耳洞来纪念这一段还没开始的感情。

至于小深说的现在这个耳洞的意思，其实姚乐自己也说不清楚，或许真如小深所说，她又放弃了一段没有结果的感情吧。只是这是段什么样的感情，姚乐自己也没有明白过来，或许明天就会明白，或许要更长时间，再或许一直都不会明白吧。

"这两年你身边来来去去的异性也就那么几个，你跟谁日久情深了？"阿珀一脸的没心没肺样，见姚乐摇头，又问，"瞧你的意思是遇见新欢了？"

"真是小鲜肉吗？"小深八卦地问。

"我现在真的不想说，你们就别问了。"姚乐不耐烦地摇手，"好了，打住，这个话题咱们不要继续聊了。"

"那你什么时候想好了跟我说。"阿珀拒绝姚乐递过去的烟，摇摆着柔软的身子道，"我去跳舞。"

"我想抽烟你不给我。"小深抓过烟优雅地点上，又给姚乐递过了一支，她犹豫了一下，还是接过烟顺手拿打火机点燃，很浅地吸了口，感觉很呛，让她不得不放弃吸烟，改为抓着烟头看着一闪一闪的火光，慢慢地吹。

小深看着姚乐无聊的举动撇了撇嘴，"切"了一声。

阿珀一个人在舞池的感觉不太好，很快就回来了。姚乐把剩下的烟给她，她很诧异地看着姚乐道："你也抽上了？"

"没有，我只是纯属好玩。"姚乐看着阿珀优雅地吸了口后毫不犹豫地掐灭在烟灰缸里，不由得撇嘴，"你真是比我还浪费。"

"这一点也不好玩。"阿珀耸肩，"抽烟只会让你越抽越寂寞。"

"是啊，寂寞如烟。"姚乐接得顺口，其实她们都不喜欢烟，也不爱抽烟，但她们都是寂寞如烟的女子，她们站在自己建筑的爱情象牙塔里，拒绝任何人的靠近，但又很害怕寂寞，想去好好地爱一个人，但又怕被伤害，于是只能在爱情里游戏着，以为只是玩玩，不当真便也不会受伤太深。

有时候她们不是不想去真心爱一个人，只是社会太残酷，现实太残忍，总有那么多无辜和伤害，所以她们选择了不爱，也不伤害。时间久了，便习惯性地不会去付出真心，因为习惯了自我保护，习惯了自我为主，习惯了爱情至上，习惯了宁愿在幻想里虚构爱情，也不愿去现实里翻云覆雨，注定了只能一个人走一条路，仰望自己那一片天。

抱团相互取暖，是她们唯一能期盼的寄托，还好，三个人相处融洽，其乐融融，或许这是青春里最美好的时光了。

"身边突然冒出了一个弟弟，让你很有做姐姐的成就感吧？"阿珀漫不经心道，姚乐心头却一惊，她心虚地看着阿珀小心翼翼地措辞，"嗯，很孩子气，很可爱。"末了又补充道："跟我们在酒吧接触的这些人都不一样。"因为年轻、青涩、相对单纯，虽然只是小姚乐两岁，但是心理年纪相差太多。当然男生跟女生相比，就算是同龄，也相对会比女生幼稚些，男生多数较为晚熟。

"可爱？可能爱？"小深一脸贼兮兮地笑，"是不是玩真的？"

"没有,你想多了。"姚乐烦躁地推开小深凑过来的脸,"我跟他不会有什么事的。"

"别说得这么肯定。"阿珀笑笑,"这年头什么事都说不准。"

"对啊,一切皆有可能。"小深插话。

"我就这么肯定。"姚乐逞强道,"我说没有,就绝对不会有。"哪怕真的心动了,也一定要扼杀在摇篮里,因为玩玩是无所谓,但若交付真心,绝对没门。

"没有就没有,你别激动嘛。"小深笑着接话,然后仰头朝着隔壁桌一努嘴道,"你看那男的,刚才还抱着亲的女伴刚走,马上换了个女的在热吻,你说,他心里是怎么想的?"

姚乐从头至尾看着那个男的换了两个姑娘,而且是两个一起来的姑娘,看着就像是闺蜜。当然,就算不是闺蜜,能一起来的也应该是熟识的。姚乐不由得努嘴,"他这叫吃速食。"

"可也不能吃窝边草吧?"小深感慨。

"人家只是吃吃速食,哪管窝不窝边草。"姚乐轻笑,"怎么方便怎么来呗。"

"难道就不怕消化不良吗?"阿珀酸涩道,"男人真没一个好东西,吃着碗里的,看着盘里的,还想着锅里的,也不怕撑死。"

"不懂了吧,这叫风流。"小深笑道。

"切,我看是下流。"阿珀鄙夷,随即语重心长地跟姚乐交代,"小乐,我可告诉你,千万不要轻易去爱上男人,等待着被爱就够了。"

"像我们这样的心态能找到真爱吗?"姚乐怀疑,她都觉得自己在渐渐失去爱人的能力。

"你这是思春,想找真爱了吗?"见姚乐摇头,阿珀忙笑着摇起色子,不怀好意地刺激道,"真心话大冒险,把把都是一点,很痛苦的哦！"

"你妹的，刺激我！"姚乐开始怀疑上次她俩在色子里动了手脚，不然怎么可能她把把都是最小？隐私被套得七七八八，虽然都是过去的陈年往事，但揭开的时候她才发现，原来的伤虽然已褪色，可疤痕依旧触目惊心。

"有什么好刺激你的？"阿珀不以为然，轻描淡写地说，"不过听了一些你的陈年往事罢了。"

"我的伤心往事，说出来都是眼泪。"姚乐捂着胸口故作夸张道，"你不感动就算了，还这样不当回事，真是在我伤口上撒盐。"

"不就是一段过去的感情嘛！少年时代谁没有过这样的傻瓜式恋情？"阿珀笑得淡然，"在我们年轻的时候，都遇到过个把人渣儿。"

"说得我们现在好像很老似的。"小深不满地抗议，"我风华正茂好吧！"

姚乐没有接话，只是拿起桌子上的酒杯倒满，很苦涩的一口气把酒喝完，"小深，你有爱情滋润，当然风华正茂，我跟阿珀孤家寡人就只好致青春了。"

"年少的青春已经逝去了。"阿珀感慨，"不知不觉就发现自己在变老。"

"哎，想当年小朋友见着我都喊姐姐的，这会儿都升级成阿姨了。"姚乐摇摇头，再次倒满酒，"我是不想老，可是岁月在催人老啊……"

"得了，得了，我真的是受不了你们了。"小深忍不住插话，端着酒杯挨个碰了碰，"都莫名其妙地感慨些什么呢？喝酒喝酒。"

"感慨我们傻瓜式的爱情。"阿珀端着酒杯再次跟小深碰了碰，笑着道，"感慨我们的青春里幸好遇见彼此。"

"是啊，闺蜜万岁！"姚乐端过酒杯大叫，"干杯！"她们都是被爱伤过的人，但都还天真幼稚，心里其实对爱情充满着期待，只是缺少那么一点勇气。

梁言的出现波动了姚乐心头的涟漪，他跟姚乐所接触的那些人完全不一样，他没有太深的心机，也不会有太多的伪装，他的喜怒哀乐毫不吝啬地摆在脸上，他的情绪也是极其的孩子气，他的世界充满了一种叫作青春的阳光肆意。而姚乐，她虽然年轻、青涩，但是因为走出了校门，她实实在在地跟社会接洽，她开始遇见那些复杂的人，面对那些琐碎的人际关系，也开始学着在社会中生存，她渐渐学会了圆滑，学会了戴面具，学会了遮掩自己的真实情绪，也渐渐地学会了酒吧买醉的荒唐生活。

姚乐在校园的时候很骄傲，很坚强，也很自信，但出了校门才知道，原来她所学的那些在这个社会上是那么的不堪一击。她孤独、彷徨、无助地到处碰壁，石沉大海地各种投递简历无果，最终被迫接受父母的安排。她觉得自己就好像是一个失去意识、没有尊严的布偶，想要反抗却偏偏没有更好的选择，她只能去适应这个复杂的万花筒一般的社会。她开始变得有些厌世，也变得有些尖锐，这就跟所有叛逆的孩子一样，矛盾又痛苦。

姚乐以为自己就会这样按部就班地把人生颓废地过完，先接受父母对自己工作的安排，接着接受他们指定的相亲对象，结婚生娃，然后日子这么稀里糊涂地就过下去了，没有心动，也没有梦想跟目标。她渐渐在生活中被摩擦得麻木，她也不敢去心动，因为她曾经年轻的心被伤得支离破碎。她好不容易拼凑完整，再也经不起撕心裂肺。没有好的运气遇到对的人，不是在不对的时间遇到对的人，就是在对的时间遇到不是对的人，那么只有放弃。

浑浑噩噩的生活，迷茫的青春期综合征，今朝有酒今朝醉，便是最好的解说。

早上从半清醒半迷离的梦境中醒过来，宿醉后的脑袋昏沉地疼痛，姚乐茫然地看着四周熟悉的环境，拉开被单，赤脚走到落地窗前拉开窗帘，一缕刺眼的阳光直射她的眼睛。她不适地用双手挡了一下，自言自语道："今天阳光灿烂，我的心情千万不能暴躁。"转身快速拉开房门，看着对门阿珀紧闭的房门，不用想，她这个懒虫还没起来呢。姚乐裹着浴巾就直奔洗手间，刚拿起牙刷和杯子，就从镜子里看到另外一个人。那个人不好意思地笑笑："你继续！"

姚乐维持着原来的姿势，一点也没见外，继续她的清洗工作。等她刷完牙，洗完脸，才拖着悠闲的步伐走到客厅，对看报纸的高浅笑着招呼，"你可以进去了。"

高浅抬起头友好地笑笑，点点头，"好。"说着起身走去洗手间。

姚乐看着洗手间紧闭的门，撇撇嘴，耸了下肩，漫步回到自己房间，趴到床上开始思考她们这群古怪的人。这是一栋带阁楼的复式房子，本来是她、小深、阿珀三个人合租的，三室一厅，她跟阿珀住对门，小深选阁楼。她们三个人是大学同学兼室友，更难得的是出校门后还能在同个区域实习。虽然小深带了男朋友高浅同住，但是对姚乐跟阿珀来说，三个女生还是像在学校里一样，爱吵、爱闹，原来的生活习惯也没有一点改变，除了每天按时上课改成上班，其余的时间泡吧、玩耍，日子过得很畅快。

小深是某电视台的记者，当然，在见习阶段，说白了就是打杂，哪里有需求，她便被安排去哪里。

阿珀是某写字楼的业务销售，每天要见很多人，说很多话，她自己的形容就是，在大染缸里泡澡，形形色色的人都要接触，不过好在她只是个实习生，所以并不需要单独去见客户、签单子。

姚乐在某公司做经理文秘，其实也没什么费脑子的事情要做，只是整理整理文件，接接电话而已。有时候姚乐都觉得自己大学白念了，早知道家里能安排这样的工作，那她小学没毕业就可以来上班赚钱了，还浪费那么多钱念那么多年书干吗呢？

很奇怪，她们没有一个人在做跟所学专业相关的工作，但是她们都有各自的生活，如果没有高浅的话，那真的是三个女人一台戏，天天开锣鸣大戏。

姚乐抓起床头的小猪打了好几下，一个人对着空气傻笑，她们是很自在，不过高浅肯定后悔和她们三个女生相处吧。阿珀很强势，典型的大女人主义，喜欢差遣别人。小深却相反，她属于依赖型的小女人，一切以男友为主。而姚乐呢，介于阿珀跟小深之间的综合体，时而独立要强，时而委婉绵柔。这三个女人性格各异，却恰好犹如三角形一般，稳定、稳固，在相爱相杀中一路扶持前进。

姚乐听到高浅不重的拉门声，知道他上班去了，忙关了空调赤着脚丫子跑去客厅觅食。她打开冰箱看着满排的饮料，食欲便下降了大半，再看到隔层的泡面和饼干便彻底失去了吃的欲望。她无奈地关上冰箱门跑去厨房，看着昨晚吃剩的碗跟锅子，不由得皱眉，叹了口气认命地清洗起来，脑子里却想着那个青涩的男孩

男孩曾经笨拙地在姚乐家抢着干家务活，洗一个碗，碎一个，到后来姚妈妈看到他进厨房就脑袋疼，恨不得拜求他远离那些餐具，因为经过他的手之后，必然成"悲剧"的"碎碎"平安。

整理完厨房，姚乐擦了擦额上冒出的细汗，六月天已经这么热了，以后七月、八月该怎么过呀？幸亏她租房子在外面住，不然被老妈知道，她们六月已经开空调了，绝对要骂"神经病"，不是正经过日子的人。想归想，姚乐手里却没停，麻利地淘米做早饭，一切准备就绪，又勤快地去卫生间把昨晚换下的衣服一股脑丢洗衣机里，做完这一切才抬手看表，正犹豫着要不要去把另外"两只"懒虫叫起床，阿珀的房门便开了。

"早！"阿珀打着哈欠，睡眼蒙眬地说，"小乐，你今天起得真早。"阿珀含糊不清地边刷牙边道："你要出去约会吗？"

"跟谁约，鬼吗？"姚乐调好洗衣机的漂洗时间，撇嘴道。

"你跟哪个鬼好上了呢？"阿珀挑眉吐了满嘴泡沫，"我倒是很想见识一下所谓的人鬼情未了的剧情。"

"你个懒鬼，赶紧刷牙吃早饭。"姚乐不耐烦地催促，自己先一步跑回厨房自顾自地开始盛粥。最近说到爱情这个话题，她总是有一些莫名其妙的心虚。

"我说你吃这么急干吗，赶着投胎呢？"小深神采奕奕地走进厨房便见姚乐吃得那个狼吞虎咽，不由得打趣。

"投胎没有，赶着投降倒是真的。"姚乐吞咽下嘴里的食物，含糊不清地解释道，"我妈让我回家，我一会儿就走了，你跟阿珀玩吧。"她刚实习一个月不到，老妈每天早午晚来电问候，主题明确，解决了事业问题，该谈对象了，姚乐都有点厌烦了。

"回家好，有妈的孩子是个宝。"阿珀笑着打趣，"你看你回去，你妈准把你补得白白胖胖。"

"是啊，白白胖胖了，好推销出去，卖个大价钱。"小深笑着接话，"今天回去不会是安排相亲的吧？"

"小深，你别说真相行不行？"姚乐不满地翻翻白眼，"我走了。"

"好好相亲啊。"阿珀在姚乐关门前不忘记大声关照,"差不多就得了,别太挑了哈。"

"滚。"姚乐气恼地大吼,转身便跑,出了小区大门才放缓步子。她其实一点也不想太早回家,尤其是回去还要面对老妈喋喋不休的相亲话题,她就一个人沿着马路漫无目的地瞎逛,走走停停。姚乐自己也想不明白,为什么女孩子一出校门,不管有没有工作,就要被催着去相亲,结婚,然后生娃?难道她长这么大,就为了完成这样的程序吗?她大学毕业,还没有努力奋斗事业,也没有好好享受人生,就要接受这些到年纪必须要做的事,凭什么呀?她又没有欠谁约定,更没有欠谁非得要结婚生个孩子呀。

姚乐心里不断碎碎念,在街上无精打采地走着,看着落地窗的玻璃上照出影子,她有时候会停下脚步,侧过脸去看看。看着看着,脑子里就会想起时苏,要是现在他看到姚乐的样子,保证会认不得了,那个原本自卑的丑小鸭,虽然不至于变成大天鹅,但至少气质形象上大转变。真是应了那句老话,这个世界上没有丑女人,只有懒女人,只要会打扮自己,都是美丽的小天使。

这样美丽的小天使,明明可以过自由潇洒的生活,可偏偏又卡在恨嫁的当口,姚乐深深地叹了口气,她觉得有些力不从心。她其实想反抗,想挣扎,但是面对养育自己的父母,她又无能为力。这样的生活不是她想要的,却偏偏要去过这样的日子,这就是现实与理想的差别。

即使再不想去面对,想出逃远离,但到点还是必须要回家。姚乐走到家门口,摸着空空的口袋才发现自己没带家里的钥匙,只能硬着头皮去敲门。门一开,就看见老爸黑着一张脸站在门口,感觉就像上高中的时候,班主任告状说她早恋那会儿的神情,姚乐有些理亏,小心翼翼地把鞋换了,整齐地摆放到鞋架上,讨好地赔了个笑脸,"爸,我回来了。"

老爸皱眉哼了声,"越大越活回去了,家里钥匙都不带。"

姚乐淘气地吐了吐舌头,越过姚爸爸进屋,就看到姚妈妈正蹲在地上很卖力地擦地板。姚乐有些心虚地轻手轻脚地走过去,正想回房间,姚妈妈一声河东狮吼令她僵立在那里,"你出息了是不是?敢放你老娘鸽子了是不是?"

"妈,我这不是已经赶回来了嘛。"姚乐讨好道,"您别生气了。"

"我不生气,我不生气才有鬼。"姚妈妈气恼地将墩布往地上一扔,转脸瞪了一眼默不作声的姚爸爸,撒火道,"看什么看?女儿还不是你给惯的。"

姚乐转脸悄悄看着老爸满脸无奈,那表情简直比蜡笔小新还逗人,哎,可怜的老爸,你这属于"躺枪"。可姚乐没那个胆子大笑,只好强忍住笑意道:"妈,生气会长皱纹,会不好看的。"

"你给我闭嘴。"姚妈妈气恼地打断姚乐,"你故意晚回来的是不是?"

"不是。"姚乐忙坚定地摇头,举着手认真地解释,"我怎么敢故意晚回来呢。只是路上真的堵车,好堵好堵呀。"明知道有相亲,她虽然不反抗不拒绝,但是也不会乖乖按点回家,相亲对象等得及就等,等不及那就算了。

"那你现在回来什么意思?"

"我……"姚乐张张嘴,委屈道,"你要是不欢迎我回来,那我走好了。"

"你还敢走?"姚妈妈口气生硬起来,"你当这里是什么地方?菜市场啊,想回来就回来,想走就走?"

"妈,您别火气这么大嘛,我这不是看自己在家惹您心情不好,所以识相地滚远点嘛。"姚乐撒娇道,"我就是希望您心情好点,才可怜兮兮的有家不敢回。"

"你少卖乖。"姚妈妈语气不善,但是态度明显缓和了下来,"吃早饭了没有?"

"吃过了。"姚乐可不敢说她为了躲避这一场相亲故意在大街上胡乱溜达。

"吃的什么呀?"姚妈妈问。

"米饭。"姚乐面不改色地回道,"妈,我帮你拖地吧。"说着便讨好地去拿着拖把献殷勤。

"你上班的地方离家也不远,车也方便,你干吗非要出去租房子住呢?浪费钱,吃的也不好,你看你都瘦了。"姚妈妈口气里尽是疼惜与无奈。

"妈,我这么大的人,需要适当独立,总不能老依赖您跟爸爸呀,一个人在外面租房住挺好的。"姚乐讨好地回话,"再说了,跟阿珀、小深一起住,我们相互照应,挺好的。"姚乐避重就轻地带过这个话题,她要是每天住在家,姚妈妈看着她的生活习惯,肯定要骂伤风败俗,好女孩不应该总去酒吧,更不应该纵情声色。当然,要是知道她们嬉戏爱情的游戏,根本就不想这么小相亲结婚的态度,姚妈妈估计要吐血身亡了。

"在家就不能独立了?那你以后丢在家里的脏衣服,全你自己洗。还有,别指望我做饭给你吃!"

"老爸,天气越来越热了!你有没有觉得老妈的火气有些上升?怎么逮着我就喜欢训我,骂我啊!"姚乐见好就转移话题,免得姚妈妈一会儿扯上要命的相亲问题。

"你自找的。"老爸端着菜上桌,不以为然道。

"好吧,我自找的,我不跟你们说了,我去找点衣服。"

姚乐说完忙快步溜回自己的房间。

"你找什么衣服呢？吃饭了！"

"我找上班能穿的衣服呀。"姚乐头也不回道。

"你上班没衣服穿了？"姚妈妈疑惑。

"嗯。"姚乐点点头，简单解释了句，"那边的衣服都不太合适。"在学校买的那些性感的衣服，也只能晚上去酒吧的时候穿，白天上班姚乐觉得还是穿得中规中矩的好。没办法，上班得注重仪表，尤其她这种职位的，性感过头必然要被说闲话，谁叫说到秘书，一般人浮现的就是老板小蜜的戏码。

"上次搬家我见你有好多衣服的。"姚妈妈说完见姚乐已经无视自己进屋了，忙追着叫道，"你别乱翻，一会儿我帮你找。"

"我自己能找到。"

"你能找到什么呀？你柜子里有好几件新衣服都没拆过呢。"姚妈妈跟着进屋，"我都给你收到这边橱柜了，你看看，这件衣服连标签都没拆呢。"

姚乐看到姚妈妈手里抓着的那件短袖，她的情绪有那么一丝伤感，强作风轻云淡地接过衣服，然后推着姚妈妈出去，"妈，我们先吃饭吧，吃完了再找。"

吃过饭，姚妈妈被喊出去打麻将，姚乐这才松了口气，拉上窗帘在房间睡了一个下午。晚饭过后，姚妈妈例行公事地交代了姚乐几句，无非要认真工作，好好做人，同事友爱等，说完自己也觉得好像啰唆了，便拉着姚爸爸出门散步去了，这个相亲的事，也就不了了之。

姚乐回房间上网，登录通信软件后发现阿珀在线，她忙发了一个自定义表情过去："破人，在游戏？"

这款《武林外传》的游戏姚乐跟阿珀在学校的时候就迷上

了。只是那时候不能二十四小时挂机升级,心心念念网吧包夜也要玩,为此被学校逮住过一次,还吃了一次学校的大处分呢。可姚乐出来住了,有条件可以挂机升级了,心思倒不怎么在游戏上了,每天开一会儿,也就跟例行公事一样,把简单的日常任务做了,有时候看到熟悉的朋友在,就当作带场景的通信软件一样,随便聊几句。

阿珀的回复相当迅速,"你今天相亲了?"

"没。"姚乐快速地打了个字回过去。

"怎么躲过的?"

"迟到。"姚乐简洁地回,"路上堵车。"她知道,默契的阿珀必定能理解她的意思。

"今天不回来了?"阿珀随口问,她对姚乐逃避相亲的这种八卦事已经有些见怪不怪了。

"嗯,在家住。"姚乐快速回话,"我得安抚我老娘受伤的心灵。"

"你少来唬我!你妈的脾气我还不了解!说你几句也就完事了,你不回来,家里的碗还等着你洗呢!"

"你欺负我农村来的,就知道虐待我!"姚乐不爽地发了好几个鄙视的表情,"早上的碗都是我洗的呢。"

"我忙,回聊。"阿珀回了个表情,便不再搭理姚乐。

"喂,忙什么呢?跟我聊会儿。"姚乐有些无聊,她的通信软件没几个能聊的朋友,跟阿珀、小深又有说不完的话,聊不停的八卦,"阿珀,你说话呀。"

结果阿珀已经转到自动回复,连字都懒得打了,姚乐不爽地跟她闹,"你忙什么呢,钓男人吗?"

阿珀不回,姚乐喊了几句也无趣,就打开了游戏,刚准备斗几盘地主消磨一下时间,房门便被打开了,"你怎么还不洗澡睡觉?"姚妈妈跟姚爸爸已经散步回来,她对着姚乐一阵河东狮吼道:"你明天还要不要上班了?"

姚乐瞄了眼手表,天啊!才七点三十五就要她洗澡睡觉,这比不让她睡更惨!搬出去以后,还没在十二点前睡过,一般作息都是午夜睡觉,八点起床,人仰马翻地快速洗漱,踩点到小区门口坐八点十分的公交,一刻钟后到达公司楼下,奔进去打卡,八点半基本准时能到座位上喘气。

"妈,现在睡是不是早了点?"姚乐赔了个笑脸,见姚妈妈威严地瞪着她,忙识相地关了电脑,"好吧,我去洗澡。"泡会儿澡,让精神放松一下,也正好磨磨时间。

第二章　懵懂心动

"你怎么还没洗完？"姚妈妈关切的拍门声音，清晰地透过厚重的门板传了过来，"赶紧出来。"

姚乐正泡泡浴玩得起劲，被姚妈妈这么一催，顿时也没心情了。她忙胡乱起来擦完身子裹着浴巾拉开门，"妈，我泡澡呢，你喊这么急干吗？"

"我着急上厕所。"姚妈妈一把推开姚乐，"我们房间厕所被你老爸占了。"

姚乐看着姚妈妈迫不及待的样子不由得摇头苦笑，"我说妈，你这么急，是不是吃坏肚子了？"

姚妈妈还没有回答，门铃响了起来，姚妈妈忙指示："乐乐，赶紧去开门。"

"哦。"姚乐刚拉开门，就看到一个穿着白色衬衫的胸膛，抬起头正好对上那双诧异的眸子，"姐姐，你穿得好少，真的好性感！"戏谑的话刚说完，头上就被猛地敲了一下，他委屈地转过头望着暴力的来源，"妈，你打轻点，我会脑震荡的。"

这个人就是梁言，姚乐看了眼梁言，脸部表情努力装作不动声色，又看了眼他身后的梁伯伯和梁伯母，拉开门热情地招呼道："伯父，伯母，你们怎么有空过来了？快进来！"

梁伯母看了眼姚乐，笑着夸道："小乐，你真懂事。"接着对儿子又一个大大的暴力,"你跟你姐姐以后要多学点礼貌。"

梁言淘气地挂了个鬼脸侧身进屋,等他们都进屋了,姚乐才轻轻地拉上门,然后抱歉地对他们笑笑,"我先进去换下衣服,刚才洗澡呢。"姚乐有些不自然地离开了众人的视线,她穿得实在有些凉快,感觉像在裸奔一样,伤风败俗。

梁家和姚家是世交,很早以前就是对门邻居。梁言是姚爸爸亲自指认的干儿子,所以她捡了十二年的便宜当着干姐姐。两家一直和和气气,相互帮衬。不过在姚乐十二岁,梁言十岁的时候,两家都搬家了。姚乐家从市中心搬到了市郊,而梁言家,一搬就搬到了国外。两家人分开有差不多十年了,前段时间梁家从国外回来定居,姚乐才发现原来那个跟在她屁股后面的臭屁小毛孩都长这么高了。姚乐仔细地比画过,她不过比梁言矮了十五厘米。

姚乐摇摇头,停止胡思乱想,忙套了短袖和牛仔裙子,甩了甩湿漉漉的头发,就去客厅了,入眼便是一幅其乐融融的画面。

"小乐,小言现在转在Z大念大三,Z大就在你公司旁边呢,有空去看看弟弟,照顾一下。"姚爸爸脸上挂着灿烂的笑容,那亲热劲儿简直已经把她这个正牌女儿给比下去了。

姚乐客套地点点头,"一定一定。"

"小乐,你都工作了?"梁妈妈满脸的惊讶,吸引着众人的视线都集中到她身上。

姚乐硬着头皮笑笑,礼貌地回答:"还不算工作,只是五月底开始实习,现在才一个月。"心里补了句,一个月其实还不到呢。

"你要好好学习,不要整天就想着玩,你看小乐都工作了。"梁妈妈对着梁言开始说教,众人都抬头看着,不时插一两句话,也都是说教梁言不要太贪玩之类。姚乐看着梁言吃瘪的表情就想笑，原来她也可以是别人家爸妈嘴里的优等生，俗称，别人家孩子。姚乐别过头，放松了下脸部肌肉，假装若无其事地回过头，对上梁言尽是好奇的眼眸，有些说不清楚的不自在。

"知道了，知道了，我好好学习，我一定天天向上。"梁言敷衍完，忙转移话题，"你们大人聊天，我们小孩子就不插嘴了，我和姐姐去房间玩。"说完也不给姚乐开口拒绝的机会，拉着她就快速地离开客厅，直奔房间了。

进了房间，梁言大大地叹了口气，口气哀怨道："哎，真是快烦死了。"从他的动作跟行为，姚乐看到了自己的影子，原来当下的孩子都是这样无师自通地敷衍着各自的家长。

两个人虽然小时候青梅竹马，但是分开了近十年，那些空白早就画下了陌生的距离。梁言虽然不生疏地拽着姚乐，但她的身体抗拒他的亲近，却又不能直白地拒绝，只能不动声色地拉开距离，主动为他打开电脑，安排道："你玩电脑吧。"

梁言也没有说什么，自顾自地开始上网，他躲进房间本就没什么意思，只为了躲避家长的唠叨罢了，他对姚乐的熟悉，也不过是演戏装出来的。

姚乐开始整理她的衣物，又拉开抽屉看了眼那件从来没穿过的短袖。衣服虽然是四年前买的，但是一点也不显小。她的脑子有些短路，拿着衣服在自己身上比画了两下，确认还是可以很宽松地装进自己，心里不由得幽幽叹了口气，这一段一胖毁所有的过去，真的好想擦干净，当作人生从没有过。

那时候的姚乐身高一米六，体重一百三十斤，自认为算是比较丰满的类型，因为比例比较匀称，也就是看着结实了点。当然，在别人眼里她就是个地道的小胖妹，因为她那时候偏偏不巧有个死党叫沈静，那二尺七的臀围，一尺九的小蛮腰，经过实物对比，姚乐就被生生比成了球。她们俩在一起，男生的眼光总是围着她们不停地转，看姚乐是鄙夷的，看沈静是流着口水犯傻的。

姚乐的自信心就在群众异样的眼光中慢慢地磨灭，她开始害怕照镜子，看到镜子里肉肉的自己，她恨不得拿刀，一片片把肉给割下来。于是为了变瘦，为了追上沈静的骨感美，姚乐开始减肥，什么节食，什么减肥药，什么转呼啦圈、跑步、跳操，反正能做的都做了，可是体重还是只长不减，甚至有些越减越肥的趋势。那时候的姚乐甚至有些绝望地想放弃，任由体重到达新高度，反正减不下去。这样的自暴自弃后，顿时感觉自己就跟气球一样，打着气的不停膨胀，没有最胖，只有更胖，看着沈静纤细的蛮腰，姚乐总是妒忌地想狠狠地掐几下泄愤。

不管是节日还是平时，沈静的礼物总是不断，各路情书也连绵不断，追求者能用队伍来形容。姚乐心里羡慕的同时，也常会打量着镜子里的自己。她端正的五官，精致的眉眼，她真不觉得自己到底有多难看，不就是腰里的肉多了点，腿粗了点，胳膊壮实了点吗？至于遭受那么多鄙视的眼光吗？女孩子哪个不爱美，可她偏偏就是喝凉白开都会长肉的类型。

每次买衣服听到专卖店小姐抱歉地说："小姐，这些都是均码的，恐怕您不太适合，要不然您来这边的加大码区看看？"姚乐就抓狂地想要挠墙。想到没漂亮衣服穿这个问题，姚乐就特别难过。都说再怎么瘦的女生都觉得自己还得再瘦两公斤下来，就像沈静总是嚷嚷着要是再瘦两公斤，她就能更加曲线动人，成为万人迷了。姚乐觉得她有必要减三十斤下来，才能穿那些均码的漂亮时装。可是三十斤，三十斤是什么概念，一个猪大腿也没这么多肉。不过就算在这样的情况下，时苏还是不顾众人鄙视的目光，没去追求沈静，而是选择了姚乐，这让姚乐特别感动。

虽说沈静当着姚乐的面都鄙夷时苏没品位，重口味，但是姚乐心里仿佛吃了蜜一般甜。她虽然自卑，但是对爱情的渴望并不比别人少，她甚至比别人更加用心地去经营她的初恋。

是啊，初恋，多么美好的名词，多么美好的回忆。时苏那时候就一米七五的个子，长得白白净净的，姚乐觉得她喜欢的任何偶像都比不上时苏的干净、帅气。按沈静那时候的话说，就是一朵新草长在一堆牛粪上，可惜了时苏那么一个帅哥。就算沈静语气酸涩，但是时苏依旧对姚乐好，姚乐依旧甜蜜地幻想着她美好的爱情能够天长地久。

那天姚乐过生日，在一家小饭馆里吃着、喝着、闹着，也就那么五个人，时苏、沈静，还有两个算玩得比较好的哥们儿——沈萧、劳笛。当然，姚乐有自知之明，清楚他们非要一起蹭过来帮她过生日，完全不是给她这个寿星面子，而是为了黏住沈静，全世界都知道他们两个在追求沈静。可是沈静谁都没有接受，而是和他们耗着，玩着猫抓老鼠的游戏。

时苏掏出一个袋子，笑得特别迷人，说的话让姚乐特感动，"乐乐，生日快乐！我买了情侣衣服，你先去换上，和我穿一样的，我们穿情侣装，秀恩爱。"

那时候的姚乐根本不知道，原来秀恩爱会死得快，只知道，这一刻她是世界上最快乐的人，因为她爱的那个人，正好也爱着她。她恨不得全世界都知道，她跟时苏是一对儿，哪怕你们都不看好，可我们就是一对儿。

"浪漫啊！"众人开始起哄，姚乐挪开椅子，也不推辞，到餐馆的厕所换衣服，等她换好衣服出来，众人都虚伪地夸赞着，姚乐也不去计较他们话里的真实性，开心地喝了不少啤酒，她觉得头很晕，特别想喝牛奶，"我好想喝牛奶！"

时苏忙道:"那我陪你去超市买。"

姚乐乖巧地点点头,在时苏的搀扶下,她觉得自己的脚步很轻,摇摇晃晃得站立不稳。勉强走到超市,她已经困乏地睁不开眼了,"牛奶呢,牛奶在哪儿?"她完全找不到了。

"牛奶在这儿。"时苏扶着姚乐找售货员买了牛奶,耐心地搀扶着她,半搂着走回餐馆,"乐乐,你头晕吗?"

"晕。"姚乐整个身子依靠着时苏,顾不得两个人在大马路边上,"我好晕。"

"我也晕了,不过,我想亲亲你。"时苏说完俯身毫不犹豫地托起姚乐的脑袋便凑了上来。姚乐虽然疲惫地闭眼,但她能清楚地感受他呼出的热气散到她的鼻尖,迷迷糊糊地张嘴,任由时苏不断地加深这个吻。姚乐本来浑身就没有力,这下脚更软了,浑身无力地靠着时苏。她虽然是第一次接吻,但是本能地回应着他,动作有些笨拙,但两个人还是亲密地纠缠到了一起……很久很久,那种甜蜜的感觉有些让人眩晕……直到彼此都快透不过气了,才依依不舍地放开彼此,深深地大口呼吸着新鲜空气,不一会儿时苏又开始在姚乐脸上亲吻,从额上到脸颊,再移动到唇,接着两个人又开始了新一轮亲吻。

忘记了那晚上接了多少次吻,反正姚乐的初吻就在这样喧闹的街头激情地奉献了。直到几年后的今天回想起来,姚乐还是能清楚地记得那时候时苏身上清凉好闻的气味,还有当时华灯初上的朦胧感,真的是很美的感觉,像做梦一样迷迷糊糊,美得不真实。

"姐姐,这件衣服好像是几年前的老款,过时了吧!"

回忆被打断,姚乐有些惊讶地退了一小步,看着梁言拿起她那件衣服翻来覆去地玩弄,有些恼怒,"你这人真没礼貌,不懂别人的东西不能乱碰吗?"

梁言对姚乐厚脸皮地笑道:"你是姐姐,又不是别人。"

"我跟你没那么熟。"姚乐没好气地从梁言手里抢回衣服,随手又扔进了柜子里,这个衣服,还有送这个衣服的人,最好永远地封存起来,此生不见。

"我看你想事情想得太出神,没好意思打扰你,不要生气。"梁言道歉,随即又道,"不过这件衣服我以前也有的,是情侣装,姐姐你那时候就有男朋友吗?哈哈,早恋,问题少女。"随即,梁言好像发现了一个新大陆,不怕死地补充,"可是姐姐,我很好奇,你那时候为什么要买这么大的衣服?"

因为我胖!这话姚乐是不会回答梁言的,她只能没好气地瞥了眼梁言,"少在这儿嬉皮笑脸的,我有没有男朋友,我老爸老妈还没盘问呢。再说了,我就喜欢情侣套的女装,只买一件不可以吗?"

"少来,你脸红了呢!解释就是掩饰。"梁言不信地摇头,两只手还不忘揉了揉姚乐发烫的脸颊,自来熟道,"姐姐你别害羞嘛,早恋我又不会鄙视你。"说完对着姚乐扯着嘴角灿烂地笑笑,"就是你那时候胖得跟猪一样,我有些不敢相信罢了。"

这孩子会不会说话?!会不会说人话?!哪有这样往人伤口上撒盐的,姚乐真被气得脑袋里热血上涌,"出去,我不想和你说话。"姚乐顾不得面子,恼羞成怒地赶人。

"姐姐不要生气嘛,就算被我说穿了,你曾经胖得跟猪一样,也都是过去的事啦。"梁言丝毫不把姚乐的怒气放心上,"你现在超极美的。"

"虚伪,出去。"姚乐伸手指着门口。

"我不出去,我还要上网呢。"梁言说着又回到电脑前,"姐姐,你说你这个人也是难伺候的,我说你肥,你生气;我夸你美,你还是生气,你到底想让我说啥?你简单点告诉我,我一定挑着你想听的说。"

姚乐愤恨地咬了咬手指,深呼吸了一口气道:"我说,那个,你是不是要回家了?明天应该还要上课吧?"对突然冒出来的老邻居,姚乐可没那种熟悉感。梁言姐姐长,姐姐短的,叫得很自然,她可没那么自然的弟弟来,弟弟去地叫。

"没关系的,明天早上我没课。"梁言回头给姚乐一个大大的笑脸,他才不怕被赶呢,他没什么特长,就是脸皮有些厚而已,"就算有课,翘课也无所谓的,姐姐你可别告诉我,你那时候是乖乖女,从不翘课。"

"可我要上班。"姚乐不相信,她的逐客令这么直白,梁言还能嬉皮笑脸地装傻。

"对哦,干爹说你上班的地方,就在Z大旁边,是不是?"梁言换了副正经的脸色问。

姚乐不懂他葫芦里准备卖什么药,点点头,并不否认,"是的,怎么了?"

梁言两只手都摇了摇,"没事,就想告诉你,我在Z大旁边租了一套房子,有空过来坐坐。哦,不对,你是姐姐,你要过来照顾我。"

姚乐撇了撇嘴,"你家离学校不远,就算不住学校宿舍,也该回家住,你怎么会租房子呢?"她心里不禁羡慕起来,想当年她念书的时候,渴望自由想去校外住,结果只是想想而已,就被老妈整整训了几天几夜,直到她想都不敢想了,老妈那张后妈似的黑脸,还是冷得能冻出冰霜。

"我喜欢独立跟私人空间。"梁言直白道,"简单一句话,不想跟爸妈一起住,不方便玩耍。"

"你一个人住还是和人合租?"姚乐好奇地问。

"想知道的话，你到我那边看看不就知道了。"梁言卖关子，故意吊姚乐的胃口。

"切，爱说不说，我才没有兴趣呢。"

"你没兴趣，那你表现得很好奇地问我干吗？"梁言不悦道，"你这不是打击我积极性吗？真是浪费我的感情。"

"这都行？"姚乐无语地撇嘴，这娃还真小孩子脾气，说变脸就变脸，那敲键盘的狠劲，估计恨不得打在姚乐身上泄愤。姚乐心疼电脑，硬着头皮开口道："梁言，你能不能温柔点？我就这么一台破机器，经不起你这样——"生生地把"摧残"两个字给吞咽了进去。

"我很温柔。"梁言对着姚乐扯了个鬼脸，语气变得暧昧道，"你要不要试试？"

姚乐正在思索梁言的"试试"是几个意思，门口梁妈妈喊话道："小言，我们该回家了，明天你姐还要上班呢。"

"好。"梁言应了一声，然后快速走到梁妈妈身边向姚乐挥挥手，"姐姐，我走了。"

"好，再见。"既然已经挂了一晚上虚伪的笑容，姚乐不介意最后再大方地微笑把梁言送走。

"你把手机给我。"姚乐惊讶地抬起头，目瞪口呆地看着梁言从她手里抢过手机，快速地输入一连串的数字，笑嘻嘻道，"记得给我打电话。"

这孩子做事，果然是简单粗暴。

"真的走了。"梁言顺手帮姚乐拽上门。

姚乐打开自己的手机刚想看看梁言存了什么，阿珀来电，她忙接起，"你刚忙什么呢？我喊你半天也不理人。"

"好酸的口气。"阿珀笑嘻嘻道，"本来还想找你八卦的，听你心情不佳，还是算了。"

"啥八卦？赶紧说。"姚乐边脱衣服边催促，"说完我得赶紧睡觉了。"姚乐把声音开成扩音，整个房间都回荡着阿珀的声音。

"其实我今天也去相亲了。"

"啊？相亲了，真的假的？"姚乐一听瞬间精神了，"赶紧给我说说。"

"我说你至于这么激动吗？"阿珀撇撇嘴，"看你打了鸡血似的，我倒是没什么讲的兴趣了。"

"别呀，不带你这样吊我胃口的，我们还能不能愉快地聊天做朋友了？"

"我看不能了。"阿珀回得干脆，成功打击了姚乐后，才得意地哼着调调，"我不告诉你，我偏不告诉你，我就急死你……"

"好了，我们没啥好说的，再见。"姚乐恼怒地挂了电话，心里默念一二，还没到三，阿珀的电话又打了进来，她接起后，先发制人，"我不要听你的八卦，也不想知道你跟谁相亲去了，我要睡觉了。"

"别嘛，别嘛，你不听，你这是想憋死我呀。"阿珀酝酿了下情绪，"姚乐，求求你，让我嘚瑟地八卦一下吧。"

"行了，你说吧。"姚乐见好就收，顺着台阶下，给阿珀开口讲八卦的机会。

"我今天见的是游戏里的老公，漫步云端。"阿珀听到姚乐在电话里嗯了一声，便不再问话，倒是主动交代起来，"你知道他是 N 市的，今天出差路过 S 市，办完事还有空，就约我出去见见。"见姚乐还是没什么特别大的反应，阿珀心里暗骂了句"知道我憋不住，非得要我自己坦白，我还偏不说，看你问不问"。

"怎么不说了？"

"我就等你问我嘛。"阿珀见姚乐问,终于又接着说,"我打扮得漂漂亮亮地去见他了,结果,你猜怎么着了?"

"怎么着了?"姚乐猜了一下,"反正听你的语气,不像是有戏的样子。"那就是一个结果,网友见面,见光死呗。

"哎哟妈啊,一个超级大恐龙。"阿珀大声惊叫起来,"一米六的个子,起码有二百斤吧,满脸的青春痘密密麻麻,吓死宝宝了。"说着又解释,"我先声明,我也不是歧视胖子,就是这人长得丑就算了,关键还极品,简直刷新了我遇到的极品的最高境界。"

"极品吗?我觉得还好吧,在游戏里对你挺好的啊。"姚乐也知道这个漫步云端,他跟阿珀在游戏里结婚有半年了,虽然说不上大方,跟人家动不动给老婆买装备,买时装的土豪不能比,但是至少阿珀的武器加精什么的都是他搞定的。

"极品啊,我跟你说,他的奇葩真是我生平第一次见到。"说着阿珀就从头到尾地说了一遍,"我去火车站接他了,他看到我第一句话就说:'很累,想开个房间去休息。'哎哟我的妈呀,吓死我了!"

"啊?"姚乐傻眼,这男人啥意思啊?太直白了吧。

"我就说,你累,那你就开个房间去休息吧,我自己逛街去。"阿珀愤愤不平道,"别说我对他那副尊容没啥想法,就算是有,我也不会这样急不可耐。"说着阿珀长叹了一口气,"大概他看我确实也没什么想法,就说好不容易来见我一面,再累也要扛着,找地方喝茶去。"

"接着呢?"

"接着就搞笑了。"阿珀大笑了起来,"哈哈,我真的是不知道应该怎么说。"阿珀酝酿了半天,笑得上气不接下气的,姚乐总算是把大概意思给听明白了。

阿珀跟漫步云端找了一家小吃店去坐坐，漫步云端很干脆地给阿珀点了一杯果汁。阿珀想要点别的，他都以各种理由阻止，不是说东西太烂，就是说不干净什么的，然后整整一下午都在那边唾沫纷飞地吹自己多有钱，就缺个女朋友，家里催着结婚什么的。阿珀果汁喝完了，他竟然能面不改色地厚着脸皮去续杯。

阿珀喝人果汁嘴软，见漫步云端没有想走的意思，心里也明白，要是等他开口请自己吃晚饭，只怕晚上只有喝凉白开的命，忙识相地提出请他吃一顿大餐，他才欢喜地带着阿珀去"得月楼"狠狠地搓了一顿。

临走的时候，漫步云端还不死心地想约阿珀去开个房间休息一下，阿珀真的是想把他当苍蝇一样，啪啪啪地打飞。

"小乐，我跟你说，我今天可是真的被坑大了。"阿珀怨念道，"简直就是赔了夫人又折兵。"

"好吧，你今天的遭遇值得同情一下。"姚乐笑着安抚，"不过姐姐我没精神跟你聊了，我要睡觉了，明天还要早起呢。"

我们总是幻想着王子会骑着白马从天而降，却忽略了唐僧也是骑白马的。现实跟网络对于我们而言，并没有太多的界限，如果两个人真的看对眼，一见钟情，再见倾心，或许就会有爱情发生。但是如果看不对眼，那么就如阿珀做的一样，礼貌地将人送回去，挥手道别，晚上上游戏的时候，干脆地离婚，从此分道扬镳。

这一晚姚乐不知道为什么，梦见了自己小时候，梦里她跟梁言吵吵闹闹，一会儿好，一会儿哭鼻子的童年生活，还有她舍不得搬家分开，哭得撕心裂肺的情景。那时候的她跟梁言，真的是两小无猜、青梅竹马，那时候的眼泪是那么真实。可惜姚乐的梦被姚妈妈喊她起来上班的声音打断。姚乐瞄了眼手机，天哪，比预想的还要糟糕，才五点四十五，这么早起来有车吗？

再早三个小时，她还在泡吧没睡呢。

在老妈坚定的眼神监视下，姚乐眯着眼睛刷牙、洗脸，回到房间换衣服。看着还有余温的床，姚乐心里特别不是滋味，神啊，把我打晕吧。最终姚乐还是没抵挡住诱惑，一下子跳到床上，用被子把自己蒙了起来，想再睡一会儿。

"你还睡，都什么时候了，上班迟到了怎么办？"姚妈妈一手叉腰，一手拿着铲勺，对着姚乐的房门大敲。见姚乐翻了个身，并不起来，姚妈妈气恼地奔进房间一把揪住了她的耳朵，"还睡，也不看看几点了。"

姚乐的瞌睡虫被吓跑了大半，求饶地看着姚妈妈，"起来了，起来了，你这样揪着很难看，好痛的。"

"知道痛就赶紧起来。"姚妈妈松手道。

"我这么大人了，你老对我使用暴力，真怀疑我是不是你亲生的。"姚乐嘀咕道。

"你是移动充话费送的。"姚妈妈说完转身回厨房继续煎蛋去了。

姚乐后知后觉地反应过来，"妈，你在说冷笑话，谁教你的？"

"梁言。"姚妈妈大声地回，"我还会别的，要不要继续跟你说？"

"不用了，我吃好赶时间去上班呢。"姚乐婉拒，她可不敢继续听下去，免得惊骇到自己的小心脏。

新的一天开始了，但是一成不变的枯燥的上班模式启动，姚乐对周一可真的一点也不期待。有时候姚乐会想，才一个月，她就把生活过得绝望了，未来的一年、两年、十年、二十年，如果她都要过这样一成不变的生活，那么她的人生意义到底在哪里？活着，难道就是为了等死吗？

"姐姐早！"

姚乐怀疑自己没睡醒，处于梦游状态，不然怎么会看到这小子一脸笑意地在和她打招呼？姚乐揉了揉还有点黏合的眼睛，确定不是在做梦，条件反射地后退了几步，问道："你怎么在这里？"

"不用这样吧，我又不是鬼，怕成这样？"梁言故意凑近了好几步。

对这样突如其来的亲近，姚乐不适地连连后退，"你别过来了。"

"姐姐，你这惊恐的表情，就差喊非礼了。"梁言嬉笑着拉过她的手，一本正经道，"你别退了，后面没路了。"

"你怎么来了？"姚乐顿住脚步，不动声色地抽回被梁言拽住的手，故作淡定地问。

"等你上班呀。"梁言自来熟地道，"做你的护花使者。"

"得了吧！少在那儿假惺惺，我鸡皮疙瘩都掉一地了。"姚乐做了个很冷的动作，撮了撮手背。

"你不信拉倒。"梁言的俊脸沉了几分，见姚乐并没有出声哄他的意思，忙自给台阶下，"车来了呢。"然后熟练地一把抓过姚乐的手将她拉上公交，又半拖着她坐到了后面双排的位子上。姚乐满脸的心不甘情不愿，但是无可奈何地任他去了。

"我说姐姐，你别摆着这么一张貌似我欠你几千万的臭脸好吗？不好看。"梁言撇着嘴，一本正经道，"虽然我承认，昨天我骂你曾经胖得像猪，有些过分了，但是我道歉好吗？"

"你才猪呢。"听到梁言又要提起不堪回首的往事，姚乐顿时就没了好脾气。

"我倒是想做猪，可惜我没那个命啊。"梁言一脸遗憾地感慨,"哎,姐姐才是有福气的人,能胖能瘦,能做女神,也能驾驭女神经的角色。"

姚乐回过头狠狠地瞪了眼,看着梁言似笑非笑的脸,就觉得他特别欠扁,"小子,你说话能不能客气点?"

"太客气了,体现不了我们的熟。"梁言笑嘻嘻道,"我觉得我们是亲密无间的朋友,所以说话不用太客套的。"说完又补充道,"姐姐,我还以为你都习惯了呢,毕竟我很直白地表达了对你的喜欢之情。"

姚乐无语得嘴角抽搐了一下。

"姐姐,我还挺喜欢你的,你呢,喜欢我吗?"梁言自我感觉良好地说,"我觉得你应该也是喜欢我的。从小你就喜欢我。"

"你想多了吧。"姚乐撇嘴,将脸转向窗外,她可没有那么厚的脸皮跟梁言产生青梅竹马的爱情故事,因为在她眼里,梁言就是个闹腾的大男孩,她根本下不了心亲昵。

"想想不犯法吧?"梁言盯着姚乐,见她不准备搭理自己,便撇撇嘴打住了这个话题。

姚乐努力地无视梁言,紧抿着唇,眼神看向车窗外。

"姐姐,你玩不玩劲舞团?"梁言轻轻地戳戳并不准备说话的姚乐,没话找话聊。

"那是小孩子玩的,我不喜欢。"姚乐打着哈欠回复道,她昨晚迷迷糊糊的一直在做梦,早上又被姚妈妈那么早叫醒,现在困得要命,恨不得闭眼就这样睡过去。

"那请问姐姐喜欢玩什么大人的游戏?"梁言盯着姚乐问,灼灼的眸光带着炽热。

姚乐把梁言的头掰过一点,咧嘴笑笑,"姐姐我不喜欢玩游戏!"

"我觉得你应该是玩劲舞团的人,女孩子一般都喜欢玩,我跟我老婆就是劲舞团里认识的。"梁言有些失落地耸了耸肩，不太满意姚乐的答案。

"那是一般女孩子，我另类好不？"姚乐把头靠着梁言的肩膀，又舒服地往里面窝了窝，努力地调整到最舒服的姿势。

"你难道喜欢竞技类的？"梁言看着闭眼准备补觉的姚乐试探地问。

"不喜欢。"姚乐迷迷糊糊道，"我对游戏没什么兴趣。要非说有，那就是武林外传。"这一款她已经玩了七八年的游戏，要说多好玩已经没有当初的那种激情，现在更多的只是习惯，习惯每天上去做做任务，看看风景，找找熟悉的朋友聊聊天罢了。

"这款游戏好像很老了。"梁言虽然不熟，但也曾经耳闻过。

"嗯，很久了，有七八年了吧。"

"不是吧，一款游戏你要玩七八年？"梁言夸张地推推姚乐，"真有那么好玩吗？求捎带。"

"也不好玩，就是已经习惯了。"姚乐不满梁言的动作，瞪了他一眼，"再说了，我要带你玩了，我游戏里的老公非得满世界追杀我。"

"你游戏里有老公？"梁言口气幽怨，怒目瞪着闭着眼睛的姚乐，"还七八年了！"

"你游戏里还有老婆呢，不是很正常吗？"姚乐丝毫不认为有什么不对劲，"再说，七八年我都不知道换了几个老公了。"

"你还换了好几个老公，花心萝卜啊你……"梁言张张嘴，最终欲言又止，"不带我玩就不带吧，我还不稀罕呢。"

"到了叫我，我睡会儿。"姚乐说完就安心地闻着梁言身上特有的清香味渐渐入睡，还别说，这小屁孩的肩膀挺厚实的，靠着蛮舒服的。

时间回到梁言回来的那一天。

姚爸爸、姚妈妈大清早起来就穿上了新衣服，隆重地跟姚乐宣布，一会儿要去机场接梁言一家。

姚乐愣了半天都没有想起来梁言一家是什么亲戚朋友，但是看着爸妈热络的样子，她又不好意思问，免得被姚妈妈骂她没脑子，记不住亲戚。姚乐心想着，反正见到了就能对上号了，哪怕对不上，要喊人，姚妈妈也会跟姚乐说"这个是谁谁谁"。

机场里第一个碰到的便是梁言，他笑着就冲过来给姚家爸妈热烈的拥抱，当然也没忘躲在后面的姚乐。他明显感觉姚乐在抗拒，却恶作剧般紧紧地抱着不放，"小乐姐姐，你还记得我吗？我是小言，小时候最喜欢跟你一块玩了。"

小言？小时候的玩伴？梁言？姚乐总算是想起来了，可是看着眼前这个比自己明显高了一个头的大男孩，紧紧地抱着自己，还一把鼻涕一把眼泪地诉说离别后的思念，"小乐姐姐，你不知道，这些年我有多想你，我都觉得自己快得相思病了，无时无刻不想要回来找你，抱抱你……"

姚乐明显地不适应，试探地推推他，"那什么，梁言，你能先松开我吗？"

"不，我不。"梁言当着姚家爸妈的面，大大咧咧地吃着她的豆腐，"我要把这十年来欠的拥抱一次给补齐。"

听着他幼稚的话语，姚乐爸妈都笑了起来，他们忽略了一个现实问题，梁言现在可是一个二十来岁的小伙子，而姚乐也是大姑娘了，这样抱着，相当得不合适。

之后的一路上，梁言都想办法黏着姚乐，就好像要找回小时候亲密无间的感觉，可是姚乐感觉怪怪的，不动声色地闪躲。

晚上是姚爸爸安排的饭局，久别重逢，喝得比较尽兴，姚妈妈鼓动姚乐喝点美容养颜的红酒，给几位家长敬酒。姚乐真是有苦说不出，别看她啤酒和白酒的酒量还凑合，但是红酒就不行了。因为有一次她喝红酒过敏，吐了一天一夜，从此患上红酒过敏症，只要一喝红酒，一杯准倒。喝完杯子里的红酒，姚乐就醉醺醺得头脑开始发胀，她借口去洗手间，梁言竟也跟了出来。他看着姚乐脚步不稳，跌跌撞撞的样子，便善意地去扶她，"姐姐，你没事吧？"

在梁言面前，姚乐只能逞强地摇头，"没事，没事，我没事。"说着还伸手推开了梁言，"拜托，你别靠我太近。"

"姐姐，你这样推开我，很没礼貌耶。"梁言防备不及地被推到一边，跟端菜的服务生撞到了一起，被洒了一身的菜汁，狼狈不堪。

"对不起。"姚乐眼瞅着自己闯祸，不安地道歉，"我不是故意的。"

"我觉得有必要有难同当，有福同享。"说完这句话，梁言果断上前，一把将姚乐按进自己的怀里，毫不客气地将身上的汤汁蹭到姚乐洁白的连衣裙上。见她怒瞪着自己，梁言嘴角扬起邪魅的笑意道："你再看我，再看我，我就吃了你！"

"你……"姚乐的话还没来得及说，梁言用行动证明，他真的会吃人，张嘴就咬住了姚乐的嘴，注意这个词，咬。

姚乐的脑袋彻底死机，被梁言加大力度地啃了一口，才吃疼地反应过来，她被吃豆腐了！

这个混蛋，梁言这个混蛋，久别重逢后初次见面，就用他特有的撩妹方式，在姚乐的心里，种下了不一样的火苗。

"姐姐，你别瞪我，小时候你也喜欢咬我的，你看我的手臂。"说着，梁言摆出一脸无辜的模样，伸出手臂，指着一片浅淡的白肉道："喏，这些牙印就是你那时候留下的，我今天不过小小地拿了点利息。"

小时候打架、掐、咬，不都是孩子喜欢用的招数吗？梁言这个记仇的小人！姚乐哼了一声，转身便回到包厢。

姚爸爸跟梁言爸爸喝得正高兴，见姚乐进来，忙招呼道："小乐，来，陪爸爸再喝一杯。"

"干爹，就姐姐那酒量，刚都在厕所吐了，您还是别找她喝了，我陪您吧。"梁言跟着进门，赔着笑脸，然后主动端着酒杯过去敬酒。

气氛再次热络起来，等梁言打了一个转，陪四位老人都喝完后，回到姚乐身边的位置坐下，他悄悄地拉了拉姚乐，然后指了指她的裙子。

姚乐低头一看，整个脸都唰的一下子烧了起来，那一团粉红色的血迹，昭告了她的姨妈君来访。可她完全没准备，尤其还是梁言提醒她的，顿时窘迫得恨不得挖个地洞钻进去。

梁言什么话都没说，把自己的外套递给了姚乐，转过身子，嬉皮笑脸地跟姚爸爸再一次喝上了酒。

这个家伙的到来，注定要给姚乐平静的生活掀起暴风雨，虽然姚乐不想承认，但是她心里的涟漪犹如波纹一样，正在一圈圈地扩大。

梁言，是姚乐注定避不开的桃花，只是不确定，他到底算不算是桃花劫。

时间一分一秒地过去，随着时间指向四点三刻，姚乐的心头开始窃喜，她这百无聊赖的工作总算到点要结束了，再熬十五分钟，接杯水，上个厕所就过去了。姚乐刚端起水杯，她的手机便震动起来，她拧着眉头看了眼来信显示，是阿珀，犹豫了一下点开。阿珀发了一连串的哭泣表情，末了补一句："小乐，我失恋了，速度过来，帮我收尸。"

瞧这话，英勇无比。姚乐以为阿珀闹着玩，忙调戏道："你放心去吧，姐姐我会记得初一、十五给你插菊花上香。"

好半天阿珀都没回信息，姚乐抽着到洗手间的空，刷了一遍微信朋友圈，看到阿珀十分钟前的状态：所有过不去的前任都是因为自己犯贱放不下，就像老娘，明明不爱那渣儿，见一次却要哭一次，神呐，让我去死一死吧。还配了一副埋在沙坑里"作死"的照片。

姚乐心里一个"咯噔"，忙拨阿珀电话，她竟然不接。姚乐顾不了早退几分钟的事情，抓起包就往外跑。姚乐根据阿珀的定位找到她，竟然在一家美容美发店，还有心情臭美，至少不会做傻事。姚乐的心稍微平定了些，调整好呼吸，快步走进去，见阿珀穿着漂亮的礼服，闭着眼睛，任由造型师给她化妆，不由得嘴角抽搐，"阿珀，你这是干吗呢？"

"我美吗？"阿珀对着姚乐灿烂一笑。

"美。"姚乐诚实地点头，"可是，今天没啥大活动，你打扮成这样要干吗？"

"谁说没大活动的？"阿珀白了一眼姚乐，"你去帮我买个大红包来，记住，要大一点。"

"你要红包干吗？"姚乐不解，虽然她自认为很了解阿珀，但是今天阿珀的行为完全超出了正常人的理解范围，"还有什么大活动需要准备红包的，我怎么不知道？"

"我要去参加陈楚的婚礼。"阿珀说得一副事不关己的样子，"我准备给他封个大红包。"

姚乐的脚底一软，惊诧地瞪着阿珀，问："陈楚今天结婚？"虽然姚乐猜测过，阿珀今天的反常似乎跟陈楚这个男人有关，但是从阿珀嘴里说出来，姚乐依旧免不了唏嘘。

陈楚是阿珀的初恋，也是姚乐她们的学长，大两届的师兄，阿珀跟他谈了一年后才知道，原来陈楚压根儿就没打算跟她有结果，他想要的只不过是解决生理需要的、廉价的暖床对象。在陈楚泡到公司老总的千金后，他暴露了本性，各种嫌弃阿珀，也千方百计要分手。

可怜的阿珀却被蒙在鼓里，一直纠缠不休的，不愿意放手。直到清楚了真相，她才呵呵冷笑着转身离开。

哪怕知道了陈楚对她的薄情，知道了陈楚的劈腿，阿珀也没有像她表现的那样彪悍，去找他大吵大闹，而是一反常态，异常的安静与沉默。

分手的事，就这样平静地过去了，阿珀再也没有提起过陈楚这个男人，也没有说过半句他的不是。姚乐知道，这是因为阿珀动了真情，她不愿意接受自己深爱过的男人，原来是那样的卑劣，她的沉默只是因为想对自己的爱情有一个交代，你爱不爱我没关系，只要我曾经爱过你就好了。这是我的爱情，这是我的青春，跟你，跟任何人，没有任何关系。

"恩，你赶紧给我买红包去，我还要赶时间去参加婚礼呢。"阿珀催促。

"姐姐，你别闹了。"姚乐看着阿珀，"如果你难过，我陪你一起哭，但是你别这样故作坚强好吗？""阿珀，你这样我会为你担心，为你难过的。"

"小乐，我不难过，我一点也不难过。"阿珀伸手抚着自己胸口，看着姚乐认真地说："小乐，我知道他是个贱人，可是我确实掏心掏肺地爱过他，现在他结婚了，我应该去祝福他，因为我要感激这个贱人没有继续祸害我，让我能够早日看清楚他的真面目。"阿珀说着就哭了起来，"现在多好啊，我还年轻，而且经历过这个人渣后，我也不会再轻易上当受骗了，我得感激他啊……"

"阿珀,年轻的时候不遇见个把人渣,我们怎么能长大懂事呢?"姚乐安慰,"过去了的事就过去吧。"姚乐知道,耿耿于怀只会让自己陷在回忆里万劫不复。

"是啊,在陈楚看来,我早就是微不足道的过去式了,所以他肆无忌惮地在我面前秀恩爱,敢风轻云淡地嫌弃我那方面技术差。"阿珀伸手擦了一下眼泪,"可是,我过不去,在他跟他娇妻甜甜蜜蜜的时候,我还陷在他过去挖的坑里痛苦挣扎,凭什么我让他好过,他不感恩,反而觉得这一切都是理所应当呢。"

"阿珀,陈楚就是个贱人,你跟他较劲,不是掉份儿吗?"姚乐知道阿珀这次是真的动怒了,生怕她做出去人家婚礼上大闹的不理智事情来,只能顺着她的脾气劝解。

"贱人,我恨死这个贱人了。"阿珀咬牙切齿道,"他越是想要抹干净我跟他的过去,我就偏偏不如他的意,他想过安稳日子?想要秀恩爱办盛大的婚礼?我偏要去闹一闹!"

"我说阿珀,你消消气。"

"我消不了气,我现在满肚子火气,我快要爆炸了!我那么多年美好的青春,就这样被狗糟践了!"阿珀情绪激动道,"当初追我的时候,他像条狗一样围在我身边,等老娘被追到了,他跟头狼似的,动不动就想啃我的肉。"

姚乐张了张嘴,无言以对,男人在猎艳时,想尽办法去得到,而一旦追求成功,便又开始下一个目标,而对待现任,却又千方百计想甩开,阿珀的比喻真的很到位。

"小乐,求求你,陪我去闹一闹好吗?"阿珀泪眼婆娑地恳求,"要不然这口气我吞不下,我真的会疯的。"

"好。"姚乐点头,接着毫不犹豫地陪着阿珀去了陈楚的婚礼现场,可是在酒店门口的时候,阿珀看着陈楚跟他娇妻的婚纱照止住了脚步。

姚乐不说话，沉默地看着她。阿珀走过去，拿着签字笔，在陈楚的头像下签了几个字：致青春，你这个渣。然后丢下笔，头也不回地离开了现场。

没有姚乐预计的大闹婚礼，她也说不出来，是该松口气，还是该心疼阿珀的憋屈。只是她默默地跟着阿珀去了一家酒吧，两个人叫了很多的酒，从一杯一杯地喝，不过瘾，到整瓶整瓶地灌。

阿珀很快就醉倒了，她没有再哭，只是说了这么句话："小乐，以后我宁愿去爱上女人，做蕾丝，也不会再轻易相信男人。"

姚乐将阿珀拉上出租车，在车里开始思考阿珀的话。男人把性和爱分为两种定义，他可以在爱一个人的时候，跟另外一个女人上床，可女人却不一样，她们喜欢那个人，就会全心地喜欢着，把自己交给那个人。女人的爱多数身心合一，姚乐在想，如果当初她和时苏进一步发展，是不是结果又会不一样？但是话又说回来，如果当初她不是那么在乎的话，根本就不会敏感到连他身上有一点别的气味就开始留意。女人太过聪明，就容易受伤，有时候感情世界里，要适当地装傻，或许才会有不明不白拖着的结局。寻根究底的结果，会让人痛不欲生。姚乐不断地留意，就发现破绽越来越多，当她看到时苏和沈静开房的那刻，她就知道，这辈子她都完了。因为双重的背叛，她不会再相信感情了，也不会相信这世界上有什么真爱了。

姚乐没有哭和闹，她静静地走开了，仿佛什么都不知道一样，但是她清楚地听到自己心碎的声音，她知道，这颗心以后再也不能，也不会完整了。

回到家，姚乐就看到小深神色忧伤地靠在沙发上，眼角还有泪，不由得关切道："小深，你怎么了？"

小深吸了下鼻子，"我和高浅吵架了。"

姚乐四周看看，高浅不在，忙打哈哈，"没事，你们俩嘛，床头打架床尾合。"

"我现在郁闷，你别理我。"

"那我陪你坐会儿。"姚乐并没有寻根问底，她将阿珀扶靠在沙发上，自己也脱了鞋子挤了进去，"我也要闹闹情绪。"其实姚乐真的一点也不怨恨时苏，就算当初他伤姚乐那么深，但是想到他每次弯着眼睛笑的样子，姚乐心头总会不自觉地柔软。他是姚乐的初恋，男神一样的存在，就算他是喜欢沈静，就算他是拿姚乐玩玩，姚乐也觉得谈过这一场恋爱，青春无悔了，就算失败的后遗症让她再也不敢爱了，但是至少曾经拥有过，不是吗？

"小乐，你说男人是不是都喜欢看美女？"安静了好一会儿，小深重重地叹了口气忍不住出声，"你说我是不是变丑了，高浅就不会要我了？"

"小深，你想什么呢！"姚乐摇了摇头，"男人都喜欢看美女，是因为他们喜欢把美女当成风景一样欣赏。你说你看到帅哥是不是也会好奇地多看几眼？那只是一种正常的心态！"

"可我看了一眼，也不会再用色眯眯的眼神看第二眼啊。"

"看呢，其实真不代表什么。就像一幅美丽的画，你觉得好看，就会多看几下，但是看并不代表要去拥有。再说，就凭你那34D的胸，一尺九的蛮腰，还有那清纯无比的面容，在酒吧的时候，每个男人看到你都像苍蝇看到那个什么似的，我想高浅对你担心应该多点才是！"

"可是以后我老了，是不是他就不会喜欢我了？"

"姐姐，这不你还没老呢。再说你老了，他也不见得有多年轻,已经没那个精力再去泡美眉了。"

"老夫少妻还是很多的。"小深依旧担忧。

"既然要这么想,那你赶紧把高浅给踹了,找一个老头得了。"姚乐打趣,"这样老头就整天担心你一枝红杏出墙去了。"

"我才舍不得。"小深总算笑了,"再说,我也不喜欢老头子。"

"那就别作了,好好跟高浅过日子。"姚乐笑了,"两个人手牵手,一起慢慢变老。"

"你说以前的时苏,看到你现在的样子,会不会后悔当初没把你给睡了?"小深的话,戳中了姚乐心窝处的柔软,让她的眼角就这样莫名其妙地滑出了眼泪,那时候很多男生看沈静的目光都是像猫看到耗子那样泛着强烈的光,可是只有时苏总是一脸常态,到底是他贱人本性掩藏得好,还是欲擒故纵呢,姚乐不太清楚。但是有时候沈静看时苏的样子倒像是猫见了耗子一样,贼亮贼亮的。回想起来这些往事,姚乐忍不住唏嘘,她那时候聪明是聪明,但是聪明得有些过头,她总天真地以为好闺蜜不会对自己的男朋友下手,却不知道这个世界上有一种像白莲花的"绿茶婊",就喜欢用闺蜜的名,钓闺蜜的男朋友。

后来看他们越走越近,姚乐和时苏的二人世界就理所当然地变成了三人行,姚乐觉得特别郁闷,但一边是男朋友,一边是好朋友,她也没什么办法说不,更不能小心眼地生气。可最后让姚乐撞见他们开房,她再也没这个度量说,好朋友可以分享任何东西了。

那天姚乐觉得就是世界末日,她甚至想了很多种方法要去报复他们,姚乐知道那时候严打早恋,只要她随便拨个电话给沈静的爸妈或者时苏的爸妈,或者打个电话给班主任,一定会让他俩声名狼藉。可姚乐拿着手机,始终没有勇气拨号,最后她痛苦地直接关机,然后一个人去了学校后面的池塘。对着平静的水面,姚乐掏出耳机,一遍一遍地听歌,然后一遍一遍地唱着《七月七日晴》——

说了再见是否就能不再想念,说了抱歉是否就能理解一切,眼泪代替你亲吻我的脸,我的世界忽然漫天白雪,拇指之间还残留你的昨天,一片一片怎么听见完全。七月七日晴,忽然下起了大雪,不敢睁开眼希望是我的幻觉,我站在地球边眼睁睁看着雪,覆盖你来的那条街。七月七日晴,黑夜忽然变白天,我失去知觉看着相爱的极限,我望着地平线天空无际无边,听不见你道别,拇指之间还残留你的昨天,一片一片怎么听见完全……

唱着唱着,眼泪就这样流了下来,是的,她不漂亮,可是就非得接受这样的不公平待遇吗?为什么男朋友背叛不说,竟然是和她最好的朋友?一下子,她丢了两份感情,却连诉说的人都没有。姚乐捡起石头,丢向池塘,忽然她觉得丢弃的不是石头,而是她最心爱的东西,她最纯真的感情。姚乐的心很干,干得胀裂发痛,如果年少的爱情没有错,那么姚乐只是爱错了人,在青春里留下了很深的伤痕。这一段痛苦的回忆,导致她的心不再年轻,那个心魔控制着她渴望爱却不敢爱的那种矛盾。

"怎么不说话了?"小深用脚踢了踢姚乐。

姚乐犹豫道:"不知道该说什么。"沉默了会儿,还是告诉小深,"今天我跟阿珀去陈楚婚礼了。"

"什么?"小深激动了起来,"扇了陈楚那贱人几巴掌?"

"阿珀什么都没有做,也没有进去。"姚乐看了一眼阿珀,"她签了个到,丢了个红包就回来了。"

"靠,这个笨蛋。"小深恨铁不成钢,"不打陈楚就算了,不闹婚礼就算了，还傻乎乎地去送红包？钱烧的发慌是吧？"

姚乐叹了口气，"至少阿珀在心里画了圆满的句号。"虽然姚乐也觉得她傻，可是，这是阿珀告别过去的方式，只要她放得下，红包算什么？不过是一堆阿珀本来想用来砸人的硬币罢了。

"也是，好了，睡吧，明天还得上班。"

"嗯。"姚乐点头，她其实一点也睡不着，每当想起这些陈年往事，她的情绪总是很难平静。

姚乐在床上翻来覆去，在天亮前总算迷迷糊糊地睡去，醒来的时候小深已经去上班了，她忙踹醒醉酒的阿珀，"该起来上班了。"

"你个变态，晚上就把我丢在这里睡的？"阿珀睁开眼睛就破口大骂，"哎哟，浑身难受。"

"少来了，你不能喝还喝那么多，酒貌似不要钱似的。"姚乐瞪着阿珀，"我可是好不容易才把你领回来的，不知道好歹，早知道把你丢马路上给人捡尸得了！"姚乐一席话说得阿珀心虚地低下头，"算了，我先去洗澡，早饭吃什么？"

"吃屁！我要去上班了。"姚乐看看手表，已经八点一刻了，心里暗骂小深起床了也不知道叫下她们，今天她踩不到点赶公交，必然迟到。

"早饭要吃的，一天的营养全靠早饭。"阿珀一把拉住姚乐，"我现在真的快饿死了。"

"你是猪啊，就知道吃，我上班迟到要扣工资的。"姚乐甩开阿珀，"臭死了，还不快去洗澡！"

"你们王经理舍得扣你工资？借他两个胆儿都不敢呢！"阿珀非常坚定地要吃早饭，"不给我做饭，不让你上班。"

姚乐狠狠心，挤出让阿珀吐血的话，"冰箱里还有切片面包，我真要走了！"说完，头也不回地冲到门口换鞋，"你要不喜欢，泡面也可以。"

"诅咒你迟到！滚！"阿珀气急败坏地对姚乐的背影吼道。

第三章 暧昧流传

　　还好踩点赶上了公交，枯燥乏味的一天很快又过去了。

　　"你来干吗？"姚乐满脸戒备地看着梁言，她刚从公司出来的时候，看到手斜插着口袋的背影就觉得有些眼熟，等那个背影转过身的时候，她看到了梁言，这小子，又来干吗？上次让他到点喊自己，结果他没喊，让姚乐一觉睡到了总站，在交接班司机的催促下才醒的，结果那总站偏僻，根本打不到车，两个人只能再坐公交原路返回。那天的结果就是姚乐迟到了整整半天，还偏偏赶上一个重要会议的材料没给经理准备，被训得狗血淋头。

　　"干爹要你照顾我，可你没来看我，我就试着找找你公司，没有想到，就在我房子旁边呢。然后我就顺便等了等，你就下班了，你说是不是很巧？"梁言挂了个标准谄媚的笑容，"偶遇，我们这算偶遇。"

　　"无聊。"姚乐翻翻白眼，绕过梁言，不准备搭理他。

　　"我说姐姐，那个跟你一起出来的是不是你男朋友？"梁言无视姚乐的抗拒，挨着她走了几步八卦道，"好难看。"

　　姚乐翻了个白眼，"他是我上司，不是男朋友。"也没太难看吧，姚乐转身去看开车的王合，白净的脸，斯文地戴了个眼镜，一身合体的西装，头上抹了许多啫喱，梳着有些古板的二八分头，怎么看都是潇洒的成功人士，公司里暗恋他的女职员还是有那么一个小队的。怎么这小子眼光这么奇特？不过，姚乐也不喜欢这种类型的男人，即使他长得不差，即使他的身家很好，即使他对她的爱慕毫不保留，即使父母也在撮合，但是她不来电，就只能无视他的殷勤了。

"他是不是喜欢你？"梁言有些酸酸地说，"真没眼光。"

姚乐听到那句"真没眼光"气得直跳脚，"什么叫没眼光？喜欢我哪里不好？"

"他还真喜欢你？"梁言凑过脸问。

"你个小屁孩懂什么，来找我干吗？"姚乐轻描淡写地带过话题。

"我不是小屁孩，我是男人。"梁言脸色一板，义正词严地说道，"你不相信可以试试。"

这男人不男人的，怎么试嘛！姚乐撇嘴，"好吧，男人，你找我什么事？"

梁言立马笑嘻嘻地说："姐姐，你陪我去买点东西好吗？"喜怒不定，你说这不是孩子的表现又算什么呢？幼稚。

"我今天没时间。"姚乐婉拒。

梁言却无视，一把抓住她的手，不容拒绝道："就一会儿，不会耽误你太久的。"

"买什么？"姚乐抽抽手，却失败，不由得瞪梁言，"松开。"她不习惯跟陌生异性牵手走路，这让她感觉很别扭。

"去超市买点吃的。"梁言松开姚乐的手，改为勾着她的手臂，说着便拖着她进了超市。

姚乐看着梁言不断地拿巧克力跟糖类的零食，疑惑道："你们男孩子也喜欢吃这些吗？"

"不是你喜欢嘛。"梁言看着牌子又抓了一袋糖丢进购物车，

"我们男生才不爱吃这些。"

"我不喜欢,我一点也不喜欢。"姚乐气呼呼地拉住梁言拿糖的手,"梁言,你给我买这么多糖,你想肥死我吗?"

"你本来就很肥,怕什么?"梁言笑道,"别以为我不知道,你这种一天能吃一袋大白兔奶糖的人,你跟我说,你不喜欢?"说着伸手摇摇手里抓的巨大号的大白兔,"你就继续跟我装吧。"

"我一点也不胖,还有,我现在也不喜欢大白兔。"姚乐气恼道,她最恨别人说她胖了,因为会让她想起那一段自卑的过去。

"你现在是不怎么胖了,虐待自己减肥的吗?"梁言关切道,"姐姐,我上次看到你照片起码要一百三十以上吧,你现在这么瘦,怎么减的?"说着他上下认真地打量姚乐,"你可别用不健康的减肥方式虐待自己。"

"我很健康。"姚乐磨磨牙,"不劳你关心。"

"我肯定要关心你的,你是我亲亲的姐姐呀。"梁言笑道,"话说姐姐,你现在真的很漂亮,要不是干爹干妈证实你没整容,我都怀疑你去动过手术了呢。"说完不忘记感慨一句,"女大十八变,你这差别实在太大了。"

"你至于这么句句带刺吗?"姚乐气炸了,"你这拐弯抹角地说我难看,有意思没?"

"我真没那意思。"梁言见姚乐真的动怒了,不由得举手求饶,"姐姐,我真心实意地夸你好,夸你漂亮,真的。"

"算了,我懒得跟你计较,你买好了没,我要回去了。"

"我尽给你挑零食了,我自己都没买,你这样丢下我回去,合适吗?"梁言嘟着嘴,像被虐待的小媳妇,"姐姐你就再陪我一会儿嘛。"

撒娇卖萌都用上了,姚乐撇撇嘴,"那你赶紧挑。"她可不想欺负小孩子。

"你陪我一起嘛。"梁言继续卖萌。

"你能不能别装嫩？受不了。"

"人家本来就很嫩，不用装啦。"梁言耍宝耍上瘾，故意捏着鼻子说。

"梁言，你能不能正常地跟我说人话？"姚乐气急败坏地伸手就往他的脑袋上敲去，"你再这样不正常，我不跟你说话了。"

"姐姐你好暴力。"梁言可怜巴巴地看着姚乐，"卖萌的小鲜肉你都不喜欢，看来我们有代沟。"

"知道我们有代沟就少跟我说话。"姚乐一点不客气地多敲了几下。

"我们确实有很严重的代沟，形体上的。"梁言嬉皮笑脸地任姚乐打了好几下，"你再瘦也就这么点个子，看看我，看看我，玉树临风。"

姚乐看到新出的电子秤，就跑上去称了一下，指针停留在四十八公斤，不是吧，又瘦了，姚乐心里窃喜，也懒得计较梁言在那儿讽刺她。

梁言探过头，看着喜滋滋的姚乐打击道："姐姐，这个称肯定坏了呢！你肯定有一百二。"

"你才一百二呢。"姚乐一掌拍过去，坏梁言，就会打击人，不知道女孩子都喜欢被夸漂亮，哪怕不漂亮也得要夸有气质。两个人说说笑笑，打打闹闹，转到音响区的时候，姚乐挑了一盘网络新专辑，是当红网络盛传的歌曲，网络歌曲红得快，传播力量广，所以大人小孩都能哼上几句。姚乐音乐细胞不太好，但是这些歌曲还是能哼在调上的。她又拿起一张老碟，看着上面的歌曲微微发怔，《七月七日晴》，曾经有段时间她可是天天都唱这首曲的，从最初的不着调到最后唱得可以跟许慧欣相比，拜前任所赐。

"姐姐，想什么呢？"梁言伸手在姚乐眼前挥挥，打断她的出神，"你喜欢这个碟？买呗。"

"不用。"姚乐放回原处，平时在家很少听碟，歌曲都直接网上下载听的。

"干吗不要？我就要买。"梁言的倔强脾气又来了，一把拿过姚乐刚放回的碟，丢进车里，"喜欢就买嘛。"

姚乐懒得和他计较，反正就一张碟，买就买了，"你还需要什么？时间不早了，姐姐还要回家做饭呢。"

"今天就这些好了。姐姐你真勤劳，还回家做饭呢，那你什么时候过来帮我打扫一下屋子呀？"

"没兴趣。"姚乐毫不犹豫地拒绝。

"我有个很帅的室友，要不要介绍给你当男朋友？你这样会不会有兴趣一点？"梁言调笑道。

"算了吧，再帅也忒嫩了点，我不摧残幼草。"姚乐谢绝梁言的好意。

梁言并没有动怒，笑嘻嘻地推着车子去结账，一件一件东西都刷完了，显示一百八十多，姚乐拿出钱包准备付钱，梁言快一步递了两张百元大钞给售货员，又转过脸对姚乐媚笑，"我是男人，怎么能让女孩子付钱？"

姚乐看他一副纨绔子弟样，也懒得跟他争，当然她心里是挺别扭的，她上班了，梁言还在上学，搞得她占小孩子便宜似的。

梁言提着两大袋子零食，笑着伸手指指姚乐的钱包，"姐姐，刚才我看到一张漂亮的合照，给我看看呢。"

"你要看我的漂亮室友？"姚乐递过去钱包，看着梁言眼睛直冒光，便调侃道，"你要是喜欢，我帮你介绍，都是大美女。"

"真漂亮,跟明星一样。"梁言就差对照片流口水了。

"你至于这么抬举她们吗?"姚乐闷哼道,"我也不差吧。"

"姐姐我夸的就是你。"梁言还过钱包,还送给姚乐特别谄媚的笑容,"我姐姐最漂亮,比你室友好看太多了。"

"你小子这话说得太虚伪了。"姚乐嘴里骂着,心里甜得像开了花一样,"不过还是挺受用的。"女孩子谁不喜欢被奉承漂亮。

梁言咧嘴笑笑,"我以后一定多多夸你。"

两个人说说笑笑,刚走出超市就发现变天了,已经下着蒙蒙细雨了。姚乐忙催促,"赶紧走吧,一会儿雨下大了。"可是她伞都没带。

"姐姐不怕,下雨我有大头。"梁言打趣着伸手指指自己的脑袋。

姚乐撇嘴,"大头你个鬼,赶紧走。"她可没心思开玩笑,淋成落汤鸡就完了。

"好的,我送你回去。"

"不用,你自己先回去吧,我到那边去打车。"姚乐谢绝梁言的好意,准备各自回家。谁知道脚刚跨出一步,就被梁言拉住,姚乐茫然地回头看着他,"怎么了?"

"我送姐姐回家。"梁言无比坚定地拉着姚乐就走,不容拒绝地走到街口打车。

姚乐的心突然有种被温暖的感觉,她已经很久没有这种依赖感了,她一直把梁言当作小孩子,因为他的任性,他的喜怒不定,关键时刻他却能给她这种安定。这一次的姚乐并没有甩开梁言,而是不动声色又小心翼翼地主动握着他的手,两个人就这样手牵手一起穿过马路,到街口叫出租车。

下雨天跟难打车似乎是关联到一起的,刚才的蒙蒙细雨没一会儿就变成倾盆大雨了,豆大的雨滴落下来,打在单薄的身上还真不是一般的疼。梁言把姚乐拉到屋檐下愧疚道:"姐姐,不好意思,害你打不到车还淋了雨。"

姚乐笑笑,"没事。"她看到旁边一家音像店还带拍大头贴,简直有些见到老古董的意外了,就对梁言提议,"反正下雨打不到车,我们去拍这个玩吧。"

"好。"梁言乐颠乐颠地跟姚乐进屋,两个人刚开始拍的时候比较拘谨,后来越拍越自然,动作也越发地大胆、亲昵。等姚乐回过神的时候,梁言已经付完钱拿着照片在那儿显摆了,"姐姐,你看,我们多般配。"

"般配"两个字敏感地戳中了姚乐的心,她故作淡定地接过照片,认真地评论道:"我拍得比较自然,你有点傻气。"然后刚想收好,被梁言一把抢了过去,"我们一人拿一半。"

姚乐撇撇嘴,接过梁言分配好的另外一半,"雨快停了,我们走吧。"

"好,我送你。"因为梁言的坚持,姚乐也没好意思拒绝,任由他一路护送回家。谁知道到了小区门口,梁言并没有下车,他只是把超市买的东西都塞给姚乐,挥挥手就关上车门走了,"姐姐,回头见。"

姚乐看着离去的出租车发呆,有些弄不明白梁言到底唱的是什么戏,敢情他是探路来的?她努力不去胡思乱想,拎着两袋子的东西爬到楼上,正狼狈地拿钥匙开门,东西却撒了一地,阿珀恰好拎了垃圾走到门口,看姚乐手忙脚乱地在地上捡东西,不由得幸灾乐祸,"怎么买这么多东西来孝敬我,是不是内疚,这些是你没做早饭的补偿?"说归说,阿珀也蹲下身帮姚乐捡,"算你有良心,我就不和你计较了。"

"美得你。"姚乐摇了摇头,"我买给自己吃的。"她不会说是梁言买的,因为那样说要解释很多,包括梁言是谁,为什么要买东西给姚乐吃,还有跟姚乐什么关系,等等。

"一个人去逛超市,不像你的风格。"阿珀疑惑地看着姚乐,"怎么着,想悄悄藏起小秘密?"

"没秘密,下雨没带伞,没地方去就顺便逛超市了,你要不要吃?"姚乐避重就轻道。她把梁言掩藏得结结实实,因为她实在没想好梁言的定位是什么。

"饿死我了。"阿珀抢过一袋子零食狼吞虎吃起来,"晚饭都没吃呢我。"

"你还没吃晚饭?小深呢?"姚乐整理了一下丢得乱七八糟的抱垫,又拿着拖把把地拖了拖。

"我说你是不是有洁癖?地昨天才拖过。"阿珀跷起脚给姚乐腾了点地儿,"你是不是有啥烦心事?"

"我不就顺手拖了下地嘛,你又想哪儿去了?"姚乐心虚地放开拖把,"我们每天光着脚走,地拖干净点准没错。"

"也是,那你拖干净点。"阿珀扬了扬脚丫子,"一尘不染。"

"小深怎么还没回来?"姚乐边拖边问。

"昨天她和相公吵架了,今天高浅就把她哄回家见婆婆,说今晚住那边了。"阿珀说着有些情绪失落,"可能过年的时候,她就要订婚了。"

"到时候你做伴娘还是我做?"姚乐特别地卖力地洗着拖把,想掩饰她同样失落的心情,小深都要订婚了,可她们连个男朋友还没影呢。

"谁单身,就谁做。"阿珀笑嘻嘻地翻着零食,"反正谁做都一样。"小深和高浅谈了三年,之前小深也谈了很多男朋友,不过都是爱的时候很爱,不爱的时候就不爱的那种,来来去去很随便，最后这段校园恋能修成正果，也是相当不易，大家非常祝福她。

"万一我们俩都单身呢？"姚乐非常不乐观，如果不在如花似玉的年纪把自己给推销出去，以后人老珠黄了，行情可就越来越差了。

"我就想不通了，为什么你还怵呢？酒吧的男人不是很多嘛，先把这关给破了再说。"阿珀像个老师一样鄙夷地说教姚乐。

"得了吧，你就少说我了，你还不一样？每次和男的该做的都做了，最后一步为什么就突破不了？"姚乐清楚地知道，她和阿珀心里有枷锁，她们能纵情游戏，却依旧放不开。

"这不是没找到适合的男人嘛。"阿珀笑笑，她也很想找个男人，纵情声色，只是能下手的"菜"实在太少。

"问题还不是跟你一样！"姚乐撇撇嘴，"每次看到那些男的色急的模样，我的心都拔凉拔凉的。如果要他们戴个面具掩藏起来，又觉得不真实！"

"是不是我们太漂亮，所以没人喜欢啊？"阿珀自恋地照着镜子，"还是我们长了一副要被遗弃的克夫样，怎么就没桃花开呢？好想恋爱。"

"算了吧，姐姐，我不认为你长得多漂亮，不过你那骚样，没男人敢娶回家，谁不怕戴绿帽子。"姚乐开了冰箱，拿了罐酸奶，不客气地打击着阿珀。

"男人真的好奇怪！都希望自己的老婆漂亮点，能拿出去炫耀，可是老婆真的漂亮了又不放心，怕她红杏出墙。娶个不漂亮的不甘心，娶个漂亮的又操心，想想其实也是挺不容易的。"阿珀嘲讽地说着。

姚乐认同地点点头，"反正家里红旗不倒，外面彩旗飘飘，人家那个叫风流，风流懂不？"

"风流没怎么见识过,我就是一个村姑,理解不了那高尚的品德,不过下流我倒是见的多了去了。"阿珀的话说得那叫一个绝,不忘记拖姚乐下水,"你也见识过不少下流的吧?"

"呀!"姚乐一声惊叫,阿珀忙停下手里的事情,"鬼叫什么?出什么事情了?"

"没事,没事。"姚乐赔了个笑脸,转身快步走回房间,她的包应该是落在梁言那里了,天啊,明天要整理的文件还得用呢。

"没事大呼小叫的干吗,我以为你被人打劫了呢!"

姚乐并有继续和阿珀斗嘴的心情,开了电脑就对着屏幕发呆,没梁言的通信软件账号,也没办法让他传过来,郁闷。她深深地叹了口气,上网也不知道要干吗。

"小乐,打游戏吧。"阿珀贼兮兮地跑过来,"我用你的号钓了个老公。"

"什么?"姚乐没有听太明白。

"我有老公了。"阿珀的老公可不止一个,每次双开,挂机总是一边切换一边打字聊天,有时候两个老公组队两个号一起的时候,她还装作两种不同个性的女生在那儿瞎聊天。姚乐有时候想,她有精神分裂症。

"老公一个不多,两个太少,三个才正好嘛。现在我帮你凑满整数了,谢谢我啊!"

阿珀刚得意地说完,姚乐拿起电脑桌边的一个玩具熊扔她脑袋上了,"你给我去死。"

"你还真是拿到什么丢什么!这万一是铁的或者陶瓷的,砸死我不说,打破了多浪费。再说你怎么下得去手,姐姐我很值钱。"阿珀顺手截住了那个玩具,愤愤不平道。

"我懒得和你说,我的包都没拿回来,明天要交的报告还得赶,姐姐你找别人玩去。"姚乐站起来,半推着阿珀出门,"乖啊,姐姐买的糖拿去吃吧。"

这时,姚乐的手机来信息了,姚乐寻着声音找手机,刚刚明明是丢在床上的,跑哪个角落去了?"阿珀,你打下我电话,我手机找不到了。"

"知道我的好了吧,叫声姐姐,我帮你找手机。"阿珀第一时间冒出来,欠扁地在那儿笑,"赶紧的,姐姐等得好急。"

"妹妹真乖,偶都不好意思了呢,把我叫老了。"姚乐坚决不妥协,抢过阿珀的手机,阿珀也不急着抢回来,只是很急切地听着手机铃声翻找起来,终于抢先姚乐一步在角落里给找到了。"哈哈,叫姐姐就还给你,不然,我就看看是谁来的信息。"阿珀说着,开了姚乐手机的锁健,"再不叫,我可是真要看了哦。"

姚乐并不理会阿珀,径自回到电脑前,"你爱看就看,反正我知道你有偷窥癖。我没什么隐私,不介意被看的。"

"你确定?"阿珀绕了一个弯,"恩,是个叫帅哥弟弟的信息,你说,我要不要看?真的挺好奇呢。"

"拿来。"姚乐跳到床上,和阿珀闹成一团,心里暗骂自己笨。因为梁言从没有打过电话或者发过信息给她,姚乐都忘记她有梁言的电话号码了,虽然那次是梁言自己存的。

"好了,不和你玩了,明天下班早点回来,晚上我们要出去玩。"阿珀关照了句姚乐,抱着她的玩具走出了房间。

姚乐忙打开看信息,"笨蛋,你包都没拿,猪啊。"还配了一个猪头脸的表情。姚乐哭笑不得,这个弟弟,骂她好像上瘾了。姚乐忙回拨了个电话过去,"梁言,我是姐姐姚乐,我的包是不是在你那儿?"

"废话。"

梁言低沉,又带点闷哼的声音传了过来,姚乐有些不爽,真没礼貌,难怪梁妈妈要他跟自己多学习礼貌。姚乐深吸一口气,按捺住不快,"你上网了吧,把通信软件账号给我,我加你。"

"加我干吗?"

姚乐摸摸鼻子,没事装深沉,耍酷,这年头的孩子是不是都这样?她也没真的大多少,话说三岁才是一个代沟,她跟梁言不过差两岁,还没代沟呢,怎么就感觉像两个世界的人了?

"反正先加你再说。"

两个人加了好友,姚乐说:"好,现在你打开我的包。"她像是受到感染,说话直接用命令的口吻了。

"开了。"

"帮我把包里的移动硬盘插到你电脑上去。"姚乐一本正经地吩咐道,想象着梁言的表情,肯定是心不甘、情不愿的样子。

"不要,你盘上万一有毒怎么办?"

姚乐无奈地叹了口气,梁言的话确实多了点,但是没一句不气人的,"不许拒绝我,帮我把盘里的文件传过来,明天工作我要交给经理的。"

"哪个文件?你盘里东西那么多,还要密码!"梁言插好盘,无比惊讶,绝对有秘密。

"那个密码的,你先不要管,你帮我开……"话还没说完,手机便没电了,真是郁闷死,姚乐的充电线还在包里,她挫败地扔了手机。

"弟弟在不?"姚乐试着通信软件上发信息过去,半天也不见他回消息,姚乐忙回过身,翻箱倒柜地找了一根备用线来,插上手机,结果显示充不进去电。她又把卡拔了出来,光着脚丫子跑到阿珀房间,"把电话借我打一下。"

阿珀看了眼姚乐,什么都没有说,把手机递了过来。姚乐接过手机就关机,正准备拔卡,阿珀狂叫:"你借电话就电话,拔我卡干吗？"

"我就打一个电话，我没记住号码，只能用自己的卡打！"姚乐尴尬地解释道，她从来都不记号码，习惯直接拨号。回拨梁言的电话，竟然没人听！

姚乐不死心地又拨了几遍还是没人听，就关机把卡拿了出来，有点失望地对阿珀说了声"晚安"，心想，明天肯定要挨骂了。

姚乐跑到阳台上，收了毛巾，拿了条内裤就跑到卫生间里去洗澡。她放了满满一缸水泡在里面，闭着眼睛享受着。不一会儿，阿珀拎了份报纸跑来上厕所，"看你一个人洗澡寂寞，我陪你聊天来了，不介意我开大号吧？"

"你绝对是故意的。"姚乐的吼声隔着玻璃传到了阿珀的耳朵里。

"我和你感情好才来陪你的，少在那儿吓我，嗓门大就了不起啊？把我吓得便秘了，我绝对下泻药拉死你。"

姚乐无奈地拿着飘香沐浴露撒了点，希望等下不要熏着她才好。

"喂，不要不说话嘛，人都有三急的嘛，你这样嫌弃我，合适吗？"阿珀敲了敲玻璃门，摆明了不让姚乐装死。

"我没嫌弃你，正常的，我理解的。我怕我开口说话把你吓到，你便秘了我哪担当得起。"姚乐讨好地赔了个笑脸道。

"对了，明天晚上的事，你知道了吧？"

"让我早点回来，晚上一起出去对不？我知道了。"姚乐认真地擦了一遍，闻了闻身上淡淡的花香味，满意地笑了笑。

"恩，记性不错，我不陪你了，睡觉去了，养好精神，明天去疯玩呢。"阿珀说完，一阵抽水马桶声，清晰地传到姚乐耳朵里。姚乐刚准备起来，又放了点温水窝了下去，重新闭上眼睛享受起泡澡。

　　水凉了，姚乐才恋恋不舍地起来，擦干了身子。姚乐看着镜子里的人，越来越不像自己，以前白花花的皮肤，现在感觉没什么油脂，肤色甚至有些黯淡。不过看上去，锁骨似乎还真有那么点诱人，瘦下来以后，姚乐特别不满意她的皮肤，没什么光泽。不过也是，都是骨头，哪有肉摸着舒服。真搞不懂那些男的，为什么不喜欢抱着软软、滑滑的胖美人，非要抱着根骨头，怀里抱着堆骨头，放哪儿都咯手。

　　还是唐朝人最懂享受，看那杨贵妃二百多斤，那抱着该多舒服。夏天当席子，冬天当被子，纯天然的享受。

　　姚乐把衣服丢到洗衣机里洗，又拿起杯子开始刷牙、洗脸。照阿珀的话说，姚乐一天刷很多次牙是种病态（除了早中晚，只要吃过任何东西，必定要刷了牙才舒服），小心哪一天就会变成强迫症，那就是严重的心理问题，阿珀还诅咒过姚乐的牙齿被刷得全掉完。

　　等都收拾完了，姚乐回到房间已经十点多了，不得不说，时间过得真快。姚乐看着电脑屏幕的屏保状态，有些懊恼刚才忘记关电脑了，真是个败家娘们儿，浪费电。她碰了碰鼠标，梁言的通信软件头像在那儿闪啊闪的。姚乐就点开了，随手拿起眼镜戴上，"笨蛋，你死哪去了？打你电话关机了，我刚在洗澡。"

　　"现在还在吗？"姚乐试探地回信息过去，又刷新了一下，还好头像亮着。

　　"在啊，在等你这个笨蛋回信息！要我插盘干吗？"

　　"真的？"姚乐发了个感动害羞的表情过去，"当然是把我的文件给我传过来啊。"

　　"年纪一大把了，少在那装清纯,肥妞。"梁言的话刚发过来，姚乐便气得直瞪眼,这个小子简直欠扁到家了。"不过你放心,因为你是我姐姐,所以就算你是肥妞,在我心里也是漂亮的肥妞,不嫌弃你,我会一如既往地喜欢你。"

"你给我去死。"姚乐有种冲过去扁他的欲望,瞧他说的什么话,好像非要他的怜悯不可。现在一天到晚在姚乐面前招摇的人貌似就是他吧。

"我刚去死了,可是阎王说,我一个人太可怜了,不肯收我,要我拉个伴儿去,姐姐,黄泉路上有你陪着,肯定是不寂寞了。"又发了一连串嚣张的笑,"咱们约不约?"

"废话少说,先帮我解决问题。"姚乐才没心情和他闹下去,"把文件传给我,然后我不管你是死是活。"

"姐姐,你真没良心。"

"你有良心,那么麻烦你死之前做做善事,赶紧把文件给我传过来。"

"我马上睡觉了,姐姐,明天早上七点就有课。"梁言可怜兮兮地发了个哭的表情。

姚乐并不理会,"发文件很快的,你把那个盘里我要的文件给我压缩一下传过来,最多三分钟。"半骗半哄着,姚乐真觉得她现在特别坏,貌似是在欺负小孩。

"我家系统重装后,我把压缩文件给破坏了,压缩不了,发不了。"

"不是吧?什么破电脑。"姚乐吐血,"那麻烦点,你帮我一篇一篇传过来吧。"

"不是吧,姐姐你整我?一共一百多篇,发一篇,接一篇?"

姚乐也不想用这么原始的办法,可惜她不是电脑高手,所以只能采取这么笨的办法了,总比她再去网上整理来得快吧。

姚乐坚持,梁言发了好多个哭的表情。

"弟弟，我知道你帅得人见人爱，花见花开，汽车见了都爆胎，你这天上没有，地下绝无，人间只此一根独苗苗的宇宙大好人，你说，你不入地狱谁入地狱？就帮姐姐一个小小的忙！"姚乐虚伪地把一段小说里的文字给发了过去，拍着马屁，谁叫她现在有求于人呢，"真的只是很小很小的一个忙。"

"姐姐，你这样夸我，我会不好意思的。"梁言打了个笑脸，"虽然我知道，你说的都是实话。"还附带送上了一连串嚣张的大笑。

姚乐看着梁言这句话，气得直捶桌子，见过不要脸的，没见过这样不要脸的，这人的脸皮还真不是一般的厚。

"那你到底传不传？"姚乐看了看电脑下方的时间，半个小时就这样给浪费了。

梁言倒是没说什么废话了，直接传文件过来。姚乐一篇篇接收，她看一下传来五六篇，忙发信息："弟弟，悠着点，我家网速慢，消化不了。"

"你那啥破电脑。"

"我这破电脑至少还有压缩文件管理器，你那高档货没有，所以才要一篇一篇地传呢。"姚乐气呼呼地敲着键盘。

梁言并没有生气，只是回道："现在你那破网速，平均两分钟一篇，还有一百多篇，我实在不敢想象，是不是需要折腾一晚上。"

"你不觉得这样的夜很浪漫吗？"姚乐讨好地发了几朵玫瑰，她自己都觉得特别虚伪。

"浪漫个屁，我还是想好好睡觉，明天还上课呢。哪有人这么搞的，历史上也没有。"

"那更好啊，我们都破纪录了，真是值得纪念的一天。"姚乐一边接着，一边开始整理。

"姐姐,你真变态。"梁言无话可说,"这样搞下去,今天晚上我真不用睡了。你那破网速,开了多少东西啊?"

姚乐看了看,"就挂了一个游戏,还有一个通信软件。"说完心虚地把游戏关了,还顺手把在线音乐也关了。游戏刚下线,阿珀就跑过来敲门,"小乐,你掉线了,快点上,马上升级了。"

"阿珀,今天不挂了,我要接收文件,你那电脑也关了吧,早点睡觉,明天晚上才能有精神嗨。"姚乐心里祈祷着网速快点才好,要不然真要传到天亮。

"好吧,那我下了。"阿珀笑嘻嘻道,"反正我下载好电影了,我看电影去。"

姚乐送走了阿珀,发现接收的速度快了不少,得意地发了个表情给梁言,"我说弟弟,现在网速快点了吧。"

"还是和龟爬一样。"梁言看了看,还有五十二个文件,满脸的黑线,时间指向了十一点,"姐姐,我的美容觉怎么办,你以后做什么补偿给我?"

"我觉得我俩那么熟,说这些就太见外了。"姚乐打着哈欠回道。

梁言那一头并没有回话,姚乐等了半天,忍不住主动开口,"弟弟,我觉得好变态。"姚乐的眼睛酸得勉强睁着一条缝,双眼一张一闭地交替着休息,"我想想,有没有什么正常的办法来处理。"

"我觉得不正常很久了,就你还沾沾自喜。"梁言无奈地对着电脑屏幕翻了个白眼,不过他没有臭脾气地关掉电脑,虽然他真的很想睡,眼皮都在打架,但是瞧着姚乐有这样"犯二"的一面,他也懒得提醒,其实可以上传到云端,她再直接下载,这样更简单。

"那怎么办?传了多少了?"姚乐有点想放弃,这个办法是最愚蠢的，现在后悔也来不及了。

"传了一半，你可别说现在要放弃。"梁言先发制人道，"我都这么辛苦地陪你到现在了，你要放弃，我就把这些材料全部给扔了去。"

"别啊，我不放弃，我不放弃。"梁言那种脾气还真的是说得出来，做得到的，姚乐忙坚定立场，免得他把自己的重要资料给丢了。

"这才乖嘛。"姚乐的识时务让梁言异常满意，他犹豫了会儿道，"姐姐，来，我给你远程！"

"干吗远程？"姚乐问归问，不过还是点了接受。

"因为我要睡觉了，你这个笨蛋自己慢慢搞。"梁言发完这句话，又点了申请控制。

姚乐看着电脑屏幕，脑袋懵了一会儿，回神道："你电脑的隐私就没了。"

"不许偷偷翻我的裸照，不然我要你负责。"梁言笑嘻嘻地发了个害羞的表情，"姐姐，你要老实一点哦，我可是信任你，才把电脑交给你的哦。"

"少来了，我怕长针眼，送给我我也不要看。再说你那身材，又没有 Rain 棒，少在那儿自我膨胀了。"姚乐想象得出梁言气得瞪眼的样子，"我不想说太狠的话打击你，怕伤你自尊。"

"算了，我不和你这个笨女人一般见识。等下记得帮我关电脑，我睡觉了。"

"去吧，我弄完了就关。"

"姐姐，你多翻翻我电脑，真的没隐私，我批准你查阅。"梁言删了 D 盘里几个接收的照片，又把回收站的垃圾清理了一下，"姐姐，我真的要睡觉了。"

"去吧，啰唆，你一说话就和我抢鼠标，烦死人了。"姚乐催促着梁言，省得他影响自己的做事效率。

"睡觉了，姐姐，安。"梁言说完这句话，并没有马上睡下去，他就这样看着自己的电脑被姚乐笨拙地操作，看着文件一个一个被打开，传送。终于半个多小时过去了，才有些困意，倒在床上回想着与姚乐认识的一幕一幕，这个姐姐真的很有趣，跟小时候完全不一样了。

第一次机场看到她的时候，梁言本来没准备戏弄她，只是看着她戒备地躲在后面，才忍不住伸手去拥抱了她。明显感觉到她的抗拒跟僵硬，梁言更是恶作剧地抱着不松手，后来梁言主动去亲近这个儿时的玩伴，却被礼貌地疏远，这让他对姚乐的好奇心越来越重，也越来越不由自主地被她吸引。

"这样变态的夜，我也是无奈了。"姚乐一点也不觉得她刚开始说的浪漫是多么经典，如果时光能倒流，她宁愿明天早起那么一会儿，对啊，姚乐拍拍脑袋，公司在Z大边上，而梁言就住在那边，早点起来去拿不就好了，何必这么麻烦呢。

姚乐啊姚乐，你真的是"二"到无穷大了。

看着还有二十份没传，姚乐不准备继续犯傻了。她决定明天早点起来去梁言那儿拿，顺手就关了远程，关了远程才想到她和梁言是连着的，梁言已经睡了，电脑没关呢。忙打网络电话给梁言，"弟弟，我做了一个错事，你千万别生我气。"先装可怜博取同情。

"什么事？"梁言呢哝着鼻音，回答得有些含糊不清，估计睡得很沉了，姚乐看了眼电脑，十二点半，有点扰人清梦的嫌疑。

"那个，弟弟，我刚才忘记关你电脑了。"姚乐心虚地认错，"我真不是故意的。"她关电脑的步骤就是关了通信软件然后再关机,一时之间,她脑子短路忘记了远程的事,要直接关机。

"你个猪,笨蛋!你肯定是故意的!"梁言睡得正香,被吵醒了,有些恼火。要是别人的电话,他早骂几百遍了,也不是,他肯定是接都不会接的。

"对不起,我道歉。"姚乐小心地赔着不是,答应帮他关电脑,让他好好睡觉的,结果没做到,真的歉意极了。

"好了,关了,我睡觉了。"

"弟弟,明天早上七点的时候我过去拿一下我的包,我顺便请你吃早饭,好不好?"姚乐皮笑肉不笑地提议着,心里打着如意算盘。

"好,你说的啊,明天早上我等你。"梁言心里偷着乐,"姐姐,我睡觉了,安。"

姚乐关了电脑,跑去洗手间胡乱洗了把脸,电脑的辐射还是很大的,除了要涂隔离霜外,睡觉前还是要洗脸的,免得被辐射得满脸坑坑洼洼。

姚乐回到床上迷迷糊糊地开始做梦,翻来覆去总是没办法进入深睡眠状态。辗转难眠,半清醒,半迷离的时候,听到手机铃声大作(昨晚用阿珀的充电器充了电),姚乐眯着眼睛四处摸,好不容易在枕头下摸出手机,无比颓废和幽怨地拉着长调接起电话,"喂——"

"姐姐,该起床了。你不是要请我吃早饭吗?"梁言兴奋的声音透过听筒清晰地传到姚乐耳朵里,她的瞌睡虫被赶了大半。

"弟弟,现在几点?吃早饭早了点吧?"姚乐不清楚准确的时间,不过她感觉只睡了一小会儿,好像才三四点的样子吧。

"五点四十五了,昨晚通完话我就睡不好,开始饿了。坚持到现在,我都快要饿死了,你赶紧过来请我吃饭。"

"不是吧，六点不到你就要吃早饭了？你这是玩我呢。"姚乐要多哀怨有多哀怨，昨天才脱离老妈，今天来个弟弟，五点四十五啊，梦都没来得及做呢。

"我不管，你个笨蛋昨天没让我睡好，今天补偿我，早点起来也是应该的。"梁言说得理直气壮，可姚乐丝毫都想不明白，他晚上少睡了，今天吵醒她，这算是什么逻辑？你好，我好，大家好，我不好，你也别想好吗？

"你个笨蛋好啰唆，一句话，你来不来吧？"

"来，来，必须来。"说着，姚乐认命地爬起床，眯着眼睛痛苦地去洗手间洗漱，心里特别哀怨，她这是上辈子欠梁言的吗？这小混蛋说话一点也不客气，竟然还把吼她当作了习惯，看着镜子里有些肿的眼睛，姚乐特郁闷地化了个烟熏妆。

"姐，大清早你故意来吓我的是吧？"梁言一见姚乐的妆容就不悦地拧起了俊眉，"你这脸擦了多少粉，你这是刷墙呢？"说着伸手在姚乐的脸上飞快地划了一下。

姚乐有气无力地看着神采奕奕的梁言，一看就知道昨晚睡眠质量极好，竟然还怪姚乐让他没睡踏实，真是不讲道理。不过姚乐也懒得跟他叽叽歪歪，直奔主题，"说吧，你想吃什么，我请你。"

"你当我是猪吗，见面就问吃什么？"梁言非常不满意姚乐说这么煞风景的话，抬起头看着晴朗的天空道，"你不觉得今天凉风习习，阳光明媚，空气清新吗？"

"这跟我们吃早饭有关系吗？"姚乐问道。

"有。"梁言咬牙切齿道，"天气好，心情好，我吃的也会多。"瞥了一眼姚乐，梁言暗叹，真是个不解风情的家伙，这种天气散散步多浪漫。

"吃呗，不怕撑死就随便你吃。"姚乐笑得很公式化。

"撑死之前，我一定会吃得你心疼死。"梁言不甘示弱地做了个鬼脸，"走吧。"说完伸手径直拉过姚乐的手，

"你，你干吗？"姚乐愣了一下，下意识地甩开，"松开。"

"不松。"梁言将姚乐的手抓得更紧了，"我怕你一会儿不肯付账跑了，还是抓着安全。"

"你……"姚乐挣扎了好几下没有用，只能翻翻白眼，放弃挣扎。姚乐就这么被梁言一路牵拉着到了一家地方特色早餐馆。

"姐姐想吃什么？"梁言绅士地照顾姚乐落座后问。

"随便吧，你想吃什么就吃什么。"姚乐朝梁言递过菜单，她主随客便。

"你先点。"梁言坚持，"不然我不好意思点。"

"我来份鲍鱼面，然后再来份你们店的招牌粉汤。"姚乐对早餐并不太挑剔，所以简单瞄了眼就向服务员下单了。

"不行，你早上就吃这么油腻的东西对肠胃不好。小姐，来两碗皮蛋瘦肉粥，再拿一碗营养米汤。"

姚乐瞪大了眼睛，这小子啥意思？好，自作主张是吧。姚乐又对服务员说："小姐，再拿一笼烧卖，谢谢。"

"你属猪吗，还加一笼烧卖，你吃得完吗？"梁言惊讶地大呼。

"我不是猪，只是我把你当猪养，你都帮我考虑那么周到了，我能不照顾一下你吗？你看你这大男生，正在长身体，要多吃点才好。"姚乐说得一本正经，末了补充道，"这烧卖可是我特意帮你点的，你别不领情啊，不然我会生气的。"姚乐恩威并施，故意转过头不看梁言那张别扭的俊脸，心里暗笑道：撑死你最好，臭小子，看你还没大没小地欺负我。

早餐端了上来，姚乐先喝了那碗营养米汤，又细嚼慢咽地喝着皮蛋瘦肉粥，当然，还异常主动地帮梁言不断地夹烧卖，"弟弟，你是不是不喜欢姐姐点的东西，你怎么不吃呀？"

"不是。"梁言闷闷地从牙缝里挤出这么一句话："就是不太爱吃这玩意儿。"

"不爱吃啊？还跟小时候一样挑食吗？"

梁言咬了咬唇，没有接话，他小时候的挑食可是姚乐非常讨厌的行为之一，因为每次他挑食，不爱吃的都给姚乐，让她养成了吃剩饭的习惯，要认真地追究起来，姚乐那肥胖的过去，可能跟梁言这挑食的坏习惯有间接的联系呢。

"不爱吃烧卖也行，姐姐给你换小笼包。"姚乐笑得灿烂，"要不然汤包也可以。"见梁言没有接话，姚乐的脸色冷了几分，"我说弟弟，我请你吃早饭，你这样挑三拣四的合适吗？"

"不用了。"梁言嘴角抽搐了一下，"我凑合吃点吧。"

"就是嘛，大男孩可不能挑食，要多吃一点，才能长得壮实，给女生安全感。"姚乐说着又夹了两个烧卖过去，"不许剩下，一定要'光盘'哦，不然下次你别指望我再请你吃任何东西。"

梁言看着姚乐热切的脸，看不出任何不对或者恶作剧的痕迹，实在不好意思说不吃，可是他真的开始撑了，吃得都想吐了，姚乐还在热情地给他夹。

"姐，你自己也吃点吧。"梁言忙截住姚乐的手，将她夹着的烧卖送回了姚乐的碗里，"我觉得他家烧卖味道不错，你试试？"

姚乐只能硬着头皮吃，梁言瞬间主动起来，把盘子里的几个烧卖全夹给姚乐，"姐姐，很好吃是不是？来来，你多吃几个。"

"你这是想撑死我吗？"姚乐吞下嘴里的烧卖，放下筷子看着梁言，"还是准备把我吃成大胖子？"

"说得你好像没有胖过似的。"梁言小声嘀咕了一句,被姚乐脑袋上来的一筷子打懵了,可怜兮兮地看着姚乐控诉道,"我说姐姐,你别这么暴力行不行?把我打傻了,你可是要负责的。"

"我负责?我负什么责?你这是自找的。"姚乐放下筷子,招手让服务员过来结账。

"姐姐,晚上我能不能找你蹭饭?"

"不能。"姚乐干脆地拒绝,她今晚要跟小深、阿珀出去玩呢。

"喂,不带你这样直接的,你就不能委婉点拒绝吗?"梁言不满地哼哼。

"直接拒绝跟委婉拒绝,不一样是拒绝吗?"姚乐看着梁言,朝他伸手,"来吧,把姐姐的包拿来,我要赶时间去公司处理文件了。"

"你还真的是简单粗暴。"梁言嘟囔道,"真不知道你这样的臭脾气,将来哪个男朋友能受得了。"

姚乐只当自己没有听见,从梁言手里接过包,简单翻了一下,移动硬盘在,便安心地拿出钱包把账结清,然后向梁言告别,"好了,弟弟,再见。"

梁言忙跟着起身,"我送你去公司吧。"

"不用不用。"

梁言却一个劲儿地说"要得,要得",并把姚乐一路送到公司,见她走进去了,还在那儿使劲儿挥手。

那么大一个男孩,做这动作有些说不出来的滑稽可笑,但是姚乐的心带着暖意,踩着高跟鞋的节奏,心情愉悦地进了办公室。

姚乐脑海中浮现出梁言那一张稚嫩的脸,也就是这个月吧,从他回国之后两个人相遇的种种事,把姚乐枯燥乏味的实习生活填补得满满的。

有时候，姚乐会敏感地觉察到，她对梁言有些莫名其妙的悸动的感觉，她顿时就会觉得对不起家里人，因为她比梁言大，虽说只大两岁，可是她上班工作了，而梁言还是学生。而这个分界岭，恰巧是最关键的时期，关于成熟与幼稚，社会跟学校两种色调。

姚乐和梁言算是青梅竹马，可是都过去那么多年了，再见的时候已经不是那种小孩子相互亲近的感觉了，而是正常的少男钟情，少女怀春了。因为两家的亲近，让姚乐有些抗拒这样的火花产生。虽然有时候姚乐也能感觉到梁言流露着某些情意，可是她不能，也不敢贸然去捅破这层窗户纸，因为后果她还没有办法预知。

晚上的聚会，姚乐选了件黑色露背的公主裙，阿珀穿了一件黑色的透视衫，加条白色的热裤，还配了双铆钉靴。姚乐笑着在那儿讽刺，"耍酷呢，大热天的穿那么厚的鞋子，也不怕把脚给捂熟了。"

阿珀回过头来皮笑肉不笑地回答说："就你今天穿得最风骚，前凸后露的，我当然不敢抢你风头，得裹得好好的。"

姚乐吐吐舌头，扮了个鬼脸，"说得你好像真的穿很多似的，你这小裤裤都走光了。"姚乐嬉笑着走到门口，换了一双金色的高跟鞋。姚乐想，这亏得是城市的生活节奏，平时大家上下班关着门，邻里之间也不熟悉，来来去去地换人，不然要真的很熟的话，她们也不好意思穿这么招摇地出去，毕竟白天都是衣冠楚楚的白领丽人，一到晚上就整得不伦不类、浓妆艳抹的，看着就像从事什么不良行业的。

前天还在闹失恋的小深和高浅，现在又勾肩搭背地嬉笑着闹成一团。四个人的队伍因为三个女人的穿着而显得特别醒目，一个帅,一个妩媚,还有一个特清纯的模样。

一行人浩浩荡荡地在酒吧门口下了的士,按照小深的话说,高浅就像老鸨,带着三个小姐,招摇着。小深刚说完就被阿珀狠狠地飞了一脚,"你才小姐呢,姐姐我的志向是一定要开个"嘎嘎店",让高哥哥挂头牌,以后你可要天天过来光顾。"

"你有本事今晚就把他给挂牌了。"小深有恃无恐道。

"别闹了,赶紧进来。"高浅早就见惯不怪了,招呼着她们走了进去。

因为是周五的缘故,酒吧的人今天特别多,包厢都爆满了,男服务生抱歉地对高浅道:"只有外围的桌子还有两个没定,要不然你们委屈一下?"

瞧这服务生多会说话,多会讨好老板。好吧,高浅虽然不是这酒吧的老板,但他叔叔是,高浅占了股份,所以姚乐她们的泡吧活动多数是高浅给惯的。也是,在自己家的场子里玩,总比这几个不知天高地厚的丫头去别的地方闹事强。再说,高浅看着呢,安全系数高。

在服务生引导的位置落座,高浅对小深耳语交代了几句,就匆匆离开了。阿珀追着他喊:"喂,你就这样把我们丢在狼堆里,合适吗?"

"你不化身为狼去扑倒别人,我就觉得很万幸了。"高浅前脚刚走,小深就叫酒保过来给调酒。阿珀的眸光犹如雷达一样,开始向舞池搜索,寻找艳遇。

"妈的,怎么就没一个合眼缘的?"阿珀失望地拿起酒杯大口灌了下去,"无聊,看来今晚又只能喝闷酒了。"

姚乐目瞪口呆地说:"姐姐,这杯子里的酒还没调呢,纯XO。"这一杯下去,今晚只怕阿珀会发酒疯。想起这女人的酒品,姚乐心里就打鼓,祈祷她一会儿千万别丢人,要不然她铁定装作不认识阿珀，一定不去管她。

"什么？你怎么不早点说？"阿珀恨不得全吐出来，仿佛刚喝的不是酒，而是耗子药，"我要喝醉了，一会儿还玩个啥。"

"你倒是给我机会说呀。"姚乐幸灾乐祸，"明明就是自己贪杯，酒量又不好，还装得很能喝的样子，我一会儿就看你发酒疯。"

"我发酒疯，好像对你有好处似的。"阿珀赏了个白眼给姚乐，"你别幸灾乐祸，一会儿有你哭的时候呢。"

小深笑而不语地看着她们两个斗嘴，半晌后终于决定做和事佬，"我说你们两个老是斗嘴有什么意思？有这么闲的时间，还不如开阔一下眼界，去找找有没有合适自己的帅哥呢。"

"合适自己的帅哥要看是什么款的了。"阿珀端着酒杯，茫然地看着舞池里摇摆身子的男男女女，"如果只是凑合款、滚床单款，只怕分分钟就可以有。"

姚乐转过脸，认同地点点头，"但是，那种只想把我们骗上床的男人，你觉得我们会要吗？能要吗？敢要吗？"

阿珀把头摇得跟个拨浪鼓似的，"绝对宁缺毋滥。"

"你们俩也别太极端了，不要把男人想得太坏了。有时候，他们就是逢场作戏，遇到真爱你们的男人，一定不会舍得伤害你们。"小深边说嘴角边荡漾着幸福的微笑，眼神看着款款走来的高浅，这个男人是她幸福的依赖。

"不是我要把男人想得太坏，而是，我还没遇到好的男人，一堆垃圾，你说，能有什么好印象？"姚乐无奈地摇摇头，数着手指头道，"这个月在酒吧里，我遇到多少想直接带我开房的男人了？"见小深不接话，又继续补充，"肯花钱开房的还算是正常的，还有不少借着喝醉酒，就想把我拉进厕所那什么……"

"小姐,能不能请你喝一杯?"姚乐的话还没说完,就走来一个端着酒杯的男士,他笑得诡媚,还自以为潇洒地甩了下头发。

姚乐眯眼认真端详了一下眼前这个男人,口气不善道:"先生,刚才在你身边的女伴儿才去洗手间吧,你这样合适吗?"这么迫不及待地猎艳,当我姚乐是什么人?

"小姐,这是我们老板请你喝的。"又一个像嗅了蜜的蜜蜂缠了过来,对着姚乐晃晃手里的杯子。

"我们还喝得起酒,不用你们请,谢谢。"阿珀脸色臭臭地拒绝了一个看着就是拉拉的美女。姚乐突然发现,小深特别有年轻人缘,总有些看上去像高中生的男生喜欢她清纯的模样,而阿珀特别有女人缘,而她,很惨,总是吸引着一些三四十的中年人士。当然,按照阿珀的话说,那个年龄段的男人多半是多金的成功人士,家里有个黄脸的,外面想包个年轻的白脸。

姚乐曾经碰到过一个年纪比她老爸还长的男人,缠着她不说,竟然当面要签支票,说八十万包她三年,看看,她能对男人有什么好想法?光看到他手上的老年斑,脸上爬的歪歪斜斜的皱纹,还有半秃的头发,横长的身子。姚乐就想不明白了,他有钱包小姐,为什么不去抽脂减肥,再顺便磨皮,整一下容。虽然不真实,但起码看着养眼点儿。不知情的小妹妹或许还真有喜欢这种熟透了的款。

"美女,能不能留个手机号码给我?"姚乐认真地打量了一下说话的这个男的,二十五左右,脸很干净,五官的轮廓有点像 Rain,但是比 Rain 又多了几分青涩,而且他的眼睛比 Rain 大多了,很漂亮的双眼皮。

"我从来都不用手机那玩意。"姚乐笑嘻嘻地拒绝,她在酒吧玩从不会留号码给别人，因为她的骨子里排斥酒吧里这些邂逅。

遇到有眼缘的，可以一起喝酒、一起唱歌、一起玩游戏，但是仅止于当晚。分别后，天亮了，就各奔东西。

"那请问你用什么通信工具？"那男的并没有知难而退，"通信软件？邮箱？微博？只要是可以再联系到你的，我都要。"

"我就是一个村姑，你说的那些玩意，听都没听过。"姚乐皮笑肉不笑。

"姑娘，你这睁着大眼睛说瞎话，撒谎撒得面不改色，我也是服了。"那男的对着姚乐做出膜拜的样子来，"虽然看你的样子不太想留号码给我，但我还是厚脸皮自我介绍一下，我叫陈冲，很高兴认识你。"说着伸出手来，打算握手。

姚乐并没有伸手，只是看着陈冲，心里仔细地将他归类，他的脸皮很厚，对付女生也挺有招数，而且对自己的目的性很强，一看就属于不安全等级，还是保持距离为妙。不然对付这样的情场高手，越表现得老练，被吃的可能性就越大。

"你少在那儿装了。过来，我把她的号码给你。"阿珀带着几分醉意拿过陈冲的手机就输入了几个号码进去，一会儿姚乐包里的手机铃声响了起来。

"她叫姚乐。"阿珀将手机还给陈冲，"要不是看在你叫陈楚的面子上，我肯定不会告诉你号码。"说完阿珀摇晃着脑袋，身子摇摇摆摆地朝舞池走去。

这个阿珀，明显就把"陈冲"听成"陈楚"了。姚乐不动声色地叹了口气，她也不知道该说什么好了。

"姚乐？要快乐？名字简单，寓意好，我喜欢。"陈冲对着姚乐咧着嘴角灿烂一笑，"看着你确实让人感觉很欢乐呢。"讨好的话说完，赔着傻乎乎的笑，姚乐感觉有些弄不明白，他是真单纯还是装傻。要是后者的话,这个男人是个人精,绝对能把人吃得骨头都不剩。

面对陈冲有些尴尬,姚乐便去舞池找阿珀、小深,舞池中央,阿珀不想理那些个围着她的男人,走得跟列队似的,直跺脚,就差唱《义勇军进行曲》了。陈冲跟在姚乐后面,帮她挡掉了一些想揩油的人。姚乐身后跟了这么个人,感觉更加别扭,随便扭了扭身体,没了摇摆的欲望,心底突然有种很空洞的感觉。她感觉就像是被丢入狼堆的猎物,她在挑选着目标的同时,也在被别人挑选着,她这样根本不放任何感情地投入,是最悲哀的无奈。

和不同的男人搂抱在一起狂欢,想抗拒寂寞,却发现没有一点温度,在狂欢的人群中暴露着她那可怜的孤单。姚乐的情绪瞬间有点崩溃,对阿珀说了声"先回桌子边",就走出了那灯光迷离的舞池,而陈冲也跟着走了出来。

姚乐端着杯酒,看都没看就一饮而尽,要是被老爸老妈看到她这副样子,一定会痛心疾首,好端端的乖乖女,才实习一个多月就学会了泡吧,把自己整得跟问题少女似的,只是为了逃避现实的不如意。

姚乐手里的酒杯被陈冲拿走,他有些意外地看着姚乐,疑惑道:"刚才你还满脸戒备地不肯给我手机号码,这会儿你怎么就这么没防备心了?在外面的桌子,很容易被下药的,你难道不怕?"

"酒吧老板是我家亲戚,下不了药,你看到没,这边有服务生留意看着呢。"

"就算是有服务生看着,那也有疏忽的时候吧。"陈冲顺着姚乐的手指四周看看,担忧地说,"万一不小心被人下药怎么办?你这女孩怎么就没点戒心呢?"

"戒心，我没有吗？"姚乐看着陈冲的样子，一脸的好人，不由得玩心大起，"我还以为自己对你足够戒备了呢。你还不是厚着脸皮拿到了我的电话号码。"

"对啊，你就对我戒备。"陈冲哀怨道，"虽然我这么说你肯定不相信，但是我真的是个好人。"

"好人证呢？"姚乐笑，"怎么证明你是好人？"

"我可以证明他是个好人。"一副似曾相识的面孔出现在姚乐的眼前，姚乐认真地眯眼打量，原来是以前那个整天缠着沈静的劳迪。姚乐想干笑了事，她心里不太确定，劳迪是不是能够认出她来，毕竟她的变化真的很大，只怕过去的劳迪都没有拿正眼看过她姚乐吧。

劳迪看着姚乐感觉有些面熟，但是他记不起来在什么地方见过，拧着眉头仔细想了半天后终于打破沉默道："你，你是……"

"姚乐。"陈冲快一步接话，"你认识她？"试探地看着劳迪问。

"姚乐？"劳迪抱着他怀里的女伴儿，歪着脑袋又想了想，最终摇摇头，"好像认识，这个名字也熟，但是我怎么会想不起来呢……"

"你个死样，当着我的面想泡这妞吗？"劳迪怀里的女伴儿不乐意了，恼怒地在他脚背上狠狠地踩了一脚，"你敢！"

"姚乐，姚乐，我想起来了！"劳迪激动地大喊道，"姚乐，你是那时候胖胖的那个？"劳迪连比带画地看着姚乐形容，"你是我同学对吧？" 劳迪脑子里浮现出矮胖的姚乐，再和眼前的人重叠起来，实在没有办法联想到一起，但还是试探地问。

"你认错人了。"姚乐努力不动声色道，"我不认识你。"那段过去姚乐恨不得自己分分钟失忆，她最讨厌别人提那段不堪回首的往事。

"怎么可能?"劳迪自言自语,"虽然你的变化挺大的,也好看了不少,可是你明明就是我同学嘛……"说着,一脸好奇地盯着姚乐,想从她脸上看出点惊慌或者惊喜,或是心虚的样子。

姚乐神色平静地任由他打量,等他移开眸光了,才看着陈冲问道:"你朋友吗?"

"恩,他叫劳迪。"陈冲简单介绍了一下,"这是他女朋友,小飒。"

姚乐礼貌地打了招呼,陈冲邀请道:"去不去我们包厢玩玩?"

"好啊。"总比被劳迪盯着强,姚乐忙不迭地跟着陈冲进了他们的包厢。包厢里有两个男的见到姚乐的时候,眼里冒着惊讶,满脸写着不可置信,都转头望着陈冲,希望他能说明点什么。

"这是我新认识的朋友,姚乐。"陈冲看着包厢里惊呆的人,笑嘻嘻地介绍。姚乐也很得体地赔了笑脸,算是见过大家了,"姚乐,这是我的好朋友陈末,这个是我弟弟陈临,他的女伴儿哑哑,刚才你在外面见过的劳迪是我弟弟的同学。"

"姚乐,你是不是在 D 学校念高中?"劳迪不死心地跟着进来继续问。

姚乐浅笑了一下,"我说你这个人好奇怪,非要跟我套近乎,证明我们是同学吗?"姚乐打死也不要在这种场合下同学见面,能忽悠多久就忽悠多久吧,"我们是不是同学很重要吗?"

"劳迪,同名同姓的人那么多,你非要揪着姚乐做啥?"陈冲笑着插话,然后笑嘻嘻地伸手指着小飒道,"你再问下去,小飒要生气了。"

每个女人都不喜欢自己的男人，对其他漂亮女人献殷勤，哪怕只是刚认识。

姚乐无所谓地勾着嘴角笑笑，那笑容要多邪恶就有多邪恶。那个陈临长得和陈冲差不多，不过更加青涩了点。陈临犹豫许久，还是忍不住问陈冲："哥，你这赝品哪儿找的？"

赝品？当我什么人了，姚乐心里顿时就不乐意了，面不改色地看着陈临问："我是什么牌子的赝品？"

"开玩笑呢，我弟弟说笑呢。"陈冲打着哈哈，对陈临瞪了一眼，"在这儿碍事干吗？"

陈临撇撇嘴道："好吧，我出去了。"顺手把陈末一起喊走："你还杵着干吗，想做灯泡吗？也不怕烧死。"

热闹的包厢瞬间只剩下姚乐跟陈冲，姚乐的心里有些说不出来的矛盾，她其实心里明镜似的，知道自己留下，必然会跟陈冲有些交集，但是如果现在就出去，好像就没那么好玩了。

姚乐对于自己是赝品这个问题，还是挺介意的。

陈冲安静地看了会儿姚乐，似乎透过她在看另一个人，眼神执着而又迷离。

"看够了吗？"姚乐笑，"我好看吗？"她打断陈冲的端详。

陈冲尴尬地开口："呵呵，对不起。要不，咱们喝一杯？"

"喝醉了你想干吗？"姚乐笑，"把我当替代品吗？"

"不，不是的。"陈冲急忙解释，"你别误会，我没当你是替代品。"犹豫了一下开口道，"其实你长得很像我一个朋友。"

"过去的女朋友吗？"姚乐嘲讽，"这个搭讪的理由好像过时了。"

"虽然这是一个老得掉牙的梗，但是，你真的很像她。"陈冲说着幽幽地叹息了一声，眼神再一次飘忽起来，好像回到过去的美好时光中，"只是，你笑起来比她多了一对酒窝，更甜。"

"你这是夸我呢。"姚乐笑,并不打算对陈冲的话追根究底,她曾经也无数次用这样的借口找人搭话,同样也被搭讪过。当然,在酒吧这种场合,过程并不是太重要,好在陈冲长得还不错,所以姚乐很耐心地倾听着他追述以往的感情史,没必要追究真假,心照不宣便可。

"我们交往了四年,用最美好的时光谈了一场恋爱。可她连一句分手的话都没有留,直接去了国外,嫁给了个外国人。"陈冲自嘲地笑笑,"我还一个人傻乎乎地站在原地等。我一直不相信自己就这样莫名其妙地被甩了……"说着,他端起酒杯一阵猛喝,"可是她拖家带口地回来,告诉我,我只不过是她青春里的一场纪念,只是一段走过的路罢了……"

姚乐伸出手温柔地抚摸陈冲的脸,听了他这个悲伤的故事,她觉得自己有必要发一点善心,给这个脆弱的男人一些安抚。陈冲的脸虽然有些胡茬儿,但是丝毫不影响他的光滑,他在男人中算是保养得不错的一个。

陈冲神色激动道:"你知道吗?我那时候真的很喜欢她,她走了以后,我好恨她。后来家里给我安排了好几门亲事,都被我搞砸了,因为我发现,我对她们都没有办法动心,可是看到你,我感觉我好像复活了一样。"

"因为我长得像她吗?"姚乐指着自己问,心里却鄙夷陈冲高超的演技,这个男人为了泡她,编了这么凄美的一个爱情故事,作为受伤者,真是让人不想心疼都不行。

陈冲顺手将姚乐搂进怀里,正色点头,"你跟她真的很像,第一眼看到你,我以为是她呢。"说完又补充道,"不过你比她更年轻,也更张扬。"

姚乐并没有抗拒陈冲俯身主动亲她的脸颊,相反,她笑得邪性起来,反手勾住陈冲的脖子,将自己的唇主动献上。

在酒吧，很少有男人能镇定自若地拒绝美女的投怀送抱，陈冲激动地托起姚乐的头开始拥吻她。

跟一个自己看得顺眼的男人接吻，并不是一件太难受的事，姚乐也不是第一次玩这样的游戏，只是她看着陈冲闭眼享受的神色，她的眼神却有些空洞和绝望。酒精麻痹了的接吻，没有一点激情，女人不是很容易就能被挑起情欲吗？为什么姚乐时常怀疑自己性冷淡？为什么对于陈冲，或者任何男人深情地接吻、抚摸，身体都没有一点感觉？

但是，姚乐真的没有办法不绝望，前一秒还在那儿说，有多喜欢他以前的女朋友，下一秒却深情地抱着别人激吻。

男人的爱跟性分得很清楚，可是姚乐想要的男人，是能爱得住上半身，又可以守得住下半身的。所以，这个陈冲，姚乐觉得不是自己的菜。

陈冲的呼吸变得沉重，他的生理反应也明显起来，姚乐有些不满地拧眉，隐忍着陈冲在她身上四处游走的大手，她深吸了一口气，果断地抓住了他的手。谁想，另一个手不小心碰着桌子上的酒杯，酒杯扎实地砸到了陈冲双腿间的位置，姚乐道："对不起，我不是故意的。"

"没事，没事。"陈冲忙抽着纸巾处理身上的酒，见姚乐起身要走，他一把拉住她，深情款款道："今晚跟我回家好吗？"

姚乐心里带着冷笑地看着他染满情欲的双眸，努力挤了一个纯真的笑，"等下看吧，我要去找我朋友，不然她们以为我失踪了。要是打110那就闹笑话了。"说完，她优雅地起身，丢下被她挑起欲火的陈冲，慢慢地走出包厢。

还没走回吧台，姚乐便被前来寻她的小深一把拽到了舞台边，"小乐，你看看阿珀，我真是服了。"

姚乐赔了个笑，还没来得及看向阿珀，手机突然震动，她飞快地扫了一眼来电显示：帅哥弟弟。姚乐有些茫然，直接按了接听键，"喂？"

酒吧震天的音乐声把姚乐的声音盖得一点都听不到，也根本听不到梁言在那儿说什么。姚乐只好拿着包对小深打了个招呼，走出酒吧找到相对比较安静的一角接电话，"喂！"还好，梁言没有挂断。

"你在哪里，怎么那么吵？"梁言的声音充满怒火。

姚乐在酒吧里震得耳朵有些嗡嗡作响，现在又被梁言这么大声地吼了一下，更是"嗡"的一下，耳朵暂时失聪，忙换了一个耳朵，另外一只手捂着受伤的耳朵。她提高音量回话："我在泡吧，你有什么事吗？"

"你去酒吧？你竟然去泡吧！"姚乐换了的耳朵，又被"嗡"地震了下，忙把手机拿远了点，不敢再开扩音，怕一不小心就被震聋。

梁言喋喋不休道："酒吧那种地方，你一个女孩子去干吗？想找男人玩一夜情吗？"

梁言的话直白又刻薄地传到姚乐耳朵里，她特别不舒服，"我干吗，我爸妈还没管呢，你算什么，凭什么对我大吼大叫的？"姚乐完全不把梁言当回事，他干吗那么生气，自己又没做什么坏事，最多也就是和陌生男人接接吻而已。虽然她确实很想找一个合适的、顺眼的男人，来一场浪漫的邂逅，可是始终没有遇到这样一个男人，能让姚乐不顾一切地去突破接吻这一层。她泡吧、邂逅、艳遇，只想知道自己是否还有爱人的能力，是否对那种事，能够水到渠成地做成，而不受心理的阴影所影响。

"你个笨蛋，你以为我想管你？我才懒得管你！"梁言恨不得砸了手机直接冲到姚乐面前去狠狠地甩她几个巴掌，然后怒火冲天地教育她："一个好端端的女孩，泡什么酒吧？一看就不是什么正经的女孩。"

手机里传来嘟声,姚乐知道通话结束,心理特别郁闷,刚才在酒吧的怒气一股脑地直接往上升。她回给梁言电话,准备和这个骂她的弟弟理论一番,什么叫不是正经的女孩?!她是好姑娘,从来都是!只不过因为年少时候受过伤,让她学会伪装并且贪玩了点罢了,但是不正常跟不正经的坏女孩是两码事,是不同概念的。

"怎么了?"姚乐接了小深的电话,就取消了回给梁言的电话。

"你在哪儿?"小深关切地问,"赶紧回来,我看不住阿珀了。"

姚乐挂了电话回到酒吧,看着舞台中央围着一圈人,正在吹口哨调侃,心里隐约有些不好的预感,果然,阿珀是舞台中央的主角,小深急得脸都白了。

"阿珀,你下来,我们回家了。"姚乐伸手去拉正激情表演的阿珀,幸亏她今天穿的透视装扣子多,要不然还真成钢管舞女郎了。

"我还要跳,我还要跳。"阿珀任性地大喊,周围的口哨声让她更加兴奋地舞动着柔软的腰,胡乱扯着自己身上单薄的衣衫。姚乐朝小深交换了下眼神,她们两个一起把阿珀给架下了舞台。可是阿珀耍赖,死活都不肯走,蹲在地上大闹,"我要跳,我要跳,你们两个变态干吗拉我?"

"阿珀,我们换场子跳,这里气氛不够嗨。"姚乐哄着搀扶起阿珀,"你听话,跟我走,会更嗨呢。"越过舞台走出来的时候,正碰到在那边抽烟的陈临,他带着戏谑的眼光看着三个女生,嘴角勾起了一抹玩味的笑容,对着姚乐说了声"赝品"。而姚乐面不改色地当他空气般透明,她才懒得理这个人。

阿珀突然安静下来，盯着陈临那个方向看，姚乐和小深面面相觑，也不知道阿珀怎么了，只见阿珀她走到那边，眯着眼睛认真打量着陈临，突然灿烂地笑了起来，看得姚乐跟小深一脸疑惑，弄不明白到底怎么回事。

阿珀猛地一把抓住了陈临的裤子，使劲往下拽，嘴里说道："穿这么低的吊裆裤会不会掉下来？"

姚乐看到，陈临尴尬地臭着脸，死命地拉着裤子，不让阿珀拉掉，一脸惊恐和委屈，好像阿珀要非礼他似的。姚乐幸灾乐祸地笑了起来，"哈哈哈……"

"掉了，掉了……"阿珀拍手笑了起来，身边好多人"哇"的一声起哄。姚乐在陈临护着身子蹲下的空当，一把拽着阿珀远离这个闯祸地，"阿珀，走了，走了。"都把人家裤子给扒了，再不走，姚乐可不敢保证下一秒会发生什么更让人惊恐的事来。

小深赔了个笑脸，道歉，"帅哥，对不起，你赶紧把裤子给穿上吧。"说完跟着姚乐赶紧离开这个是非之地。

陈临郁闷地哼哼，要不是裤子没穿好，他一定要让这几个女人好看！实在是丢脸丢大发了，他堂堂一个大男人竟然大庭广众之下被这样羞辱，太气人了。

姚乐回到家把包往沙发上一扔，半拖半拽着阿珀跑去卫生间准备帮她洗澡。

"小深，我帮阿珀洗澡，你帮我拿条毛巾进来。"姚乐刚说完，小深就递了毛巾进来，"你一个人行不行？"

"把她当猪一样随便冲一下不就好了。"姚乐拧开水龙头，试了一下水温，阿珀整个人已经醉得不省人事，浑身无力地靠在墙壁上，姚乐无奈地叹了口气，手脚麻利地开始帮阿珀脱衣服。

阿珀不让脱，挥手踢腿在那边闹，"不脱，不脱，不许脱我的衣服。"

姚乐头疼地看着阿珀,"你都这么大的人了,喝断片也就算了,竟然连衣服都不让脱,澡也不让洗,你今晚是准备发霉长芽吗?"这么热的天,从酒吧回来,先不说浑身都是臭汗,那烟味、酒味,一堆怪味儿的集合也真是让人受不了。

"小乐,电话。"小深隔着玻璃门使劲儿喊,姚乐听着熟悉的铃声,是《放生》。几年前的老歌曲,但姚乐特别喜欢。姚乐每次听到这歌声,心里就会不由自主地难过,句句诛心的歌词,将她前一段感情展现得淋漓尽致。她选择放自己一个人生活,也选择从此不再轻易说爱恨。

"小乐,四个啦……"小深扯着嗓子喊,"还是一个陌生号码呢,会不会有急事?"

"小深,你帮我接一下吧。"

"喂!您好,请问您是哪位?"小深那可以跟播音员媲美的声线,让人觉得特别舒服,尤其在这样的深夜里,更加让人感到温暖。

"姚乐?她现在在洗澡,你等一下呗。"小深听到对方说是酒吧的男人,顿时没了好感,直接把电话晾在沙发上了。

姚乐好不容易帮阿珀洗完澡又艰苦地扶着她回了房间将她安顿在床上后,才算是松了口气,看着阿珀毫无形象的睡姿,不由得撇嘴,心想着明天要是跟阿珀说,她拽着帅哥裤子不放,还彪悍地给剥了,那饥渴的衰样,还不把自大的她给气死。哎,亏大发了,刚才应该录视频,将这些精彩过程还原的。

姚乐看看手表,两点半了,也顾不得管阿珀的哼哼唧唧,匆匆洗了个"战斗澡",待她收拾完出来,都三点多了。她拿起丢在沙发上的手机感觉很烫手,一看,顿时愣住,在通话中,已经一个半小时了,并且还在持续通话。她犹豫了一下,把手机放回了原处，还恶作剧地插了个充电线，心里暗叹这个男人耐心还真不是一般好，被晾了这么久，竟然还不主动挂电话，真是钱多烧得慌。

姚乐躺回床上本来想呼呼大睡，第二天起来再看这个男人到底有多烧钱。后来想想这么挂着电话，伤的是自己的手机，刚换的手机，她实习三个月的工资呢，还是很心疼。姚乐忙跑出来，将手机跟充电器都带进了房间插好，然后躺在床上开始接电话，"喂，还在吗？"不见回答，姚乐又提高了音量，"在不在？没人就挂了。"

"恩，在呢，在呢。"电话那头传来迷迷糊糊的声音，估计刚才打着电话睡着了。

"你是谁？打我电话有什么事情？"姚乐明知故问。有时候她都觉得自己特别虚伪，明明知道是个色狼，还要假装小红帽的样子，故意充傻装愣，送上门去给人骗，真不知道这样到底是在骗自己还是骗别人。

有部电影有句经典的台词：这个世界上，你看到的有时候不是真实的，而真实的，你却不一定能看到。爱情有时候就是玩撒谎的游戏，谁更加清纯无知点，谁就能伤害少点。你越是装作无辜，让男人的大男子主义得到满足，他们自然没了防备，沾沾自喜地以为遇到了个笨女人，能内外兼顾地发展。

太聪明的女人，在恋爱这场修行里，一般都不会得到太好的结局，有时候很多聪明的女人收获了幸福的结局，是因为她们懂得装傻，而不是真傻。

而真的傻女人，却往往能够得到幸福的结局，就是应了一句话，傻人有傻福。

"我是陈冲。你今天怎么走了？"

姚乐打着哈欠想说，不走，难不成给你当消夜吃？不过她还是没有把话说绝，假装惋惜地说："哦，我朋友喝多了，我就带她回家了。"姚乐最近的心情被梁言撩动太多，她实在太过被动，她想要主动找一个目标，转移注意力，让自己能淡化对梁言的那一份不一样的情愫。而陈冲这个酒吧认识的男人，显然成了姚乐的第一人选。

首先，他是在酒吧认识的，大家心照不宣，玩玩罢了。

其次，他长得还算入姚乐的眼，或许可以试试跟他接吻以外的其他事情，好证明姚乐在那方面其实并不是真的冷淡，而是因为之前受的伤害，有了心理阴影罢了，她一定能找到那个可以治疗自己的人。

最后一点，这个男人很会猎艳，并且也把姚乐当作了目标，短时期内，他一定会发起主动攻击，姚乐顺水推舟便可以了。

"啊，这样啊？"

姚乐这么聪明的人，不难听出他话里的疑惑，心里鄙夷这个男人，口气不耐烦道："你去问问你弟弟，他是不是被扒了裤子，差点被强了！"

"该不会就是你朋友做的吧？"陈冲的语气惊讶起来，陈临今晚的遭遇早就成了大家的笑料，短时间内这个黑历史是不会被抹干净了。

"就是她做的。"姚乐坚定道。

"你朋友真可爱，跟你一样。"陈冲在电话那头笑了起来，随即道，"有没有发现我们今晚的发展节奏有些快？"

"恩。"姚乐不知道他下面要说什么，只是随意敷衍一下。

"对不起，我失控了。"陈冲道歉，"其实我是真心想跟你交个朋友的。"

姚乐满意地点点头，这人还算有点良知，至少会忏悔。姚乐假装随意地说："酒吧里发生一夜情很正常，再说我们这不还没发生嘛，不用跟我道歉的。"

一个吻而已，姚乐看得并不太重，她试过跟很多不同的人接吻，却没有滚床单的冲动。姚乐知道自己那个心结始终没解开，所以无法进一步发展，这也是她现在这么矛盾痛苦的主要原因。姚乐想找一个正常的男人，谈一次光明正大的恋爱，两个人能甜甜蜜蜜地虐死单身狗，也可以按部就班地牵手、拥抱，谈得时间长了，再双方父母见面，按照模板去谈婚论嫁。最后结婚了，能相夫教子，平平淡淡地过一辈子。

"不是，我的意思是想和你交朋友，不是要和你玩一夜情。"

姚乐听着那边急切地辩解，觉得很好笑，要姚乐跟他回家的邀请还在耳边萦绕着，现在就开始装纯情。看来这个男人喜欢玩的是欲擒故纵的戏码，可惜姚乐并不吃这一套，简单粗暴地说："今天太晚了，我要睡了，有什么事回头再说吧。"

"女孩子是需要早点睡觉的，以后也不要玩那么晚回家。"更不要随便就跟男孩子那什么，挺危险的。陈冲这话没敢说出来，因为他也属于危险分子。

姚乐挂了电话就蒙头大睡，今晚确实是累倒了。

"放我一个人生活，请你双手不要再紧握……"姚乐痛苦地把脸往被子深处埋，可惜那么薄的床单根本没有隔绝噪声的能力。她的手机一遍一遍地响着，姚乐忍无可忍，抓狂地接起电话，"喂，大爷的，到底是谁？"姚乐看都没看来电号码就闭着眼睛河东狮吼，她发誓，以后晚上睡觉手机绝对关机。

"你大爷？是少爷我——梁言！"

"你不睡觉吗？大清早打我电话干吗？"姚乐听到梁言神清气爽的声音，心里头的火气冒得更旺盛了，"最好给我说出十万火急的事，不然，我一定要你好看！"

"姐姐，我觉得我长得挺好看了，再好看就过了。"梁言摸摸鼻子，心想姚乐这火气有点大呀，嬉皮笑脸地赔着不是，"姐姐，既然你非要我说出个十万火急的事来，那么我就说了啊。"

"赶紧说，麻利点。"姚乐深呼吸，努力将怒火平息下去。

"我觉得可以约你吃早饭了。"梁言笑道，"姐姐，都五点了，快起床，起床，今天我请你吃早饭，地方随便你挑。"

"你个禽兽，你给我马上去死！"五点，姚乐听着就想哭，她才睡了一个多小时。姚乐有些控制不住自己体内的洪荒之力了，如果梁言现在出现在她眼前，她一定要把这个小混蛋大卸八块。

"姐姐，在我死之前，我决定做一件事，拉你做垫背……"梁言的话还没说完，姚乐已经暴躁地挂了电话。梁言听着嘟嘟声，又打过去，但是被姚乐拒接了。他眼珠子一转，计上心头，忙给姚乐发了个短信："求救——我妈让我去Y市给我爸送东西，她怕我一个人开车不安全，让你陪我去。干爹干妈已经批准，你要不陪我去，后果自负。"

姚乐看着这个信息，丝毫不怀疑，因为老爹老娘绝对做得出来这样的事，忙深呼吸了一口气，给梁言回过去电话，"我今天没时间，你换人吧。"

"今天周末，你没有安排，如果你不去，干妈说，让你回家给你安排相亲去。"

姚乐气得磨牙，感觉像被卖了一样，在相亲和陪梁言两者中选择，姚乐只要不傻当然选跟梁言去Y市。可问题是，她凭什么好好的一个周末要被别人给安排掉，而且不跟她商量。

姚乐痛苦不已地说："你妈叫你送东西，你喊我干吗？"她的眼睛困得完全睁不开，又酸又涩，"我根本就起不来。"

"你起不来是吗？"梁言笑得邪恶，"姐姐，你要不要想想再回答？"

"什么意思？"姚乐警觉道。

"没什么意思呀，你起不来嘛，我就想办法让干妈去喊你起来呗。"梁言语气轻快道。

"你！"姚乐磨磨牙，她知道梁言敢说这句话，肯定是留后手的，所以深吸了一口气，努力将怒火平息下去，嘀嘀咕咕念着：世界如此美丽，我的心情千万不能暴躁，淡定，淡定。

"姐，一句话，你到底去不去？"

"去。"姚乐知道没办法拒绝，只能咬着牙答应，"我能说不去吗？"

"姐，你真是太好了，明事理，识大体，还这么善解人意。"梁言一阵猛夸，反正说好话也不用花钱，"我真是越来越喜欢你了。"

"少来，几点走？"姚乐打断梁言，"咱们快去快回。"

"姐，你很急吗？"

"我不急，一点儿也不急，如果能不去那是最好的。"

"你不去那可不行，Z市到Y市要两个小时车程呢，我一个人开车非得闷死。"梁言喜滋滋道，"有你在，必须充当照顾我的角色，谁叫你是我姐呢。"

"我跟你其实没那么熟吧。"姚乐撇嘴，"就算小时候有点交情，都过去这么多年了，你也早该洗洗刷刷地忘了。"

"忘不了，我一直都忘不了你小时候老欺负我。"梁言直白地道，"那时候你仗着比我高大，不是抢我玩具就是抢我零食，还威胁我不能告诉家长，不然下次不带我玩。"

"有吗？"姚乐怀疑地问，心里却默默地想，自己小时候应该没那么霸道吧？欺负弱小这种事应该不是她这么善良的人干的。

"有，你小时候就是这样的。"梁言无比坚定道，"那时候为了跟你玩,我把多少稀奇古怪的好东西都'进贡'给了你,你怎么能没良心地忘得干干净净呢?"

"好吧,就算我小时候欺负你了,那你也没必要记仇到现在吧。我们都多少年没交集了,你这样变着法子压榨我,就是变相地欺负我,合适吗?"

"不就让你陪我去下Y市吗,至于说得这样严重吗?"

"就是严重。"姚乐控诉道。

"我可没压榨你,也没欺负你。"梁言道,"姐姐,你说话得摸着良心。"姚乐已经彻底翻白眼,懒得接梁言话了,她认输。

梁言继续道:"姐姐,乐观点,反正周末休息,你没谈恋爱又不想相亲,陪我去Y市溜达一圈,就当作一日游好了。再说,还有我这个帅气的司机贴身陪着,多幸福的事,别人求都求不来呢。"

"谁稀罕,你这个人脸皮怎么这么厚,长城看到你都要自愧不如地倒了。"

"我这叫自信,你懂不?看你垂涎我好久了,我大方地给你机会,让你陪我去,是看得起你,你还在那儿费话,真是不会把握机会的笨女人。"

"我难道还要三拜九叩地谢恩不成?谢谢你只让我睡了一个多小时,还要一路辛苦地陪你去Y市奔波?"

"三拜九叩这么大的礼,我心领就行。"梁言一本正经地说得煞有其事,故意忽略姚乐的抱怨,不耐烦地催促道,"一大早地尽听你废话了,赶紧麻利地起床。"

"求我的是你,麻烦你态度好点好吗?"

"十分钟后,我开车过去接你,你不准时下来的话,后果自负。"

"这小子是不是暴力电影看多了?脾气这么臭,还这么霸道，一点儿也不把我当姐姐嘛。"姚乐愤愤不平地自言自语，"我就是一个受虐的丫头命，真是悲剧，难不成小时候我真那么欺负他了？这叫现世报？"不满归不满，姚乐还是迅速地穿衣服起床。她看着镜子里自己微肿的眼睛，布满了细密的血丝，看来隐形眼镜也不能戴了，那就简单画个淡妆吧。姚乐摘下眼镜，打开粉底盒，还没来得及往脸上扑，门铃便响了起来。

姚乐忙狼狈地奔去门口，接起对讲电话，"我的小祖宗，都在睡觉呢，你别按了。"姚乐不敢想象万一把刚入睡的阿珀和小深吵醒了，会有什么严重的后果。估计，梁言不会有太美好的结果。因为她们的格言是帅哥成可贵，美食价更高，若为睡觉故，两者皆可抛。

姚乐打开门，胡乱地将头发整理了一下，免得被梁言看到了笑话，不过下一秒梁言说了句让她吐血的话，"我给你一分钟时间，给我马上下来，不然我继续按铃哦。"

"靠！"姚乐忍不住爆粗口，但是梁言的威胁相当管用，姚乐连妆都懒得化了，转身回房抓了手机跟包就急匆匆地跑下楼，因为姚乐相信，梁言这个小混蛋说一分钟，绝对不会多给她一秒钟。果然，在她跑出门时就看到梁言盯着手表在大声倒计时，姚乐气得拿包就砸上他的后脑勺，"混蛋，我上辈子欠你的，这辈子你就尽欺负我？"姚乐说得要多委屈就有多委屈，"五层楼啊，就让我一分钟下来，你这是要我老命呢。"

梁言带着内疚地笑笑，"姐姐，我负责在Y市陪你玩个够。"打死他也不会说，他是因为气姚乐昨天泡吧，今天故意恶整她，"绝对满足五陪——包吃、包喝、包玩、包陪、包睡。"

"貌似是我陪你玩吧？"姚乐无力地说，"五陪我就不奢望了，你让我踏实地睡一路补补觉，我就感激不尽了。"

"姐姐，早睡早起才身体健康。"梁言讨好地帮姚乐开了车门，做了个请她上车的动作，十分绅士。姚乐并不害怕坐梁言的车，因为梁妈妈说过，梁言刚成年就考了驾照，也有单独自驾游的经验，所以他不算菜鸟司机。

"你少在那儿说风凉话，我的美梦就这么被你给毁了。"姚乐痛苦至极，昨晚她梦到和Rain拥抱，每次关键时刻就掉链子。她抱了一晚上的被子都没抱踏实。现在幻想一下，要是把和Rain的拥抱换成接吻该多么美啊。

"什么美梦？"梁言发动了车子，不忘记八卦。姚乐刚说完，他就十分鄙视地来了句："你就一个色女，怎么就没点儿女孩子的矜持？"

"我又不犯法，你管我。"姚乐别过头看着车窗外。

"你以后少和我说你的春梦，简直是恶心得没话说。"梁言恼怒地狠踩了下油门，直接飙到了一百二十迈。

姚乐本来还想顶下嘴，看到那一百二十迈的速度有些心惊，她可不想和梁言出车祸，来个黄泉路上结伴，于是认怂地缓和了口气，"我说弟弟，这还没上高速呢，你悠着点，姐姐我心脏不太好，万一给吓出病了，还得上医院，那多麻烦。"

"那你还说不说春梦了？"梁言的脸色缓和了几分，松开了油门放慢了些速度。

"不说了，不说了。"姚乐讨好地直赔不是，"我低俗，我色女，我以后再也不做春梦了。"

"那也不全是。"梁言笑着转过脸道，"以后要做春梦，就梦我，Rain有什么好的，你多想想我，我多帅，而且又真实，你想抱就给你抱，想亲就给你亲嘛。"梁言丝毫没有什么不自在，说得理所当然。

姚乐尴尬地笑笑，"弟弟，你这自我感觉倒是挺好的。"有这样自吹自擂的人吗？要不是看在时速在一百迈左右徘徊，姚乐真的很想吐他一脸，"见过不要脸的，没见过你这样不要脸的。"虽然姚乐承认，梁言长得确实还不错，但是这样膨胀起来就让她受不了了。

"我说姐姐，你为什么会喜欢 Rain 呢？他又不知道你这么喜欢他，你这全是白日做梦的空想。要喜欢他还不如喜欢我呢，喜欢我，我还喜欢你呢。"

姚乐看着梁言专注开车的侧脸，仿佛刚才的那句话，只不过是小孩子的一句戏言，但是她有种心跳加速的感觉，脸颊有些发烫，她闭着眼睛努力克制自己不正常的表现，语气尽可能风轻云淡道："弟弟，我太困了，先睡一会儿，你开车可不要太急，慢慢开，晚点到 Y 市我也不介意。"

"知道，啰唆。我的车技你放心好了。"梁言拍着胸脯保证，"绝对安全第一。"

到 Y 市只用了两个多小时，梁言把东西给他爸以后就回车里了，也没叫醒睡得香甜的姚乐。他边给手机充电，边安静地玩游戏。

姚乐迷迷糊糊地睁开眼，看着梁言正专注地打游戏，忙扭动了下睡得几近僵硬的脖子，含糊不清道："几点了？我们到 Y 市了吗？"

"到了，东西也给了，就等你这只猪醒来说肚子饿了。"梁言笑嘻嘻地转过脸道，"瞧我多了解你。感动吧，要不要以身相许？"

姚乐的肚子配合地"咕咕"叫了几声，抬手看了一眼手表，"呀，都十二点了。"

"我说你是猪，你还真配合。"梁的嘴角抽搐了一下，"这青天白日的，你除了吃跟睡，就不能来点浪漫的吗？"

"弟弟，这个浪漫是因人而异的，情侣间才需要讲浪漫，而我们不一样。"姚乐一本正经道,"我们只是姐弟。"见梁言沉着脸没搭话,姚乐便绕过这个话题,"去找地方吃东西,我饿了。"说完她拿过眼镜戴上,模糊的视线一下子清晰了,当然,梁言那张暴怒的脸也一览无遗,忙心虚道:"干吗?生气了?我又不是故意要睡那么久的。再说,我是真的饿了,早上什么都没吃就被你叫起来了,再饿下去,我就要得胃病了。"

"你能不能不要在这样好的气氛里刻意地提醒着我们的关系?以后不许叫我弟弟!"梁言臭着脸开车,心里郁闷无比,整张俊脸黑得可以跟姚乐的电脑屏幕媲美。

"那不叫你弟弟,叫什么?"姚乐准备继续装傻,从梁言毫不遮掩的表情里,她已经看明白了很多东西,只是这些东西,她没有办法去回应,因为他们的个性有天壤之别,相差实在太大。即使相爱了,也不会长久。梁言就是一个被宠坏的孩子,姚乐是温室里的小花朵,两个人相爱容易,但要想相处就很难了。因为脾气一个比一个差劲。

现在姚乐总觉得她是被梁言霸道地牵着鼻子走,因为她愿意去忍让梁言,将他当作任性的弟弟看待,懒得跟小孩子去计较。可如果是男朋友这样对待她,姚乐肯定早就把人给踹了,凭什么你可以对我指手画脚呢?我爱你是我的事,跟你没关系,但是你没资格仗着我爱你,就对我大呼小喝的,我爱你又不欠你什么。

姚乐也知道自己心里现在特别矛盾,情感上她其实想不顾一切地去靠近梁言,理智上却一再地劝说自己,一定要冷静,她已经过了那个"以为牵手就会结婚"的年纪,她现在早把爱情看穿,不是同一个世界的人,就算相爱了,依旧是要挥手作别的。

姚乐不想跟梁言走到那一步,明知道是悲剧还去开始,最后失恋的苦楚自己一个人尝,反反复复地陷入情网里不能自拔,这样的结果不是姚乐想要的。

不去相爱,就不会有彼此的伤害,两个人还能在最美的回忆里,做那个最真实的自己。

"梁言,梁言!"姚乐看着那时速表上的数值又开始往上跳,一颗心怦怦直跳,就知道他又在生闷气了。姚乐忙摸摸鼻子,推了推眼镜,赔了个笑脸给他,"梁言,以后我叫你小言好不好?"姚乐心里后悔今天出门了,万一真出车祸,那就冤死了。

"小言还凑合。"梁言的脸色稍缓几分。

"小言,我们不是坐云霄飞车,没必要开这么快的。"姚乐紧张道,"你这样踩油门,我心里好紧张,万一吓出心脏病可怎么办?"

"云霄飞车是吧?马上就带你去坐。"梁言从牙缝里挤出了这么几个字,听得姚乐心头直打战,一口气硬是堵在心里,闷闷的,透不过气来。她也不敢再多说什么,生怕刺激了梁言敏感的神经。

姚乐被梁言带到了Y市的游乐场,当姚乐拉着他的手走进游乐场,他的脸立马笑开了花,一瞬间千年雪山就地崩塌的感觉。

孩子气的梁言,其实真的挺好哄的。只是这样的男子,完全不适合作男朋友。

姚乐玩累了,就提议坐游船泛湖,两个人一起踩着船,在湖面上悠闲地荡漾着,不时地吵几句嘴,聊几句玩笑话。姚乐挺喜欢这样的感觉,虽然嘴里还是叫着弟弟,但是她明白自己对梁言的感觉,不再是单纯的姐弟,其实早就掺杂了某些别的情愫,或许她们更多的是像情侣一样地游玩,只不过不敢承认,这种感觉或许就叫恋爱吧。期间陈冲打了个电话过来,姚乐刚接起来,就看到梁言别扭地转过脸去,姚乐便也没心情啰唆,只简单说了一句就直接挂断了电话。

梁言自顾自地玩水,一会儿盘弄方向盘,一会儿故意踩大水花,姚乐犹豫了会儿,还是主动用手肘碰了碰他,试探地问:"弟弟,我们什么时候回去?"眼看着下午六点多了,回去的车程也要两三个小时呢,开夜车不安全。玩得差不多了,姚乐便提议回家。

"是不是别的男人找你约会,你就急着想回去了?"梁言的脸色毫不遮掩地挂着不悦,说出来的话也很冲,眼神带着酸涩地看着姚乐,似乎只要她敢点头说是,他就有冲动,恨不得掐死她泄愤。

"什么约会?没有的事。"姚乐忙辩解道,"我亲爱的弟弟,拜托你看下时间,都六点了,我饿了行不?"她宁愿被梁言讽刺是好吃懒做的猪,也不愿惹梁言不高兴。

回家的高速公路上,梁言把车飙到了一百四十迈,姚乐的小命可不能就这样玩完。

"弟弟,慢点开,不着急。"姚乐说。

"今晚不回去了。反正你说不急,明天周末还可以休息。"梁言说。

"啊?"姚乐惊诧地看着梁言,从他坚定的眼神中看到了威胁,只能妥协地点点头,"是啊,不急,不急的。"与其这么危险地飙到一百四十迈,还不如接受他的提议,就当是旅行吧。

他们返回Y市,在Y市一家高档的地方菜馆吃过晚餐后,梁言直接带着姚乐去湖边的酒店开房。姚乐心里忐忑地想,万一梁言要开一个房,她应该说什么来拒绝呢?可惜还没等她想好说辞,梁言已经将她的身份证收了过去递给前台,"两间房。"

姚乐这才松了口气,但是又不知道为什么心里有些遗憾。

等梁言递过来房卡，姚乐这才笑笑，"我住502呀，数字不错。"

梁言在408，他回房收拾了一下就抱着电脑敲开了姚乐的门，姚乐不明所以地看着梁言把笔记本电脑装到了她房间里，问道，"弟弟，你这是什么意思？"

"我房间的网络是坏的，懒得换房，就在你这儿凑合用一下。"梁言笑嘻嘻地说完便打开笔记本开始上网。

姚乐也不好说什么，梁言在她房间让她浑身都感觉不自在，坐也不是，站也不是，连尿急都憋着不敢上洗手间。正难熬的时候，阿珀来电话了，姚乐接起电话就习惯性地贫嘴，"姐姐，长途加漫游，死贵的，您有话就直说啊。"

"呸，你全球通，全国接电话都免费好吧？我才是那个花钱的主儿，我都没心疼我的话费呢。"阿珀毫不留情地呛着姚乐。

"好吧，我帮你心疼话费，这样满意不？"

"不算太满意，也就凑合了。"阿珀说完又道，"我现在正在酒吧玩儿呢，哈哈，给你听听这音乐。今天酒吧好多人啊，好兴奋，你没来真的是可惜。"

姚乐忙把手机拿远了些，那里面震耳欲聋的音乐，歇斯底里的尖叫声，让梁言也好奇地回头看向姚乐。姚乐忙心虚地关了免提，移步走到窗边，拉开窗帘欣赏Y市的夜景，湖光灯色，景致十分雅观，姚乐不忘调侃阿珀，"姐姐，你空虚的心情，我理解，枯木逢春的兴奋我也了然，那今天晚上有帅哥就多泡点，见一个泡一个，见两个泡一双，一打的话，就组个足球队、篮球队什么的，我绝对支持你。"

"有好东西，我当然留着共享给你，可惜你没来。说吧，你死哪儿去了？"阿珀的声音已经用吼了，可姚乐还是听不清楚，只好再一次地开了扩音，阿珀的声音一下子就蹿了出来，"今天看见有个男人长得很像元彬哦，你在的话，我就留给你。可惜你没来，我就先下手了哦，到时候你可别怪我不讲姐妹情。"

姚乐笑笑，因为她把时苏和沈静的照片全毁了，所以只和阿珀她们形容过，时苏长得有点像元彬，于是只要酒吧出现颜值高的帅哥，她们都会主动鼓动姚乐去，美其名曰：反正就是玩玩，不当真，泡过甩了他，就当自己当初被甩的心理安慰。

"好吧，我知道你念着我，心里有我就行了，帅哥你就自己慢慢'享用'吧，我今晚不需要。"

"喂，你到底去哪里了？"阿珀不死心地追问。

"等我回去再说吧。"姚乐显然不想在电话里跟阿珀她们说梁言的事，三言两语地绕开话题，"好了，就这样，先拜拜了。"之后便挂了电话。

"姐姐，你喜欢泡男人？"梁言在电脑上打了一通字，漫不经心地问姚乐。

"不喜欢。"姚乐走过去，"都是闺蜜闹着玩的。"虽然姚乐和阿珀她们整天把自己标榜得好像不良少女一样，"泡帅哥、泡帅哥"地挂在嘴边，但是真正能让她们入眼的男人并不多，她们自认为口味挺挑，一般的饭菜不下口。

姚乐走到梁言身边，看他在玩什么游戏，原来是劲舞团，难怪梁言邀请她一起玩呢，可惜她对这个游戏不太感兴趣。姚乐推推梁言道："帮我开一下我的通信软件。"梁言把位子让了出来，姚乐打开通信软件聊天，也就是阿珀她们几个，随便聊着。

"姐姐，你就聊个通信软件，手机上不行吗，非得用我电脑？"梁言看了半天有点按捺不住道。

"手机打字没键盘打字痛快。"姚乐回完梁言的话，又道，"再说，我也不是光聊天，我这不是在下载游戏吗？"

"对哦，姐姐你和我玩游戏吧。"梁言邀请姚乐，"我带你玩好不好？"

"玩劲舞团？我不喜欢，我很菜的。"姚乐很谦虚地拒绝，刚流行没多久的时候，她已经能跳反键了，一百八都能跳，不过玩得太疯，通宵下来，第二天手指就抽筋了，自从玩了3D类游戏，她就不玩劲舞团了。

"没关系，我也才玩几个月，我教你。"梁言满脸自信地推荐着自己。

"既然没玩多久，那你还不如去玩英雄联盟或者穿越火线呢。"姚乐并没有说梁言玩的劲舞团有些过时，只是含蓄地提醒他换别的游戏玩。

"英雄联盟很好玩吗？"梁言不耻下问，见姚乐点头，忙道，"那行，我今晚就去弄个号玩玩。"

姚乐没有接话，开了她的空间，准备写日志，虽然现在大家都流行微信朋友圈，各种拍照，各种晒，但是姚乐依旧喜欢这种原始的方式，在日志里写一些生活小感慨，然后同步到朋友圈。

"哇，姐姐，你的空间好漂亮。帮我也做一个好吗？"梁言讨好地摇晃着姚乐，"弄个情侣版的可好？"

"不好。"姚乐果断拒绝，见梁言的脸色黑下来，忙道，"其他款式，好看的，漂亮的，随便你挑，我给你做。"

"好吧，你说的哦，我自己挑。"梁言笑嘻嘻道。

姚乐点开梁言接近空白的空间，鄙夷地笑了一下，说："弟弟，虽然空间不怎么流行了，可你这样糟践也忒夸张了点。"看看梁言还开着黄钻呢，真是太浪费了，有钱也不能这样啊。

姚乐在梁言的指示下，刚帮他的空间换了皮肤——一个跟自己风格其实很相似的情侣套系。姚乐本来想拒绝，但是想到梁言是黄钻，他想换啥都是他的事，自己如果做得太过矫情倒是多此一举了，也就默认了梁言的做法。

两个人正专注地挑挂件和漂浮物，梁言的笔记本就没电了，姚乐抱歉地转过头对梁言道："下次再弄吧，你的笔记本没电了。"

梁言懊悔道："早知道我刚刚就不打游戏了。"随即道，"不行，不能下次，你明天回家就帮我弄好，晚上我检查。"

"我又不知道你密码，怎么帮你弄？"姚乐突然不太反感梁言的霸道，竟然带着几分撒娇地对他道。

"我密码，就是你通信软件账号，记住了吧。"梁言笑着伸手抚摸了下姚乐的脑袋，"以后有时间也帮我写写日志，打理一下哈。"

"不怕你通信软件上的妹妹们被我吓走？"姚乐有心糗糗梁言，"还有，你通信软件跟微信通的吧？"

"跟你说了，我没女朋友，也没有别的妹妹，更没有隐私。我电脑都给你查了，你要怎么样才肯相信我呀？"梁言气呼呼地转过身，猛地灌了好几口水，"姐，你说吧，我要怎样坦诚你才信我？"说完还挤眉弄眼，"要不要就在这里脱光，好坦诚相见？"

"坦诚相见？美得你。赶紧抱着你的电脑去睡觉吧。"姚乐看看时间都十二点多了，忙催促梁言走。等下洗完澡还要洗衣服，不知道晚上能不能晾干，要是不干的话，明天就得穿发潮的衣服了。

"我去睡觉了，姐姐晚安。"梁言抱着笔记本电脑走到门口，又转过身对着准备关门的姚乐笑嘻嘻道，"姐姐，你确定真不留下我？你舍得赶我走？"

"好走不送。"姚乐标准地鞠躬送客。她可不敢留梁言在同一个房间过夜，谁知道会发生什么事呢？现在姚乐能躲梁言多久是多久，她真没有做好要跟他捅破窗户纸的准备，因为她还没准备好，也没想好怎么处理，所以现在就先这样吧。

"姐姐，你怎么不和我说晚安？还有啊，给个亲吻我好做梦。"梁言讨要得理所当然，说完又补充，"虽然我是不会像你那样做低俗的春梦，但是偶尔梦到你也挺不错的。"

姚乐的手指在唇上点了点，又麻利地按到梁言的额上，笑吟吟道："亲爱的弟弟，你快去睡觉吧。晚安。"

梁言乐得合不拢嘴，"姐姐，我一定会做春梦，我一定会梦到你的。"话刚说完，姚乐就飞了两脚过去,这孩子说的什么话。

梁言摸着被姚乐踹疼的膝盖，无比幽怨地瞪着她说："你要不是我姐姐，我今晚早把你给吃了。你说你这么大个人，怎么连一点防狼意识都没有？"梁言眉头拧了起来，"你怎么能这样毫无防备地留男人在房间里呢？你不知道孤男寡女很容易干柴烈火吗？"

"你要不是我弟弟，能进得了我房间？"姚乐理直气壮地反问，"好了，我懒得跟你贫嘴，你赶紧去睡吧。"说完，不留情面猛地把门一关，实在没办法和他再这样耗下去了，谁是狼还不一定呢。梁言好歹还是个学生，可姚乐已经在社会上打过滚了，动情起来，谁吃了谁，还真不好说。

第四章　彼此有意却忍住不说

姚乐洗完澡又简单地洗了衣服，将衣服放到空调底下，这才回到床上睡觉。虽然环境陌生，但是柔软舒适的床榻还是很快将疲倦的她带入了深睡眠。

一夜无梦，早上睁开眼，姚乐神清气爽地拉开窗帘，狠狠地呼吸了几口新鲜空气。看着窗外温和的阳光，心情不自觉地跟着明媚起来。姚乐很快梳洗完毕，将昨夜空调没吹干的裙子拿到电吹风底下吹，收拾完便奔去408敲梁言的门。

敲了好一会儿，梁言才顶着一头乱乱的头发开门，打着哈欠道："姐，早。"看到姚乐似笑非笑的样子，梁言睡意去了大半，忙跑到床边拿起被子遮挡，"你，你怎么来了？"那声音紧张得好像姚乐要把他怎么样似的。

姚乐无所谓地笑笑，看到梁言赤裸的上身，穿了条卡通图案的内裤，将他纤长姣好的身材展露无遗，她本来是挺尴尬的，可是看到梁言的反应竟然比她还强烈，瞬间连羞涩都觉得是多余的。姚乐想，在梁言心里，她此时的角色或许就是一个欺负良家孩子的坏人吧，罢了，就将这样的恶角色继续到底吧。姚乐毫不犹豫地跟着梁言的步子进了屋子，大大咧咧地挪开椅子，坐在床边看着他。

梁言的表情特别逗，整个人缩在被子里，恨不得将头都埋进去。梁言小心地拿过床头的牛仔裤,盯着姚乐看了会儿,羞涩道:"姐姐,你能不能不要盯着我看?我会不好意思的。"见姚乐别过脸,他忙在被窝里套啊穿啊,穿完了下面,又红着脸缩到被窝里穿上了T恤,等穿好了才笑嘻嘻地露了个脸,"我先去刷牙、洗脸,姐姐你自便。"

这家伙明显是个羞涩纯情的种,非得把自己扮演得跟痞子似的。姚乐想到自己昨晚被他吓得连厕所都不敢上的窘态,再看他今天这副模样就特别解气。

姚乐笑着打趣他,"弟弟啊,衣服反穿,也是流行吗?最近我都落伍了呢。"

梁言低头一看自己穿反的衣服,忙一个箭步冲进了洗手间,还利索地上了锁。

姚乐玩味地笑笑,顺手拿起丢在桌子上的遥控器开了电视。她其实也挺尴尬的,如果不是梁言反应大,只怕现在捂脸逃走的就是她了。

梁言好一会儿才出来,还洗了头,那鸟窝样的杂草这会儿看起来顺眼多了。姚乐也不开口说话,就等他收拾好,然后两个人带着奇怪的心情回Z市。

姚乐一路上都闭着眼睛在假睡,这种暧昧不清的感觉,让她脑子里乱乱的,心里也是酸酸甜甜地夹杂着几种怪味。她知道,自己跟梁言不管是谁先捅破了这层纸,两个人的关系只怕会有翻天覆地的变化,要么好,要么不好。好的话自然是皆大欢喜的结局,要是不好的话,只怕是连朋友都很难做,那么以后双方父母见面,两个人该怎么去相处呢?

每一段恋爱,开始之初都是美好的,每个恋人都只有完美的优点吸引着对方,但是相处时间长了,原本那些美好就会变得腻味,变得面目全非,最后彼此眼里只有缺点。姚乐不敢跟梁言捅破这层窗户纸,就是害怕捅破之后的生活,并不是她所期待的那样,到时候两个人尴尬也就算了,只怕跟两个家庭都无法交代。

姚乐需要静静,好好想想才能做出决定。

刚进家门,梁言便电话催促姚乐帮他装饰空间,姚乐没办法,只能第一时间跑回房间帮他简单整理了一些歌曲,还按照梁言的要求,帮他做得跟自己的空间类似,等差不多做完了,最后又应他要求复制了一篇搞笑的接吻论。

代数学教授:接吻是不将两者除以任何东西,不将其分割开来。

几何学教授:接吻是两条直线间最短的距离。

物理学教授:接吻是由于心的膨胀造成嘴的收缩。

动物学教授:接吻是雌雄异体的唾液细菌交换。

生理学教授:接吻是两块口轮匝肌在收缩状态时并置在一起。

会计学教授:接吻是一种信用贷款,因为返还时有利润可图。

经济学教授:接吻是一种需求高于供给的东西。

统计学教授:接吻是一项在生命力统计是36-24-36时发生概率较高时。

心理学教授:接吻是口腔期滞留现象。

工程学教授:接吻是什么?

哲学教授:吻是小孩的烦扰,年轻人的狂喜,及老人的尊崇。

英语教授:吻是常用来当作连接词的名词,这样的用法虽然常用,但不适当;被说时它常是复数,且适用于所有地方。

  电子学教授:接吻是正电子和负电子的相互吸引。

  运输学教授:接吻是把爱意由甲地运输到乙地,产生某些程度的回。

  姚乐同步到梁言微信后准备下线,突然见他通信软件上有信息闪动,姚乐想装作没看到,可是信息接二连三地发来,姚乐心想会不会是梁言换了小号找她,犹豫着要不要打开看看,可是手却快脑子一步做出反应。姚乐点开闪动的头像,是一个叫狸子的女生,第一句话就是"老公出来"。接下来几条都是"老公出来"。

  姚乐的眼睛突然有种酸涩的感觉,心里瞬间堵得发慌,那个口口声声说没隐私、没女朋友的家伙,其实暗地里已经藏了一个"老婆"。

  姚乐这一瞬间情绪波动很大,就像从赤道突然跌到了南极,温差让她一点一点张开的心房瞬间崩塌,又紧紧地关上了。

  姚乐终于明白自己对梁言为什么会有一种想爱却又不敢爱的卑微感,除了来自双方的家庭,害怕影响双方父母之间多年的情谊外,她其实更多的是对梁言没信心,像他那样一个乐观、阳光、家底子不错的年轻人,活脱脱的小鲜肉,在学校里怎么可能没追求者呢?只怕梁言想单身都很难吧。

  想到学校里的恋爱,姚乐便会想到自己那一段失败的经历,那一场让她对爱情只敢渴望却再也不敢轻易付出的恋爱,心便克制不住地难受起来。

  姚乐木然地关了梁言的通信软件,开始在她自己的日志里写东西。

曾经以为自己是个很坚强的人，即使失去爱情，也可以活出自己的精彩。其实不是，我不明白为什么人总要在经历一些事情之后才能多了解自己一点，如果一切都可以避免，就不会这么郁闷了……我丢掉了我的爱情，也把自己陷入了绝望的境地。曾经以为自己没心没肺，即使受过伤害，或者伤害过别人，也会很快忘记，继续做回快乐的自己，其实不是，到处都留下记忆，越想忘记，反而会记得越深，每一次想起都会让自己很痛很痛……我丢掉了我的快乐，也把自己陷入了虚伪的游戏里，曾经以为伤我最深的是爱情，其实不是，时间可以治疗爱情留下的痛，却带不走深刻在脑海里的记忆。

没有了爱情，却仍然记得你第一次说"嗨"，第一次说喜欢我，第一次牵我的手，第一次叫我亲爱的，所带给我满心的感动与幸福。

我丢不掉回忆，把自己陷入了枷锁的牢笼中。

我想我会一直孤单，一直孤单，孤单一辈子吧。

更新完空间，又同步到了微信，梁言的电话便打了过来。姚乐只是扫了一眼没准备接，也不挂断，丢下手机快步奔去厨房找吃的。她也不知道自己想吃什么，胡乱从冰箱里找了点，然后胡乱洗个澡便躺回床上。她的手机一直在响，姚乐终于按捺不住，切换到了震动模式，然后拉上被子闭眼睡觉。

除了睡觉，姚乐找不到别的宣泄口，她心里沉闷得难受，她感觉自己呼吸都快不顺畅了，可是她知道自己这样闹情绪是完全睡不着的，翻来覆去地在床上打滚，心里不断地告诫着自己：

不要去胡思乱想，好好睡吧，睡一觉起来就什么都好了。姚乐用力闭着眼睛，可是脑子一直不肯停息，想着和梁言相处的一点一滴，他的一言一行开始慢慢渗透到她心里。

梁言，你为什么要来撩我呢？你可知道，我在感情的世界里，被狠狠地伤过一次，我好不容易缓过劲儿来，好不容易允许自己对你产生好感，想要试着和你在一起，你却狠狠地给了我一个晴天霹雳！

姚乐看着窗外已经完全暗下来，四周的声音也开始静得出奇，她抬手看了一眼手表，已经接近午夜十二点了。她突然明白过来，自己这样反常的行为，完全是因为吃醋。天啊，她跟梁言明明什么都不是呢，怎么可能吃醋呢？

"太幼稚了。"姚乐自言自语地暗骂了句，然后爬起来开了电脑上网。其实上网，姚乐也不知道该干吗。

网络，开始是在什么时候，七年前？还是八年前？初见时繁华耀眼，然后光影散尽，感到厌倦。有天早上突然发现，姚乐拥有很多个邮箱，但是没有人给她写信。哪怕只是句节日的问候。她和很多不认识的人聊过天，但是她完全想不起来聊过什么。她也曾在很多地方注册了会员，但是都忘记了密码。

姚乐有些厌倦网络，因为它太复杂。在网络上，她可以去看，可以去想，可以去记忆，可以去相信，但是她没有办法去拥有。那是一个虚无的世界，没有什么东西真正属于她。一直以来，姚乐浏览过的网站，只有可数的几个能让她真正记得。

姚乐关了电脑，打开手机刷朋友圈，自从流行这玩意儿后，每天她都会早晚各刷一次，给亲朋好友默默地点个赞，代表已阅。

有时候想想朋友圈是挺拉近人距离的，因为再久不见的朋友，只要爱自拍，爱发照片，不时在朋友圈露脸的，姚乐都会记得，并且觉得很亲近。但是智能手机也产生了一个不好的弊端，就是一桌子的人吃饭，首先人手一部手机，各自拍照、美图、发朋友圈，然后相互点个赞，餐桌上倒是显得有些距离。

姚乐习惯性地给梁言的动态点了个赞，等她回神取消的时候，梁言的微信视频便发了过来。

姚乐在拒绝跟接听之间犹豫，可是梁言不给她拒绝的机会，不停地打，在第六次发来视频请求的时候，姚乐终于按捺不住地接了起来，梁言那笑得灿烂的俊脸便在屏幕上显示出来，"嗨，姐姐你干吗呢？"

"没干吗。"姚乐没好气地回。

"没干吗，那我打你那么多电话，你怎么都不接？"梁言理直气壮地质问。

"你打我电话我就非得接吗？"姚乐反问，"凭什么呀？"她又不是梁言的什么人。

"你这是找骂呢还是想吵架？"梁言不爽道，"会不会好好说人话？"

"不会，你别跟我说话了。"姚乐不耐烦道。

"你真是说话能把人呛死。"梁言气呼呼地鼓起眼睛，做出发怒的表情来，"你信不信我现在就杀到你家去？"

"杀我家干吗？"

"看你穿那么性感，当然是想干吗就干吗。"梁言说着哈哈大笑起来，"姐姐，你给我的深夜福利可真好，爱死你了。"

"什么？"姚乐后知后觉地反应过来，她就裹了一件齐胸的睡衣，视频里看来果真香艳无比，她忙挂断了视频。

"姐姐，你什么意思吗？故意勾引我了，还挂断？你这是希望我幻想致死吗？"梁言发了一连串大哭的表情，"你是个坏女人，坏死算了。"

"去你大爷的，有你这样得了便宜还卖乖的吗？"姚乐低头看看自己，确实穿得凉快了点，但是也没梁言说得那么夸张，什么叫故意勾引他，这说的是什么话。

"你是不是经常穿成这样被别的男人看？"梁言发了几个扁人的表情，"坦白从宽。"

"我很少跟人视频的。"

听了姚乐的话，梁言松了口气，"以后穿多点出门，或者只能给我看。"

"干吗给你看？你看光了我，也不会负责的。"姚乐怄气道。

"我负责，我绝对负责。"梁言乐颠乐颠地发信息过来，"你现在玩的那个游戏能不能结婚？"

"废话，武林里结婚很漂亮。"姚乐自动忽略梁言第一句话，回答了他第二个问题。武林里的婚礼，她跟阿珀结过好多次了，中式的，西式的，抢婚的，娶亲的，各种玩，各种热闹。

"我和你一起玩，然后我们结婚好不好？"梁言的话让姚乐很心动，她刚踢了游戏里的老公，正好空缺呢，不过下一句话就让姚乐的脸拉长了。

"为什么你比我大两岁呢？"

"为什么我不可以比你大？"姚乐听着特不是滋味，就是她想啃嫩草，也不能这样打击她幼小的心灵啊，何况她还只是处于暗恋阶段呢。

"要是我比你大的话，我就能娶你了。"

姚乐不得不承认，她的心激动地扑腾扑腾跳，但还是矫情道："弟弟，你是我弟弟，我是你姐姐，娶我你就不用想了，有这时间乱想，还不如找个年纪相当的女生，这才是正事呢。"

"我知道，我瞎想想不可以吗？"梁言的臭脾气马上就发作了，"我找不找的还要你瞎操心。"梁妈妈他们从不反对梁言交女朋友，只是不想找年纪比他大的媳妇，所以这也是梁言跟姚乐之间徘徊不前的一个因素。年轻的他们是否真的会有美好的结局，倘若只是没有结局地瞎谈，那么未来两家如何相处？

"你想和谁结婚呢？对象是我，作为当事人，我小小操心一下怎么了？"姚乐气得敲着桌子，这臭小子到底哪点好了，怎么她这么没长眼地栽了？

"我跟你是不可能的。"姚乐说给梁言听的同时，也在说给自己听，"我们只能是姐弟。"

"你说不可能就不可能？"梁言不悦道，"不试试怎么知道可能不可能？"

"有些事根本不需要试，也不能试，反正就是不可能。"姚乐回答得斩钉截铁，"不和你说了，我去玩游戏了。"发完这句，姚乐气到傻眼，因为出现了一句"你不在对方好友列表，发送失败"。梁言竟然把姚乐给删除好友了。姚乐看着这条发送失败的消息，心里更是气得差点就吐血了，她不断地深呼吸，好不容易才顺过气来，姚乐发誓，她一定要找个男人去恋爱，绝对要把对梁言的一丝丝好感全部扼杀在摇篮里，要不然栽到这个自大的小子手里，她指不定被吃得死无葬身之地呢。

可是，自己什么时候对梁言产生好感的呢？姚乐也不清楚，或许从机场重逢那次就开始了。哎，不去思考这个烦人的问题，姚乐拼命地摇头说服自己，"不想了，不想了，赶紧睡觉。"迷迷糊糊地睡了过去，梁言给她打了很多个电话，可她手机开了静音，她完全没听到，早上起来的时候，看着手机三十多个未接电话，犹豫了一秒，想到梁言将自己微信拉黑便气不打一处来，毫不犹豫地将这些未接记录全部清除，也打消了给他回电话的念头。

黑名单吧，陌生人吧，两个人回归到这样的距离其实也没什么不好，总比爱到没有结果，伤痕累累地分开要好得多。

一周很平静地过去了，姚乐竟然一次都没去酒吧，阿珀和小深都笑着打趣她转性了，不过她们也没有去，更多的时间都泡在家里看网剧，或者玩游戏。

姚乐白天正常上班，下班的时候，梁言总会很凑巧地在她公司门口等她下班，有次王合还神秘兮兮地问姚乐："那个男孩子是不是你男朋友，怎么每天都等你下班？"

姚乐摇摇头，回答得很果断："他是我弟弟，我爸爸派他监视我是不是努力工作，有没有迟到早退之类的呢。"

姚乐还记得第一天看到梁言的时候，果真吓了一跳，他冷着脸问姚乐："昨晚打你那么多电话，你为什么一个都不接？"

"因为我睡着了。"姚乐回得面不改色。

"那你今早为什么不给我回一个？"梁言语气不善，"我打了三十多个呢，你就不担心我有事，你就不能回个电话给我？"

"你现在不是好端端在我面前吗？"姚乐眨巴着无辜的黑眸看向梁言，"再说了，昨晚微信拉黑我的好像是你吧。"这个人凭什么理直气壮地跑来质问自己没给他回电话呢，他以为他是谁？

"我没拉黑你，我删消息的时候手滑了。"梁言撇嘴，"我后来又加了你，可是你没通过。"梁言语气变得幽怨起来，"姐姐，你还真的是小心眼，不会为这件事生气吧？"

手滑删掉的，还是故意删掉的，姚乐真不清楚，但是她知道自己对梁言的感觉要努力收一收了。因为他影响自己的情绪实在太多了，她不能被这个臭小子牵着鼻子走。哪怕自己真的很喜欢他，也要克制，因为爱情不单单是她跟梁言两个人的事，还有两个家庭，她不能任性，更不能不顾一切。

梁言并没有再将这个话题聊下去，他主动牵起姚乐的手，

"算了,一切都算是我的错,我请你吃饭,赔礼道歉好吗?"

姚乐试着挣扎,但是无效,她想拒绝,但是看着梁言那热切的双眼,一时不忍心,便硬着头皮答应了下来,跟梁言去吃了晚饭。

饭后两个人去打电玩,抓娃娃,玩得乐不思蜀。

"姐姐,跟我在一起开心吗?"梁言笑得特别灿烂。

"开心。"姚乐点点头,将手里的棉花糖给他递过去,"喏,请你吃。"

"姐姐你真好。"梁言笑着接过棉花糖,两个人像孩子一样开心地打闹起来,街头灯光闪耀,人来人往,他们就好像是普通的小情侣一样幸福地在约会。

这不是第一次,当然也不会是最后一次,有了这个开端,梁言识相地跟姚乐不再牵扯情情爱爱,两个人努力装得像普通朋友一样,吃饭、看电影、去游乐场,到十点前后,梁言将姚乐送回家。每次都是送到楼下,从来不提要上去坐。当然,姚乐也不敢把梁言带回家,她还没想好怎么解释她跟梁言之间的关系,也无法招架阿珀跟小深十万个为什么似的审问。

日子一天天地过,除了爱情这个禁忌的话题外,姚乐跟梁言似乎有无数的话可以聊,也总是抱着手机聊不完。姚乐想,或许再过一点点时间,她的勇气再多一点的时候,她可以找梁言告白,两个人一起努力在一起,想必只要她们足够坚定,家里那关应该不会过不去。

等等,再等等,毕竟两个人实在太年轻了。

"姐姐,你看看这个女孩怎么样?"

姚乐点开梁言微信上发来的图片，瞬间整个人犹如被雷劈了一样，半响都没开口说话，因为照片上那漂亮的美女对她而言是那么熟悉，她那招牌式的纯真笑容很容易就让姚乐回到她那一段不愿回首的往事中。

沈静，姚乐曾经最要好的闺蜜，没有之一。可她却用最残酷的方式，让姚乐失去了爱情，失去了友情，也对这个世界失去了信任。

可是这些对姚乐而言都不是重点，重点是梁言怎么会有沈静的照片？

"姐姐，她是我在劲舞团里的老婆，漂亮吧？"梁言得意扬扬地说，"她最近总是在约我见面呢。"

姚乐强忍住心里泛起的酸楚，努力装作若无其事，深吸了一口气才淡淡地回了"漂亮"两个字。

"她说她喜欢我呢。"

姚乐看着梁言这条消息，不知道该回什么话。她的心堵得慌，也带着莫名其妙的害怕。不知道为什么，明明当初做错事、对不起自己的人是沈静，可是为什么现在害怕、心虚的是自己？但是姚乐清楚地知道，在看到沈静照片的刹那，她就再没有办法平静下来了，而她跟梁言之间那暧昧的关系似乎瞬间被冻结了。

"姐姐，帮我空间去换个音乐，我去玩游戏。"梁言交代完就跑了，他从来不给姚乐拒绝的机会。

姚乐的心情抑郁、烦闷，但还是放下手机，帮梁言换了首排行榜流行曲便关了空间。"狸子"的头像不断闪动，这个姑娘上次喊梁言老公，让姚乐印象很深，她犹豫了一下，点开了狸子的消息，还是那句话，"老公，你到底去哪里了？我喊你半天不理人，我在游戏里等你回来。"

游戏？梁言的老婆，沈静？会是她吗？姚乐心里打着疑惑的问号，小心翼翼地翻了翻梁言的通信软件，他一共就一百多个好友，分了三个组，游戏组，特别组，其余的就是普通组。

特别组里一直只有四个人，梁言的室友、姚乐、小深、阿珀，可姚乐发现今天竟然有五个。那个狸子竟然也在这个特别组里。

她跟梁言熟到什么地步了，才会让梁言把她从游戏组拉到特别组呢？

姚乐还在犹豫要不要点开这个狸子的资料看看时，手已经抢先一步点开资料，没什么特别的备注，姚乐又点开了她的空间相册。

当沈静那张陌生又熟悉的脸映入眼帘时，姚乐被惊得不知所措。虽然心里有猜测过，但是得到确认后，姚乐完全不知道要怎么招架了。

梁言，你让我以后怎么面对你，怎么面对沈静？

姚乐的大脑一片空白，她唯一能肯定的是，以后的生活不可能太平了。

梁言，或许是我们向前走一步的时候了，可是此时我们之间多了一个狸子，我没办法假装若无其事。

如果，姚乐和梁言之间本身就只是暧昧，没有要突破的打算，那就必须要尝暧昧的苦果。所谓的暧昧，它让你装作洒脱，说要忘记，说无所谓，却又无论如何都舍不得放手。它是有毒的糖，甜了自己，则伤了别人；甜了别人，则会伤了自己。它是一个借口，有了它，可以逃避背叛的罪恶感。

沈静的出现，就是催化剂，她也许能坚定姚乐和梁言相爱的决心，当然也可能催化出另外一种结果，那就是彻底毁掉这株萌芽的小苗。无论哪种结果，姚乐都不希望是沈静的出现而改变的。看到她，姚乐就会莫名其妙地产生自卑感，莫名其妙地心慌害怕，选择性地逃避。

自从看到沈静的照片后，姚乐开始变得脆弱和焦虑起来，连续好几个晚上辗转难眠，白天还要若无其事地上班。在梁言面前，姚乐也尽可能地装作没事人一般，其实无数次她都想再向前走一步，却不知道应该怎么说出口。话到嘴边，又无数次地生生咽了回去，不是不想说，而是不知道应该怎么说出口。

梁言却每天都欢欢喜喜地在计划见劲舞团里的"老婆"，姚乐每一次听到他说都气得磨牙，憋得满肚子怒火。她知道自己吃醋但是又不能承认，只能喜怒不定地朝梁言发各种邪火，搞得他一脸呆萌又莫名其妙，一个劲儿关切地问："姐姐，你是不是每个月总有这么几天脾气暴躁？淡定，淡定。"

姚乐真是被气得哭笑不得，她没有办法说出口，阻止梁言见网友，更没有资格去阻止他见游戏里的老婆，所以她只能生着闷气，冷眼旁观一切。梁言见了沈静，各种夸沈静的好。

"姐姐，下次有机会我带'狸子'来见见你好吗？"

"不好，我没兴趣见网友。"姚乐回答得斩钉截铁，"梁言，请你以后不要在我面前提你的网友。"

"我见网友怎么了？"梁言不服气地道，"你是不是嫉妒我见了个大美女呀？"

"是啊，我嫉妒你见大美女，你怎么不见个大恐龙呢？"

"喂，我见恐龙好像你就开心了，你这人心理怎么这么阴暗？"梁言不爽道。

"我心理就这么阴暗，以后你别跟我在一块玩。"姚乐说着气呼呼地抢过梁言替她拿着的包，转身就跑。她真的一分钟一秒钟都待不下去了，不想再听梁言说沈静的好了，她就是这样心理阴暗。

"喂，你这人怎么这样，说翻脸就翻脸了？"梁言在她身后吼道,"你倒是等等我呀。"

姚乐并没有等他,留给他一个倔强的背影。并且这一次不欢而散之后她故意避开梁言,实在避不过就给他一张面无表情的冷脸,也不会再应他的邀约。

姚乐知道自己在赌气,但她就是克制不住心里泛起的醋意,而且她还怪自己说不出口,让自己陷入这样被动的局面。

"我能请你吃个饭吗?"看到陈冲这条消息,要按照平时姚乐的性子来说,要么当作没看到直接删掉,要么就假意推脱一番,可是今天她看到梁言又一副若无其事、嬉皮笑脸的样子等在公司门口,便毫不犹豫地回道:"好啊,一会儿你来接我可好?"

陈冲忙问地址,姚乐打完地址,他便说正在附近,十五分钟左右就可以到。

姚乐看着梁言,眼睛越来越涩,收起心里的酸涩,努力地深呼吸一口气,抬手看看手表已经到了下班时间,简单收拾了一下便走了出去。

"姐姐,我们需要谈谈。"梁言伸手拦住准备无视他走出公司大门的姚乐,"你不说清楚,今天不许走。"

"我们之间有什么好谈的?"姚乐努力装作风轻云淡地回话,"需要谈什么?"

"你为什么突然不理我了?"梁言委屈道,"我要是做错什么事,你倒是跟我说嘛,你这样说翻脸就翻脸,把我弄懵了。"说到这里梁言又补充道:"就算是大姨妈,你这一周时间也过去了,该消气恢复正常了呀。"

"我没不理你。"姚乐心虚道,"也不是大姨妈。"说话间抬眼对上梁言含情脉脉的双目,只能不自在地撇开眼,口是心非道,"而是最近有点忙。"她还是招架不住梁言的委屈,没有办法对他不在意,也没有办法对他说出狠话来。

"你忙什么呀?"梁言不依不饶,"你那破公司压根儿就没什么事忙,你每天点人头就行了。"

"我忙约会不行啊?"许是梁言这话刺疼了姚乐,她在这个公司确实无所事事,每天早上打卡,把经理要用的文件整理好送进去,然后给他泡茶,下午帮他复印东西,偶然帮他接下电话。她觉得日子一天比一天难熬,一天比一天枯燥,有时候想想才来两个月,她就觉得自己好像过了一个世纪那么长久。如果一辈子都在这里的话,她真的恨不得分分钟就去死。

"约会?你谈男朋友了?"梁言的脸色黑了几分,"什么时候的事,我怎么不知道?"

"弟弟,你当自己是百事通,什么事都要知道?"

"别人的事我不管,但你的事我必须要知道,我要对你负责。"梁言一把拽着姚乐的手,"说,什么时候谈恋爱的?那男的干吗的?"

"你弄疼我了。"姚乐挣扎,"你又不是我的谁,凭什么管我?"说完还嘲讽地补充,"还负责?说得好像我跟你之间有什么见不得人的事。"

"你虽然是我姐姐,但是你那么笨,我怕你被坏人给拐卖了。我帮你把把关怎么了?"梁言说得理直气壮。

姚乐嘴角抽搐了一下,说道:"说得你好像有多聪明似的。"要是真那么聪明,你还会被沈静牵着鼻子走?当然这话姚乐也就在心里想一下,没敢说出来。

"好了,我不跟你贫嘴了,晚上一起吃饭吧。"梁言见好就收,一锤定音,压根儿不准备给姚乐拒绝的机会。

"不了,我晚上有约。"

"跟谁约呀？"

姚乐来不及回答梁言，她的手机便响了起来，是陈冲。接起陈冲的电话，姚乐指导着他将车开到公司附近，说："好了，我马上就到。"

挂了电话姚乐看着梁言歉意道："真的有约了，再见。"

"不行，就算你今天有约，也得跟我一起晚饭。"梁言理直气壮地拽着姚乐，"为了跟你吃晚饭，我推掉好多约会，你不陪我吃，那我就得饿死了。"

姚乐还没理解梁言的意思，他倒是快一步主动挽起姚乐的手臂，嬉皮笑脸道："反正你们吃饭也不差多我一双筷子，我决定了，跟你们一起约会。"

"什么？"姚乐傻眼，"你开什么玩笑？"

"我没开玩笑，我是认真的。姐姐带着弟弟约会也没什么不好的。"梁言拽着姚乐走向停靠在路边那显眼的"大黄蜂"，鄙夷道，"姐姐，你今天该不会跟这个出租车司机约会吧？"

"喂，你松开我。"姚乐顿住脚步，挣脱梁言，看向摇下车窗的陈冲，对着他歉意地笑笑。姚乐转身将梁言拉到一边，板起脸道："梁言，够了你，你这样就过分了。"

"我怎么过分了？"梁言无辜道，"不就是想蹭未来姐夫一顿饭嘛，你至于这样小气吗？"见姚乐神色不悦，又补充道，"我保证只蹭饭，不说话。"不等姚乐反应过来，梁言便快步走到陈冲车边，敲敲车窗，"嗨，哥们儿开个门。"

陈冲不明所以，但看着姚乐跟梁言的举动便知道他们是熟识的，于是打开了车门将梁言迎进了副驾位。

姚乐一看这仗势，顿时窘了，她可没勇气跟陈冲、梁言坐下来吃饭，所以很没骨气地跟陈冲打了个电话，"对不起，我还有点事，没空陪你吃饭了，下次吧。"说完又补充，"哦，对了，麻烦你把我弟弟送回家，谢谢。"她也不想看到梁言。

"好，下次吧。"陈冲礼貌地挂了电话，转过脸看向梁言，"你去哪里？我送你。"

梁言看着姚乐打算离开的背影，忙打开车门追了过去，还甩给陈冲一句话"不用你送"。

看着梁言气喘吁吁地拦住她的去路，姚乐拧着眉头不由得恼怒道："你又想干吗？"

"姐，我说你找个出租车司机也就算了，竟然还找个这么老的，你没搞错吧？"

"什么意思？"

"喏，一九八四年的，比你大了将近十岁。"梁言献宝似的将手里的身份证给姚乐递过去，"你自己看看，都三十多岁的老男人了。"

姚乐看着梁言递来的身份证竟然是陈冲的，一九八四年，确实比一九九四年的她大了十岁。但这不是重点，姚乐神色严肃地问梁言："你怎么拿人家身份证？"

"他身份证就在副驾上，硌得我屁股疼，我顺手就拿了。"梁言尴尬地看着姚乐，小声解释道，"刚才急着下车追你，我忘记放回去了。"

姚乐不说话，盯得梁言心虚，梁言打圆场道："好了姐，我不是故意拿他身份证的，真的是意外。"

"我不管，你赶紧想办法还给他。"姚乐冷着脸一板一眼道。

"我怎么还？我又不认识他。"梁言委屈地撇嘴，"要不然这样好了，你当作没看到，我扔掉算了。"

"你——"姚乐气结，"你不知道补办身份证很麻烦吗？你不知道没有身份证很麻烦吗？你怎么能这样？"

梁言被姚乐训得哑口无言，"我，我现在知道了，知错了嘛。"

姚乐赏了两大白眼给梁言，"我警告你，下不为例。"

"好嘛，好嘛，我下次一定不这样。"梁言忙拉着姚乐的手撒娇，"姐姐，你这约会也黄了，要不然我请你吃饭，好吗？"

"考虑一下。"

"别考虑了，你想吃什么大餐我都请你。"梁言嬉皮笑脸道，"就算是吃我，我也一定洗得白白的，给你打包送上门。"

"美得你。"

"话说，你从哪里找来的这个出租车老司机？"梁言八卦地问。

"混蛋，你别以为我不认识车，那是'大黄蜂'好吗？"

"哎哟，你还认识'大黄蜂'。"梁言打趣，"眼力见儿不错嘛。"

两个人一路吵吵闹闹地到了餐馆，饭后还约着看了一场电影才回家。

期间姚乐给陈冲发了个消息，告诉他身份证在她这儿，陈冲说暂时不急，改天他上门自取。

电影播放到一半的时候，梁言接了沈静的电话，听着他温言软语地跟沈静说话，姚乐的心里有些说不出来的酸涩，但是面上装作波澜不惊。

"姐姐，如果我喜欢你，你会喜欢我吗？"

姚乐看着梁言发来的微信，呆了半天，心想，梁言这是要打破暧昧这个界限了吗？可是他说的喜欢到底是什么喜欢呢？姚乐可不会忘记几个小时前，梁言对沈静温润地轻哄着："老婆，你那么乖，我当然喜欢你。"

"梁言，我不知道你的喜欢是什么意思，但是我对你没那个意思，我希望你明白我的意思。"

姚乐看着自己发出去的信息，脑子一片空白，她不是不喜欢梁言，只是发现沈静在积极地追求梁言这件事后，她条件反射地选择了避让，像个鸵鸟一样将自己藏起来，退到安全位置，因为姚乐没有自信跟沈静正面交锋。

"你这是拒绝我吗？"梁言被拒绝得面子上过不去，赌气地说道，"幸亏我有先见之明，没对你一往情深，要不然就被你无情地伤害了。"

"是啊，你还有劲舞团的老婆呢。"姚乐压抑着心头的酸楚，她知道自己一涉及沈静就会害怕。沈静在一点一点地取代她在梁言心中的位置，她害怕她和梁言即使在一起了，梁言也会像当初的时苏那样，背着她和沈静有染。姚乐不认为，这辈子她还有那种勇气去尝试那样的痛。

既然梁言开始动摇，开始犹豫，姚乐便下定决心，用最快的速度去解决这件事。明明是三个人的电影，她却始终不能有姓名，那么就让她斩断这份刚刚萌芽的心动，总好过以后情种深了却依然要擦身而过。

姚乐知道，自己是占有欲超强的人，在付出的感情无法得到预计的回报时，姚乐唯一能做的就是放弃或远远走开，她骄傲、坚强、自负，没有办法忍受感情里半点的委屈和妥协。

"姐姐，我明白你的意思了。"

看着梁言的消息，姚乐的眼泪悄无声息地流了下来，梁言，或许到我们说再见的时候了。

我们真的太年轻，以至于真的禁不起任何的风雨，未来的路那么长，只怕越往前越难走，还不如干脆不去走。

第五章　情敌强势来袭

陈冲跟姚乐约了第二天上门来取身份证,因为是周六,阿珀也在家,她对陈冲并没有什么印象,还一个劲儿地问姚乐,什么时候认识的朋友?长得帅不帅?是什么关系的朋友?

姚乐直呼饶命,"姐姐,你就饶了我吧,居委会查户口的大妈都没你这么烦,你要真有兴趣知道,麻烦您一会儿自己问可以吗?"

陈冲并不是一个人来的,他带了自己的弟弟陈临,他们刚进屋里坐定,阿珀就热情地开冰箱拿了两瓶啤酒给他们。姚乐一把抢在怀里,并强调,"招待客人用绿茶。"哪有人大白天在家喝酒的,还是俩不算熟的陌生男人,万一酒品不好怎么办?

阿珀不满地撇撇嘴,从冰箱里拿了两瓶绿茶,给他们一人一瓶,"别客气,喝吧。"

"我去拿身份证给你。"姚乐直奔主题,因为家里突然多了两个男人,让她感觉浑身不自在,就想赶紧把人礼貌地请出去。

等她拿了身份证出来,看到阿珀正在给房东太太开门,迎她进来后,房东太太笑眯眯道:"丫头们,这个月的水电费你们看一下。"

阿珀接过单子一看,眉头拧了起来,对着姚乐勾勾手。姚乐走过来,阿珀凑近她耳朵问:"你那还有多少钱?"

"没多少,估计不够。"她最近一直被梁言缠着没去银行取钱,吃饭、打车什么的都是用支付宝,房东太太可没有支付宝和微信。姚乐看着单子上的数,回答得很实诚。

阿珀向房东太太赔了个笑脸,说:"阿姨,我们手头现金不够,明天取了钱给您送过去好吗?"

"没关系,那你后天晚上来我家,明天我不在家。"房东太太摸摸姚乐的脑袋,她很喜欢这三个女孩子,长得干干净净的,又非常懂礼貌。

"阿姨,多少钱?我先付了吧。"陈冲说话的同时主动从阿珀手里接过电费单,"陈临,钱包给我。"接过陈临递过来的钱包,他爽快地数了一千五百块给房东太太,"零头就别找了,转到下个月吧。"

"那也行,我先走了。"房东太太接过钱,数了下钱数,笑嘻嘻地走了。

姚乐这才回神道:"谢谢。"

"客气啥呀?这么热的天,你们来回跑多折腾。"

"是啊,你付了就简单多了。"姚乐笑着掏出手机,"我给你转账了,你收一下。"

"哎,不急的。"陈冲并不急着掏手机,反手指指电费单:"你们两个人用电很生猛啊,平时都干什么了?"

"我们有四个人住,四个空调,这点电费不正常吗?"

"四个?"陈冲愣了一下,随即笑笑,"那今天另外两个在吗?"

"你想干吗?"阿珀戒备地盯着他。

"我想凑一起,请大家吃个饭,跟大家交个朋友嘛。"

"人家约会去了,不在。"阿珀遗憾地摊手,"家里就我跟小乐俩人。"

"那我请你们两个吃大餐,好不好?"

"给一个理由。"阿珀并不拒绝,只是在找合适的台阶。

"吃饭需要找理由吗?"陈临不耐烦道,"爱吃不吃。"

"你这人会不会说话?"阿珀不爽了,"你以为你们谁啊,说请我们吃饭,我们就非得答应?今天姑奶奶还不去了。"

陈冲狠狠瞪了一眼陈临,转身向阿珀赔不是:"哎呀,美女,你别跟我弟弟一般见识,他这小屁孩,就这臭脾气。都是我给惯的,怪我不好,对不起,对不起。"

阿珀瞪了眼陈临,才转过脸看向陈冲,"还是你会说话,道歉我接受了,吃饭就免了。"

"别呀。"陈冲忙讨好地看向阿珀,"美女,你看我这么诚心地想请你跟姚乐吃饭,你就给点面子嘛。"

"小乐,你怎么说?"阿珀毕竟不知道姚乐跟陈冲到底是什么关系,熟到什么分儿上,所以把主动权交给她。

"姚乐,你看咱们昨天都没吃成,你放我鸽子,今天你是不是得赏脸给我个面子呢?"

想到昨天自己约了陈冲,但是因为梁言的胡搅蛮缠她放人鸽子,内心是有那么点歉意,便应了下来,"好吧,那就一起吃饭吧。"

简单收拾了一下,四个人便出门上了陈冲的'大黄蜂',阿珀不忘记损了句"哥们儿的品位真是独特"。

陈临不满地哼哼,"怎么滴,有意见?"

"意见没有,只是觉得开这个颜色车的就是个傻子。"阿珀毫不示弱地看向陈临,"你看看大马路上,出租车都什么色。"

"阿珀,你跟我当初说的话一样。"陈冲笑着接话,"可惜我这个傻子弟弟偏不听,非要买。"

原来这是陈临的车。姚乐并没有掺和陈临跟阿珀的斗嘴，她只是安静地看着车窗外，在露天中央广场她看到一抹熟悉的身影，是梁言。他坐在露天吧台处，对面坐着一个女人，两个人熟悉又亲密的样子，姚乐并不用细看就知道，那个女人是沈静，因为她还是穿了红色的裙子，整个人显得张扬又美艳动人。

姚乐突然觉得她的心堵得发慌，她很想打开车门走过去看看，但是"沈静"两个字就跟魔咒一样，深深地困住了她的脚步。她深呼吸一口气移开视线，假装自己什么都没有看到，若无其事地跟着陈家兄弟进了得月楼，但是她的神色始终带着落寞。

"喂，感觉我欠你几百万似的，花钱请你吃饭，好歹给我个笑脸吧。"陈临刚说完就被姚乐一筷子给劈了下去，"请我吃饭就得给你赔笑脸，你当我什么人？"

"大姐，你要不想出来吃饭就直说，你这全程黑面，跟顶了个寡妇脸似的，真影响食欲。"陈临不满地摇头，话还没说完，那边阿珀一肘子就蹭了过去，"寡妇脸？你再说一次。"

"得，我错了。"陈临打着手势求饶，左边一个美女右边一个美女，本来是快乐的事，可是带有暴力倾向的，他还是少说话为妙。

"再来一份小青龙。"姚乐笑嘻嘻地招手让服务员过来，敢笑她寡妇脸，立马就让你先变大黑脸，气死你活该。

陈临瞪着眼睛心疼地说："姐姐，你这碗里还有呢。"

"少在那儿装嫩，大叔，你比我老好吗？我就喜欢吃一碗看一碗，要我有钱了，还吃一碗倒一碗呢。"姚乐听到"姐姐"这两个字更敏感地刺痛起来，只能拿没眼力见儿的陈临撒气。不过她偷瞄了下陈冲，他一脸温和的笑意，明摆着任由姚乐跟阿珀胡闹。

"就是，再来一盆松鼠鳜鱼。"阿珀不怕死地看着陈临，"怕我们吃穷你，请不起我们吃饭，就别请嘛。"

"我会请不起？"陈临不爽地瞪着阿珀，"我是怕你撑死。"

"撑死也无所谓，我乐意，你管得着吗？"阿珀挑衅地看着陈临，"不是我说你，你长了一欠抽的脸，不知道怎么回事，我看你怎么就那么不爽呢？"

"这话得我说，我才看你不爽。"陈临抓狂道，"各种不爽！"

"好好地吃饭呢，你们这是想干吗？"陈冲眼瞅着陈临跟阿珀再杠下去，可能会把好端端的饭局给搅和，不由得出声劝住。

"懒得跟你一般见识。"阿珀又招手要了一盘菜才扭过头气呼呼地吃起来。

姚乐跟陈冲有一搭没一搭地聊着天，这一顿饭总算"和谐"地结束了，接着陈冲殷勤地充当车夫将姚乐跟阿珀送回了家。

看着姚乐跟阿珀潇洒离去的背影，陈临憋了一晚上，终于忍不住说话了，"哥，你觉得有戏吗？"这个姚乐长得真的很像他曾经的准大嫂，只是这性格真心差了十万八千里。

"好玩。"陈冲启动了车子，淡淡地吐出了这两个字，至于有戏没戏，他自己也没把握，毕竟老牛啃嫩草，代沟真不是一般的大。

阿珀拉着姚乐坐在沙发上，满脸不悦，兴师问罪道："坦白交代，你跟陈冲怎么勾搭上的？"

"什么怎么勾搭上的？交代什么？"姚乐无辜地眨眨眼。

"不想交代是吧？还跟我装傻是吧？"阿珀沉下脸。

"我跟他真是普通朋友关系，总共见了三次面，还是连着今天算的。我说的每句话都是实话，天地为证。"姚乐对天发誓。

"我呸，他看你的那个眼神叫作含情脉脉，你当我瞎啊？"

"他说我长得像他以前的女友，估计他透过我，追忆他前任了吧。"姚乐搬出陈冲之前在酒吧里的说辞打发阿珀。

"真的假的?"

"当然是真的。"姚乐忙拍着胸脯保证,"比珍珠还真呢。"

"你说见过三次,今天算一次,之前两次我怎么没听你说过?"

"我不是跟你说了吗,他昨天来找我吃饭,没吃成,今天补上的。"

"还有呢?"

"还有就是上次,在酒吧第一次见。"姚乐见阿珀摆明追根究底,一狠心将所有的事都说了出来,包括阿珀拉着陈临的裤子不放。

"什么?我拉着那小子的裤子不放?绝对是污蔑!你撒谎,我要告你诽谤。"阿珀听完就惊叫起来,打死也不能承认这么丢脸的事情。

"就算你不想承认也没办法,当时很多人都录了像。"姚乐笑嘻嘻道,"或许小深那里就有呢,你可以打电话问她,我先去洗澡。"

"不可能,你骗我。"

姚乐无视阿珀的哀吼,匆忙地奔进洗手间洗澡。洗到一半的时候,阿珀狠拍着门板传话:"小乐,你弟弟来了,要你去楼下公园找他。"

"什么?"姚乐忙冲洗干净,胡乱套了件衣服,"阿珀,你再说一次?"

"我说你弟弟刚敲门来着,我说你在洗澡,他就没上来,要你下去。"

"哦,知道了。"姚乐瞬间慌了,她不知道自己该怎么面对梁言。

"你傻站着干吗?我都没鄙视你,你属兔子吗?竟然窝边草都啃,弟弟都不放过。"姚乐黑着脸踹了阿珀两下,这个女人说的都是什么话。

姚乐以最快的速度换好衣服,虽然还不知道要怎么面对梁言,但心里是渴望见他一面的,哪怕听他说说自己跟劲舞团里的老婆的事。看到梁言一个人坐在长凳上,姚乐步伐轻松地凑了过去,赔着笑脸坐他旁边:"弟弟,这么晚找我什么事?"

"姐姐,你今天是不是出去约会了?笑得好甜蜜。"梁言带着酸溜溜的味道问。梁言在街口看到姚乐和她室友,还有两个男人从得月楼出来,上了昨天那辆车。梁言心里带着失落,他虽然不喜欢这个一九八四年的大叔,但是他清楚自己的财力跟他完全不是一个档次的,叔叔在殷勤地追求姚乐。刚刚成年的自己,拿什么给姚乐幸福呢?

"你才去约会了呢。"姚乐并没有解释自己是否约会,只是赌气道,"跟女孩街头很亲密地约会了,对吗?"

梁言见姚乐说他,坦白道:"是啊,今天我和我劲舞团里的老婆一起出去玩了。"

"那很好,那女的蛮漂亮的。"姚乐口是心非地说着。沈静,她实在找不到好的形容词,姚乐是那么讨厌她,有点新仇加旧恨的感觉。为什么她就阴魂不散呢?莫非姚乐上辈子造什么孽了,做了什么对不起她的十恶不赦的事,这辈子注定败在她手里?

"是还不错的,比你温柔多了。"梁言赌气地说,"姐姐呢?你跟那个出租车司机到底是什么关系?"

梁言都这么夸沈静了,姚乐也不能输,逞强道:"什么关系还用跟你交代吗?你看到的那种关系。"

"男朋友?"梁言努力掩饰心里的愤怒和失落,故作风轻云淡道。

"算是吧。"

"准备带回家见家长吗?"

"当然,等时机成熟了,我就带回家。"姚乐这话把梁言的心彻底击碎了,同时姚乐自己也被扎得生疼,"我现在找的对象都是奔着谈婚论嫁去的。"这也就是她对梁言犹豫的地方,十八岁的梁言实在太年轻,根本不是考虑结婚的对象。

这是一件极其奇怪的事,哪怕同样二十一岁的男女,女孩子只要恋爱,不管什么年纪,都是奔着一辈子,奔着结婚有个家而去的。而对男孩子来说,谈恋爱就是谈恋爱,结婚对象便是结婚对象,可以两个合二为一,也可以独立分开。

"好了,大晚上要没车了,你走吧。"姚乐强忍伤心,对梁言浅浅笑道,"我今天也累了一天,要休息了。"不等梁言说再见,姚乐转身便拖着沉重的步伐先一步离开了公园。走了一段路,姚乐的眼泪就这样克制不住地流了下来,一开始就知道没结果,所以没有选择相守,可是残忍地扼杀萌芽的爱,掐灭爱的火焰,真的是一件极其痛苦并且难熬的事。

梁言目送着姚乐离开他的视线,手指紧紧地握成拳,他一开始就知道,姚乐也好,姚乐的家人也罢,都是希望姚乐找的对象是可以谈婚论嫁的,自己才十八岁,说再多的承诺都还是太年轻了。

姚乐开门进屋撞到阿珀,她端着酸奶的手半天没敢动,指着姚乐红红的眼睛,试探地问:"小乐,你在哭吗?"

"没有,刚才风大,沙子刮到隐形眼镜上了,吹得我眼睛好痛,我先去睡觉了。"姚乐也顾不得阿珀相信不相信,直接跑回房间,摘了隐形眼镜眼泪就开始肆意地流。姚乐以为她很早之前就把眼泪哭干了，不会再为感情掉眼泪了。可是事实告诉她，原来她这几年的眼泪只不过是堆积起来，这一次哭个够本了。

每次认识新的男朋友，姚乐总不用太多时间去相处，怕他们过深地了解她，怕她的心会被人一眼看穿。姚乐也不会花太多时间去了解一个男的，就只是玩几天，一旦新鲜感没了，或者那个男的不满足拥抱和接吻，想进一步发展，姚乐总会找借口将对方判出局。

姚乐是懦弱的，她以为自己隐藏得很好，却不知道原来只是无能的表现。姚乐以为她的生活，就是在玩别人和被别人玩之间打发着寂寞的时光，可是梁言渐渐走入了姚乐的生活，姚乐会花心思去哄他，会花时间去陪他任性，也会猜测他的想法。相处的时间越多，相互吸引的魅力越大，姚乐越克制不住想去了解他的生活，了解他的喜怒，在乎他的开心和不开心，在乎他身边是不是有别的异性。

等眼睛酸得不像样，好像肿起来了，姚乐才眯着眼睛看地上那一堆乱丢的面纸，自言自语地鄙视自己，"姚乐啊姚乐，你真是不争气，不过就是一个小孩子，你哭什么？没了就没了，你身边又不是没男人追了，非得要跟一个小屁孩去较劲儿。"感到嗓子有些沙哑了，姚乐深吸一口气道："算了。"这两个字摆明了她的放弃，因为她真的不想跟沈静有任何的牵扯。

梁言的朋友圈在十二点的时候更新了，他在酒吧，虽然灯光黑暗，模糊不清，但姚乐还是很清楚地找到了沈静那一张笑颜如花的脸。

姚乐一遍一遍打开这张照片，又一次一次痛苦地关闭，她的脑袋空白一片，整个人精神不好得处于崩溃状态，辗转难眠，却又不知道点开梁言的微信该跟他说点什么话，最终又痛苦地关闭对话框，睡觉。

陈冲的积极出现，弥补了姚乐不知所措的空白，她将所有的热情空前浓烈地投进去，跟他突飞猛进地发展。

阿珀跟小深虽然觉得姚乐有些反常，但也说不出来为什么，就归功于，或许姚乐遇到真爱了。她们毕竟在爱做梦的年纪，不管是家庭条件，还是自身长相，陈冲都是钻石王老五的类型，哪怕比她们大十来岁。说实话，她们压根儿就没觉得有啥代沟。相反的，比姚乐小的梁言，她们也压根儿没当回事。或许这个年纪的女生，都偏向喜欢大哥、大叔的类型吧，至于小弟弟，成年未成年的，感觉自己若要下手，心里都会有一些负罪感。

梁言的朋友圈照片里，越来越多地出现沈静的身影，姚乐努力忽视那一张噩梦一样的脸，但是它清晰地在姚乐脑海里徘徊，看着那些照片记录着梁言跟沈静一点一滴开始约会的足迹，从陌生到渐渐熟悉，越来越亲昵，她的心都会压抑得透不过气来。姚乐多想和梁言说："你为什么非要找沈静？那个噩梦一样的女人，我真的是惹不起，我躲了多少年了，你就非得要她？非得要让我天天回到噩梦里去吗？"

姚乐又想和梁言说："姐姐没男朋友，姐姐其实很贪恋你的怀抱，虽然每次靠近你，总是有些负罪感，可是我会努力地去适应。"

姚乐还想说："弟弟，虽然你脾气很坏，动不动就和我生气，可是姐姐并不怪你，还是喜欢你坏坏的脾气，至少没有那么多虚伪的面纱。"

可是，只要一看到梁言朋友圈的更新，哪怕吃吃喝喝都少不了沈静的影子，姚乐便打消了主动跟梁言开口的念头，她不是不想说，而是不知道怎么说。

手机信息前段时间总是一天删一次，因为梁言会不停地发信息给她，现在手机很安静地躺在那边，这已经是姚乐第三百次看她的手机了，仍然是静悄悄的，没有一丝响动，没有电话，没有信息。她轻咬下唇，收拾好随身的包，准备下班。她没有心思加班，虽然有堆积如山的事情等着她去做，但她要先好好地理一下自己的思绪。（好在她只是个实习生，没正式员工那么多制度。）

回到家，阿珀和小深都还没回家，屋里静悄悄的，姚乐匆匆洗了个澡，平躺在那张超大的床上，双眼直愣愣地盯着天花板，双手紧握着手机，整个房间寂静得可怕。

梁言为什么突然和消失了一样？他是在跟自己赌气吗？这世界上，最遥远的距离，不是天涯海角，而是我站在你面前，你却不知道。梁言，你个笨蛋，我有那么多负担放不下，你就不能主动一点吗？你就不能多给我点勇气吗？

姚乐决定妥协一次，这样没意义地闹脾气、冷战，让她最近的心情很抑郁，她觉得无论如何应该跟梁言说清楚，她其实是喜欢他的。脑袋想着，手已经快一步给梁言打过去电话，里面不停地唱着一首周杰伦的歌——《不能说的秘密》。唱了很久很久，还是无人接听。直到第五个电话拨过去的时候，才响一下就被挂断了。

姚乐点开梁言的朋友圈，刚更新了一条状态，是他宣告跟沈静牵手在一起了。姚乐的心情再次跌到谷底，将手机啪地砸向墙，手机应声而裂。眼泪不争气地流下，越流越多，她再也控制不了自己的情绪，放声大哭起来。

爱有时候，就是那么莫名其妙，也许一秒的时间就爱上了，但是有时候用尽一生也无法忘记。她不该爱上了一个她明知道不可能的人，但是她爱上了，可是他们之间一开始就知道不会有结果，于是选择了相互试探。

他们可以像情侣一样，手拉着手逛街，可以像情侣一样说着可进可退的情话，也可以像情侣一样闹脾气，可以像情侣一样做很多事情……但是他们不是情侣，爱情之下，朋友之上，处于暧昧之间，一旦有任何因素，他们就会远远地走开，因为如果要爱，早就选择了不顾一切，可是他们在犹豫，在畏惧。

姚乐口口声声说选择了放弃，但是她压根儿没准备忘记，她在自己煎熬，在矛盾要不要进一步发展的时候，梁言却以闪电般的速度跟沈静好上了。

姚乐被迫必须选择忘记，她不断告诫自己：忘记梁言，忘记这一段失败的暗恋。

看着梁言的微信头像，看着他朋友圈秀恩爱的幸福美照，这些无法让姚乐真正悲伤，更无法让她真正快乐，因为归根到底，那只不过是一堆符号和数字。只有一个人才可以让一个人悲伤，只有一个人才可以让一个人快乐。现在，梁言让姚乐彻底地认识到，有一种爱叫放手。

姚乐哀伤而抑郁，因为她总觉得，她在那场青春悲剧里失去了爱人的能力，她不会体谅刻意对她好的人，也不会珍惜宠她、呵护她的人。她就一直活在失望困惑的世界里。她害怕被靠近，因为被温暖了就会磨灭自己。她还没有做好跟梁言在一起的准备，她还在犹豫，梁言却比她更快地放手了，这让姚乐措手不及。

"你干吗不接我电话？"

"你以前不是也老不接我电话吗？不会多打几次？"梁言在姚乐决定放弃的时候，终于回了信息过来。

"你在干吗？"

"陪女朋友逛街。"梁言回得理直气壮，"你有事赶紧说，女朋友看我老回消息会吃醋的。"

梁言的话让姚乐破裂的心血都不流了，直接凉成冰块，她也是个傲气的人，所以毫不犹豫道："那以后没什么事就不联系了。"发完这条消息，她的泪又克制不住地在眼睛里打转，三个月，一场令人心跳加速的即将到来的爱情，换来的结局就是这样的。

梁言只看到姚乐屏幕上发来的字，却不知道姚乐落在手机上的泪，他并没有回消息，他已经气得说不出话了。

晚上和阿珀、小深一起去泡吧，陈冲和陈临都在包厢里等着了。他们属于物以类聚，同样没心没肺的样子。

不过说真的，出来玩，当然就需要这样放得开，才玩得高兴。

陈冲一身休闲运动装，丝毫看不出来是三十几的人，阿珀打趣道："哥哥，你都一把年纪了，这么装嫩合适吗？"

陈冲还没接话，陈临倒是痞气道："哥哥我不装也很嫩。"他今天又换了一个女伴。他是个典型的花花公子，和哥哥陈冲不一样，陈冲看着确实不像随便的人，至少认识这么久没见他带过别的女伴，他的眼睛就围着姚乐转。陈临却不一样，仗着自己有张不错的脸，整天嬉皮笑脸地跟不同的姑娘玩。

要按照阿珀的话说，等她哪天有钱了，开个鸭店，绝对捧他做头牌，让他专门伺候老女人。

姚乐有心把自己灌醉，一杯接一杯地喝着酒，喝着喝着脑袋开始发晕。她随手从陈临的烟盒掏了一支烟叼在嘴上，那姿势帅气又熟练，愣是把陈临吓得半天也不敢开火点烟。他从没见过姚乐抽烟，把打火机往陈冲手里一塞，说："哥，我去跳舞了。"便落荒而逃。

"小乐,你今天心情不好?"陈冲按住姚乐继续喝酒的手,关切道,"你这样喝容易醉。"

"我想醉,大醉一场。"让酒精麻痹神经,是姚乐目前最想做的事情,梁言真的和沈静在一起了,因为她的犹豫、她的卑微,她将梁言拱手让给了沈静。可是她的情愫萌动,她对梁言小心翼翼地呵护,都成了微不足道的过去。她姚乐只是一个想爱却不敢去爱的卑微的可怜虫,现在真的一无所有了,她渴望用整颗心祭奠这疯狂的世界,她就想大醉一场,大哭一场。

"小乐,你到底怎么了?有什么事,跟我说呀。"陈冲摇晃着神色迷离的姚乐,"你这样我会很担心的。"

"我是个懦夫。"姚乐狠命地捶着自己的脑袋,"我没用,我无能。"

"你到底怎么了?"陈冲拉着情绪失控的她,"告诉我,告诉我。"

"没什么,喝多了。"姚乐轻轻推开陈冲,对他微微一笑,"我没事,一点事都没有。"说完跌跌撞撞地抓起手机,走出酒吧。

"喂,你去干吗?"陈冲追了出来,被姚乐甩开,"你别跟着我,好烦。"

陈冲只能顿住脚步,看着姚乐跌跌撞撞地出去,犹豫了一下,还是悄悄地跟了上去。

姚乐的脑袋已经被酒精烧得火热,她毫不犹豫地给梁言打过去电话,可是一直占线打不通。她泄气地扔开手机,双手环抱胸前蹲了下来,难受地哭了起来。

陈冲只是静静地看着,他想要上前去安慰,但是又害怕被推开,他对姚乐的爱恋是小心翼翼地守护。

哭了一会儿,姚乐的情绪控制住了,才捡起脚边的手机,打开微信给梁言留言:"梁言,我喜欢你,我喜欢你,你听到了吗？"边发边大声吼出这藏在心底的话。

陈冲听着姚乐最后的嘶吼"梁言，我喜欢你"，他的心难受起来，这个看着没心没肺的姑娘，这个对自己保持着一定距离的姑娘，原来并不是自己真的不够好，而是有人先一步打开了她的心门。那么自己该怎么办？继续若无其事地跟她相处下去，还是发起更加猛烈的攻击呢？这一刻，陈冲拿不定主意了。

姚乐等不到梁言的回复，收回手机，摇摇晃晃地起身，却因为酒精麻痹了身体，不受控制地摔了下去。陈冲叹息了一声，上前将她搀扶起来，"小乐，你怎么样？喝多了？"

"没，没喝多。"姚乐打着酒嗝，"我还没喝够，咱们进去接着喝。"

陈冲张口本来还想说几句，姚乐却不耐烦地推开他，"你够了，要么喝，要么闭嘴。"说完摇摇摆摆地走进酒吧。

"不是吧，小乐你今天喝了这么多？"小深走过来发现姚乐一个人灌光了半瓶 XO 的时候，眼神不悦地瞪着陈冲埋怨道："你怎么不看着她点？"

"别怪他，是我自己要喝的。"姚乐笑着拉起小深，"走，陪我去跳舞。"虽然现在的姚乐头脑迷迷糊糊的，走路都觉得飘，可她还是逞强地走向舞池，因为她刚才对梁言告白了，把积压在心里这么久的话说出口了，她觉得很爽。她已经不想去管梁言听到这句话后是什么反应，也不想去猜测他会怎么样，姚乐只是把自己想表达的话，大胆地说了出来，接受不接受她都觉得无所谓，至少她努力了。虽然是借着酒胆说的，但是勇气很可嘉了。

突然，她在舞池里看到一张似曾相识的脸，那种感觉又把她带到了华灯初上在街头接吻的时代，记忆里模糊的影子也开始变得清晰起来，那个清秀稚气的脸，那种细腻的触感，那一段青涩又充实的初恋,像放电影一样在脑海里过了一遍。痛且快乐的感觉瞬间袭击着姚乐的心,"小深,我好像看到时苏了。"

小深笑着抱住了姚乐:"你喝多了,眼花了吧。"

"没有,我不会认错。"姚乐摇摇头,努力想让自己清醒些,"我刚才明明就看到了。"

"你看错了。"

"不,我又看到了。"姚乐惊喜地指着一个男人的背影,肯定地说,"就是他。"

小深本不打算当回事,可见姚乐神色坚决,不由得打趣道:"那行,今天的时苏就归你了,我们去打个招呼。"

姚乐醉醺醺道:"不要,我不要时苏了。"

"我要,我要总行了吧?"小深嬉笑着拽着姚乐走到她指的那个男人后面,她对姚乐和时苏那一段过去异常好奇,所以忍不住想要八卦。小深上前拍拍那个人的背,准备开口搭讪。那个男人转身过来,他怀里紧抱着的女人是另一张熟悉的脸。

姚乐尴尬地笑笑:"对不起。"拖着小深回包厢,"你看你,叫你别去别去,非得去,撞着阿珀我老尴尬了。"

"有什么尴尬的,不就是打个招呼嘛。" 小深不以为然,随口八卦道,"小乐,他是不是真的跟时苏长得像啊?"

姚乐犹豫了一下,诚实地点点头,虽然她喝得脑袋有些晕乎乎,但是看到那个男人的瞬间,她满脑子想到的都是初次接吻的甜蜜,那是第一次心动的甜蜜。可是看到她的好朋友阿珀在对方怀里,两个人紧紧拥抱着跳舞时,她除了尴尬便是愤怒。

为什么愤怒呢?姚乐自己也说不清楚,或许联想到当初最好的闺蜜沈静也是用这种办法将时苏从她身边抢走的吧。看到阿珀和这个长得跟时苏相似的男人在一起的时候,姚乐就无法不去想沈静背叛自己的事情。

姚乐拿起酒杯,也不管是谁的,猛地喝了起来,喝着喝着,眼泪就跟断线的珍珠一样,落了下来,陈冲手忙脚乱地帮她擦着,"不要哭,你今天怎么了?"

"小乐,你到底怎么了?"小深关切地问,从来没有看到姚乐情绪这样失控过,她也慌得不知所措,"到底发生什么事了?你说嘛。"

小深和陈冲越是关切,姚乐哭得就越委屈,其实她也不知道为什么这么委屈,眼泪就是控制不住。她干脆扑进陈冲怀里,抱着他哭得撕心裂肺,或许把这么久的伪装一并撕开,哭够了,整个人也变得疲惫不堪,"陈冲,我好累,我们找个地方睡觉好吗?"姚乐知道她这话有歧义,但是她没有心思解释了,她现在就想好好地睡一觉,什么都不想去想。

小深猛地一把拽着她,"小乐,你确定没醉?"这男欢女爱虽说很正常,但是酒后乱性她这个闺蜜不看着点的话,只怕醒过来后,哭死都没人同情。

"我没醉,我先走了。"姚乐严肃地对小深道,"真的没醉,你放心好吗?"

陈冲受宠若惊地扶着姚乐,"你到底怎么了?"

"我真的没事,你不走,我走。"姚乐不耐烦地推开陈冲,对小深摇摇手,"我先回家了。"

小深还想说什么,姚乐已经跌跌撞撞地走出去了,她犹豫了一下,见陈冲已经快步追了上去,便朝着舞池走去找阿珀。

陈冲将姚乐扶上车的时候,她已经疲惫得整个人缩成了一团,呢喃道:"陈冲,我好累,你去开个房让我好好睡一觉好吗?"她的脑袋已经昏沉得无法思考,肢体也被酒精麻痹得不受控制。虽然脑子里还有那么一丝清醒,但是很快被困意袭击得溃不成军。

陈冲一路"飞车",开到就近一家五星级酒店,还豪气地要了个总统套房。毕竟第一次跟姚乐开房,陈冲想给她最好的回忆。

姚乐被陈冲从前台一路抱进总统套房的时候,脑袋已经空白一片,四肢完全不受控制,她闭着眼睛睡得深沉。陈冲小心翼翼地将她放在床上,看着她被妆容模糊的俏脸,五颜六色的,实在有些骇人。陈冲的眼睛看向她的胸前,姚乐穿的是一件大领子的套衫,衣领斜倒在一边,雪白的双峰直接跃入陈冲的眼帘,他的双眸迅速染上情欲,神啊,原谅他,他只是一个正常的男人。

陈冲艰难地吞咽了下口水,视线接着往下移,就好像欣赏一件艺术品似的,看着姚乐的短裙下,两条白嫩的腿,无限风情地胡乱交叠着。他深吸了一口气,主动搂过姚乐,小心翼翼地捧起她的脸,轻轻地吻了吻。姚乐反手勾住陈冲的脖子,本能地吻住了他的唇,两个人瞬间就好像接吻鱼一样,热烈地吻了起来。

陈冲再也忍受不了姚乐火辣地挑逗,他一边热情地顺着姚乐的大腿开始抚摸,一边缓缓地轻吻她的耳朵,同时粗鲁又迫不及待地想脱掉她的衣服,渴望更深一层次地亲密接触。

"电话,电话,我的电话。"姚乐呢喃着拉住自己的衣服,含糊不清道,"我要接电话,接电话。"

陈冲恼怒地瞪了眼响个不停的电话,那铃声让他心烦气躁。他不耐烦地喘着粗气接起了姚乐的电话:"喂,你好,找谁?"

"我的电话,我的电话呢?"姚乐在一旁迷糊地喊叫着。

梁言看着手机屏显,确认是姚乐的号码,又听着电话那头不耐烦的催问声,心凉了,"对不起,打错了。"梁言冷静地挂了电话,他知道,子夜一点,姐姐那含糊不清的声音,一个男人代接姐姐的电话,意味着什么。他突然对姚乐感到绝望、愤怒，刚还在那边发信息说喜欢他，可半夜竟然和别的男人在一起。梁言的心突然感觉空了，没有什么可以填满，以前装着很深的爱，在这样的夜里，突然就被抽空了。

这一晚，梁言一点睡意都没有，转头开始找能慰藉他受伤心灵的女人，对他来说，人生的旅程还要继续。他失去了一个他很爱的女人，但不代表就不能拥有一个很爱他的女人。得失之间，总是要平衡才能继续生命的乐章。梁言在这一瞬间，果断地做了一个决定。

陈冲挂了电话，看着手机屏幕上显示的帅哥弟弟，突然闻到一种不寻常的气息。看着身边抱着枕头睡得毫无形象的姚乐，陈冲轻轻推了推她，"小乐？"

姚乐回应他的只是香甜的鼾声。

"看来她真是只想睡觉。"陈冲自言自语地说完，刚才膨胀的欲火瞬间熄了大半。他是真的喜欢姚乐，想跟她有一个浪漫美好的开始，自然也不会趁她醉酒而占她便宜。陈冲拼命地抽烟，好半响才平静下来，拉过被子，小心翼翼地抱着姚乐睡了过去。

清晨的阳光射进屋子，姚乐睁开惺忪的双眼，满屋的烟味让她难受地咳嗽起来。接过陈冲递来的矿泉水，姚乐昏沉的脑袋才清醒几分，戒备地看着他问："你怎么在这里？"

陈冲并没有回答，而是整个人猛地扑了过来，带着浓浓烟草味的嘴唇在姚乐脸上游走。姚乐不悦地一脚蹬了过去，将毫无防备的陈冲踹倒在床。

"你什么意思？"

"你觉得是什么意思？"陈冲狼狈地站起身子，"你勾引了我一晚上，连利息都不准备给点吗？"

姚乐不动声色地扫了眼自己身上还算穿戴整齐的衣服,又看看陈冲也没衣衫不整,心里清楚,两个人并没有发生什么,便吞咽了下口水,心虚道:"你这是准备用强的收利息吗?"

"我才没那么粗鲁。"陈冲起身拍展身上的衣服,"或者,你喜欢粗鲁的话,我就配合你一下。"

"免了。"姚乐毫不犹豫地摇手,"我没心情跟你斗嘴,我现在要去洗澡。"低头闻了闻自己身上,竟然夸张地散发着一股馊味。

陈冲听着浴室里传来的锁门声,不由得撇嘴:"你这会儿才想着防备我,是不是晚了点?"陈冲要真对她有什么歪念,昨晚就可以得手了,还等到现在?陈冲坐在床边不知所措,有些失落,但是下一秒他就释然了,姚乐,确实不是一个随便的女孩,她值得自己更加用心去追求、呵护。

"你应该庆幸,昨晚我那么信任你。"姚乐洗完澡出来,擦着湿漉漉的头发走去拉开窗帘,边走边说道,"当然,你表现得也挺好的,没有辜负我对你的信任。"姚乐只裹了一条浴巾,阳光照在她年轻的肌肤上,散发出迷人的光泽。这会儿她丝毫不担心陈冲会对她做什么,因为昨晚她就像主动送上门的,陈冲有定力不占她便宜,说明还是挺有君子风范的。

"你又故意勾引我?"陈冲此时眼睛里充满欲望。

"昨天晚上给过你机会,不过你没珍惜,现在你想多了。"姚乐坏坏地笑着,"我才没心情勾引你,你浑身臭乎乎的,赶紧去洗澡吧。"她在这一刻非常肯定,陈冲或许是真的在追求她,因为如果只想发生点关系,根本不需要耗这么长时间,而且有机会也不下手。可是,就算陈冲真的追求她又怎么样呢?她的心在梁言那儿。

一颗心给了一个人,不是说收回来就可以收回来的。姚乐深深地叹了口气,看着窗外川流不息的车辆,来去匆匆的人群,她不知道自己是该继续喜欢梁言,还是该试着接受陈冲,然后谈一场恋爱。反正谈婚论嫁的时候,无关乎情爱,只是觉得这个人各方面条件都合适,能在父母那儿交差就可以了。

"昨天晚上你哪里给我机会了?"陈冲哀怨地瞪着姚乐,"明明主动诱惑我了,还把我给蹬下了床。"

"是吗?我怎么什么也想不起来了?"姚乐惊诧,"不过那说明,我确实不想跟你有啥。"

陈冲发誓他后悔了,看着姚乐这会儿嚣张的样子,恨不得将她就地扑倒。

"你瞪什么瞪?"姚乐戒备地双手护住浴巾,"你再瞪我,小心我把你眼珠子挖了。"说完,自己都觉得这话说得特没威慑力,不由得撇嘴,"算了算了,我不跟你斗嘴了,我饿了。"

"饿了就吃我呗。"

"美得你!赶紧洗澡去,臭死了。"姚乐转过身指着陈冲大吼,"昨天也不帮我洗澡就让我睡了,你可真做得出来,我都发馊了。"

"姐姐,我敢碰你吗?帮你洗澡,鼻血都流光了,还不如让我自杀痛快。"陈冲低头闻闻身上,尴尬地笑笑,"确实有股怪怪的味道。"

姚乐翻了个白眼说:"以前阿珀喝醉的时候,我都帮她洗澡的,你思想龌龊,才会鼻血乱飙。"姚乐理直气壮地说完,脑子里又模糊地浮现阿珀和那个长得像时苏的男人抱在一起的画面,阿珀的笑特别刺心,姚乐心里酸涩起来,她也不明白自己的情绪为什么会忽然变得这样奇怪。难道因为梁言,害得她对所有的一切都敏感起来?

陈冲和姚乐在酒店吃了早饭便将她送回家,姚乐刚进门便感觉有种不一样的感觉，门口鞋子有些乱，数量也比以前多了。姚乐轻轻地走到阿珀门口，发现衣服、包包胡乱扔了一地，姚乐知道，阿珀把那个长得像时苏的男人带回家了。

或许已经发生了什么故事，姚乐不动声色地叹息一声，弯腰帮阿珀把衣服一件件捡起来，拿到卫生间去，连同自己的衣服一起丢进洗衣机。姚乐再次冲了个澡，胡乱裹了浴巾打算回房间穿衣服。谁知，一开卧室门便被床上坐起来的陌生男人吓得失声惊叫："啊！"

"怎么了？怎么了？"那男人被姚乐吓得缩回被子，阿珀茫然地爬起来，咧着嘴角对姚乐笑笑："小乐，你回来了。"

姚乐深呼吸，冷眼看着阿珀，生气道："你赶紧给我起来。"本来带这个像时苏的男人回家，姚乐心里就不是滋味，竟然还睡在她床上，这两个人真是恶心到她了。

阿珀心虚地光着身子裹着被子起来，那个像时苏的男人就这样赤身裸体地映入姚乐的眼帘，她忍不住暴怒："你们马上给我滚出去。"

阿珀拉着那个男人狼狈地从姚乐房间出去，姚乐气恼地甩上门，将床上的东西全扯了下来，眼泪也忍不住流了下来。她满脑子想着时苏，想着沈静，想着她们两个也是这样背叛自己的。虽然姚乐清楚，刚才那个男人不是时苏。姚乐只要一想到，阿珀竟然带那个男人睡在自己房间，还在自己床上做那事，就忍不住觉得恶心，她开始反胃，俯身呕吐起来。

姚乐吐得肝肠寸断，好像胆汁都要吐出来了。她疲倦地倒在地上，抱着身子开始哭泣，为什么受伤的总是她？她真的好崩溃。时苏，如果当初姚乐不那么喜欢他，就不会伤得那么深。沈静，如果当初姚乐不真心把她当好朋友，就不会那么憎恨。而梁言，如果说只是喜欢而没有爱，姚乐就不会一再地情绪失控了。

姚乐看着昨晚对梁言的告白，可他到现在都没有任何回应。姚乐便翻开梁言的朋友圈，发现空白一条线，梁言，你这是把我删了还是拉黑了呢？

姚乐有些头疼，她犹豫要不要给梁言发消息，但是害怕需要验证，姚乐没有勇气接受这样残酷的事，于是缩回了手。她的心难受，她觉得，自己和梁言就像一场看似美丽却漏洞重重的舞台剧，他们也曾激情忘我地表演，但那是一场短暂绚烂的表演，导演早已设定好了这剧的结局。

梁言，或许我们之间真的会越走越远了。

第六章　彻底放弃

阿珀嬉皮笑脸地开门进来,"在干吗呢?"见姚乐茫然地蹲在墙边,不由得打趣道:"哎哟,装深沉呢?"

姚乐冷冷地转过脸看着阿珀,"你现在别跟我说话,我看见你烦。"

"喂,怎么了?"阿珀难得见姚乐脸色这么差,关心道,"心情不好?"

阿珀一脸没心没肺的样子,丝毫不为自己的行为感到羞耻,让姚乐心里堵得慌,真是说也不是,不说也不是。

"你知道吗,我昨天带回来的男人。"阿珀兴奋地推推姚乐,"你要不要听我八卦一下,我可是第一次带男人回来。"

"我管你第几次带男人回来,可是你能不能不要那么恶心地往我房间带?"姚乐生气道,"我不想知道你们的八卦,你给我闭嘴。"

"不是吧,不就在你房间住了一晚吗,你至于生这么大气吗?"阿珀委屈道,"我昨晚喝得有些多,房间钥匙没找到,见你房门开着,就先借住一晚而已。"

"你问过我了吗?我同意了吗?"

"你昨晚不是跟陈冲去开房了吗,你都不在,打你电话又不接,我问鬼啊?"阿珀激动道,"你说你,一回来就给我摆臭脸,还让我滚出去，在我朋友面前，我很丢面子好不好？"

"你还要面子？你的脸真大。"姚乐嘲讽道，"你搞清楚状况，你在我房间跟别的男人乱来，我恶心不恶心？"

"我没乱来，我恶心你什么了？"阿珀也被姚乐说得动怒了，但是耐着性子解释，"我发誓，真的只是睡了一晚而已。"

"我真的不想跟你说话了。"姚乐深呼吸，稳稳情绪，"你现在给我出去吧。"她介意的是，阿珀带了个长得像时苏的男人，睡了她的床，就跟沈静和时苏的背叛一样，让她觉得恶心、肮脏。

阿珀撇撇嘴走出去，姚乐第一时间在网上定了一张床，还定了全套的被褥。

"小乐，今天肖晓请我们去唱歌，你去不去？"阿珀坐在沙发上抱着垫子笑着问，她和小深一样，准备正常约会。

姚乐知道，肖晓就是阿珀昨天带回家的那个男人。

"我不去。"姚乐不想去，拒绝得毫不犹豫。即使她心里知道，这样闹脾气是不对的，不能影响阿珀投入恋爱，可是，姚乐就是不想看到肖晓，他会提醒姚乐不断回想过去。忘记过去，她才能假装若无其事，继续没心没肺地灿烂微笑。

"喂，不要那么扫兴嘛，让你们多接触一下，了解一下肖晓的为人。看看我选人的眼光好不好。"阿珀上前拉着姚乐，继续劝说她，"大家是好姐妹，分享一下我喜悦的心情好不好？"

"不去。"姚乐甩开阿珀，提着收拾出来的旧床单等垃圾走到门口，开门，然后"砰"的一声甩上门，以宣泄内心的不悦。这门也包括她心里的那扇门。她要跟阿珀保持距离，她也不想去接受这个所谓的肖晓出现在她的视线里，出现在她朋友身边，这种如同吃了苍蝇的感觉会唤起她的记忆，那种疼痛让姚乐浑身布满刺。姚乐真是恨得咬牙切齿，她不能对阿珀做什么，甚至都说不清楚为什么厌恶她,只能一个人远远地走开。

"她怎么了,心情不好吗?"阿珀关切地问小深。

"我不知道。"小深摇摇头,"最近小乐情绪很不稳定,就像大姨妈来了。"

"刚走好吧?"阿珀撇嘴,"提前更年期也不会这样早。"

"你真喜欢那肖晓?"

"喜欢说不上,就觉得挺好玩的,随便玩玩呗。"阿珀不认为她有多喜欢肖晓,要真喜欢,昨天晚上就把自己交给他了,想想他吃瘪的表情就觉得好玩。

"你知道昨晚我为什么去拍肖晓吗?"

阿珀摇摇头,茫然道:"难道你们不是去找我的?"

"当然不是。"小深摇头解释道,"小乐昨天喝醉了,说肖晓和时苏长得很像,我看她说得挺认真的才带她去搭讪,谁知道你快了一步,先把他给泡了。"

"不是吧?我不觉得肖晓和元斌长得像啊,玄彬还差不多。"阿珀迷茫地摇摇头,开始仔细回想肖晓的样子。

"或许是感觉像吧。"小深看着阿珀认真地劝告,"你要是不算太喜欢那个肖晓,我看你还是算了,免得小乐看着难受。"

"这也太自私了吧?"阿珀不满地哼哼,"我难得看上一个男人,就这样让我放弃,我有些不甘心。"

"那你随便。"小深懒得多说,毕竟这种事再好的闺蜜也只能点到即止。

姚乐回屋的时候,阿珀正皱着眉头在沙发上发呆,看见姚乐要进屋忙叫住她:"小乐,你过来一下。"如果姚乐不喜欢,她就不跟肖晓继续了,阿珀还是更在乎姚乐的。

"我现在不想看到你,也不想跟你说话。"姚乐头也不回地回到房间，还反锁了门。屋里一片狼藉，姚乐心里更是抑郁。她烦躁地开着电脑看电视剧，她又想起梁言，眼睛开始发酸，心也开始疼。

姚乐和梁言，就像一朵花，从含苞到绽放，再走到凋零，这是一个必然的过程。她只能眼睁睁地看着花朵渐渐枯萎。

姚乐跟梁言最近一直处于失联状态，互不打扰。

在快递员送来床和被褥时，阿珀终于爆发，"小乐，你到底什么意思？我不就睡了一下你的床吗？你当我是病毒还是细菌，你要这样对我？"

"我不当你病毒，也不当你细菌，但是我觉得脏。"姚乐说的是实话，昨晚她就坐在电脑前待了一个晚上。床实在是睡不了，就好像长满了刺一样，刺得她浑身疼。

"我脏？姚乐，有本事你再说一次。"阿珀失控地尖叫起来。

"脏。"面对情绪失控的阿珀，姚乐面色冷漠。眼瞅着阿珀的手朝自己的脸甩来，她快一步伸手拽住，"想打架吗？"

"你们俩干吗呢？"小深跟高浅急匆匆地从阁楼上奔下来，一人拉住一个，劝道，"有什么事，就不能好好说吗？"

"我不想跟她说话。"姚乐挣开高浅的手，"我跟她之间也没什么好说的。"转身回房间整理床铺。

"到底怎么回事？"小深问阿珀。

"没事。"阿珀咬牙切齿地丢了这么句话，也跑回房间狠狠地甩上了门。

"小乐，到底怎么了？"小深进姚乐房间，示意高浅给姚乐帮忙，"好端端的换什么床？"

"阿珀那晚带肖晓回家，睡了我的床，你说脏不脏？"

"什么？"小深傻眼，半晌回神道，"那阿珀做得有点过了。"

高浅瞪了小深一眼，催促道："你还不帮忙搬出去？"他是个明白人，清楚有些时候，是非黑白不能分得太过清楚，尤其闺蜜之间，一旦有外人掺和，那么小深、阿珀、姚乐稳定的铁三角，可能要失去一个了，还不如装傻，等待她们自己把心结打开。

姚乐和阿珀之间的关系突然变得紧张，两个人似乎都在回逃避什么，但是又努力想为彼此做些什么。不知道是姚乐的有意还是阿珀的无意，自上次吵架后，家里的气氛变得格外压抑，令人透不过气来。大家同住一个屋檐下，抬头不见低头见，一切都显得非常尴尬，姚乐甚至动了搬家的念头。只是她刚工作没多久，经济能力有限，而且房租已经交了一整年，还没到期，她不能任性，所以也只能暂时打消搬家的念头。

"小乐，你和阿珀准备什么时候和好？"小深已经看不过去了，她不喜欢三个好朋友突然变得好像陌生人一样，"虽然肖晓那件事，阿珀有错，但是她真没在你床上做什么，你就大人不记小人过，原谅她呗。"

"小深，有时候不是一句原谅事情就可以过去的。"姚乐并没有回答小深的话，自从那一晚之后，就算姚乐换了床，换了全套被褥，但是一到晚上她就会失眠。

姚乐已经很久没有踏踏实实睡一觉了。

"那你到底想怎么样？"小深问得有些迟疑，这个和事佬真不好做，她夹在中间，左右为难。

"我也不知道。"姚乐坦诚地看着小深，"你别问我了，我现在脑子乱哄哄的，完全没有办法思考。"

"你跟阿珀冷战，我心里很难受。"小深无奈地叹了口气，"我们曾经是那么要好的朋友，就为了这点事，现在搞得这么不开心，你觉得有必要吗？"虽然在旁观者看来，阿珀真是做错了，可是她道歉了，也跟小深解释并没有做过界的事，姚乐应该大度一点，两个人尽快修复关系，和好如初才是。

"我不知道，小深，我真的不知道，你别劝我了好吗？"

"小乐，阿珀和肖晓第二天就分手了，她在乎你这个朋友，你就不在乎她吗？"

"在乎，因为在乎才会受伤，才会难受。"姚乐看着小深，"我这里很难受，小深，你就让我静静吧。"姚乐手捂胸口。

小深无奈地叹了口气，这对冤家，说的话还真是一模一样，她倒是成了个外人。

晚上姚乐准备去洗澡，阿珀也正好开门，两个人对视了一眼，却什么都没有说，又同时选择关门，错开对方。

姚乐知道她和阿珀已经越走越远，曾经的欢笑、泪水都成了回忆，更多的是感伤。她们在同一片阳光下呼吸，对视一眼，彼此已经变得透明。原来所谓的永恒，也只是一个善意的谎言，没有谁的承诺，可以真正在自私强悍的对决中坚不可摧。或许房租到期，分道扬镳，从此真的会老死不相往来吧。

有时候摧毁一段坚不可摧的友情，只不过需要一个爆发点罢了。

肖晓，这个来得莫名其妙，去得更莫名其妙的男人，却点燃了姚乐跟阿珀之间的战火。

"姚乐，你到底想怎么样？"阿珀用力拍开姚乐的房门，神色愤怒道，"就算我做错事了，你至于这样揪着不放吗？"

"不至于。"姚乐认真地看着阿珀，"但是我做不到心平气和地跟你说话。"至少目前阶段，阿珀这样激动的状态，姚乐是没办法跟她好好聊的。

"我不就带了个男人睡了一下你的床吗？别说什么都没做，就算做了，你把床都换了，还想怎么样？"阿珀大声地吼着，她真的受不了姚乐的刻意疏远和冷淡，好好的朋友为什么非搞得跟陌生人一样？

"我不想怎么样，我不想跟你说话不可以吗？"

"你们俩又干吗？"小深听到吵闹声忙赶了出来，"吵什么吵呢？"真是怕她们俩又失控动手。

"你该问她，到底想怎么样！"阿珀气恼地指着姚乐，"歉我也道了，解释也解释过了，她非得要较劲儿，脑子有病。"

"是啊，我脑子有病，所以都别理我。"姚乐说着眼泪一下流了出来。这段时间她的心情本来就不好，阿珀此刻又对她大吼大叫，好像她真的有神经病似的，不由得觉得委屈。

"神经病，搞成这样你很开心对吧？"

"很开心。"姚乐逞强道，"以后如果再也看不到你，我会更开心。"

姚乐的话让小深觉得事态严重了，忙拉着她劝道："小乐，你少说几句。"

"好，既然你这么说，那就没必要再做朋友了，以后你走你的路，我过我的桥，我们再见。"阿珀说完头也不回地奔出了家。

小深为难地看了姚乐一眼忙追了出去，"阿珀，你等等。"

姚乐无力地靠着门跌坐在地板上，她丢失了什么？其实她本就一无所有，连最好的朋友也被她给赶走了。

"我什么都没了，感情没了，心没了，好朋友也没了……陈冲，我是不是很失败？"姚乐不断重复这一句话，吓得陈冲忙开车赶了过来。

"小乐，发生什么事了？"陈冲帮姚乐擦掉眼泪，小心翼翼地将她从地上搀扶到床上,"别哭,有什么事你跟我说,我一定想办法给你解决。"

"我和阿珀玩完了。"姚乐说着,抽噎得差点喘不过气来,"我们再也不是朋友了。"

"你们俩就瞎闹,过几天就没事了。"陈冲安慰着姚乐,她和阿珀的默契和感情不是说分就能分得开的。

"我还记得,刚认识她的时候,我又胖又丑,没男人喜欢我,班里的人也都排斥我这个转学的新同学,只有她对我说了一句我这辈子都忘不了的话。她说,'不需要那么多人跟你好,有我就足够了。'"姚乐哽咽地说着,其实她现在心里特别后悔,都是她的矫情才把阿珀气走的。阿珀为了她,早跟那个肖晓分开了,可她还是不依不饶。

"我知道,阿珀人挺好的。"陈冲认同地点点头,"你别急,阿珀不会真跟你玩完的。"

"她为了我能摆脱自卑,就监督我减肥,每天很早就起来陪我做运动,早餐只喝一碗清粥,中午两个人就买一份饭,晚上吃一个苹果,多下来的钱要我买运动器材,我做什么,她也跟着做什么。我好不容易减了三十斤,阿珀却瘦得面黄肌瘦,最后还贫血了。"姚乐回想着阿珀跟她共患难的那段日子,内心充满感激。在那么艰苦的条件下,那么失望的心情中,能有这样一个坦诚的朋友,真是她的福气。

虽然姚乐跟阿珀时常会吵嘴,相互损几句,但感情是真铁。现在阿珀却说,以后再也不是朋友了,那感觉就像从姚乐身上割了块肉一样。

"是我不好,是我把阿珀给气走的。"姚乐说着说着就失控地大哭起来,"我最近心情不好,就把火气全撒在阿珀身上了,我也不想这样的……"

"小乐，朋友不是说是就是，说不是就不是的，所以放心吧，你跟阿珀都冷静一下，大家还是好朋友，和以前一样。不，应该是比以前更好。"

"真的吗？"姚乐疑惑地看着陈冲，她和阿珀从来没有爆发过这么大的矛盾，即便和好，心里的伤能说忘就忘吗？

"恩，真的，相信我。"陈冲像哄孩子一样，"一定会没事的。"

"但愿吧。"姚乐并不乐观，长长叹息了一声看着陈冲，犹豫道，"陈冲，我能不能去你家借住几天？"

"什么？"陈冲惊吓得差点合不上嘴，"小乐，我没听错吧？你要去我家借住几天？"

姚乐点点头，"我想出去冷静几天。"在这儿她完全不知道如何跟阿珀相处下去，她需要给自己时间冷静一下。

简单收拾了下行李，姚乐便跟着陈冲出门了。陈冲是一个家境优越的"富二代"，但并不是安于啃老的"米虫"。大学毕业后，陈冲拿着家里资助的第一笔创业资金开了一家小型的广告公司，这几年经营下来，规模已经挺大了。他并没有跟家人住在"桃花源"的豪宅里，而是自己买了一个二百多平方米的精装复式公寓，目前弟弟陈临跟他住在一起。

对于姚乐的到来，陈临表示非常惊讶，但很快便镇定了，简单打了个招呼就回屋睡觉了。陈冲倒是忙前忙后地帮姚乐将客房收拾出来，殷勤地问她还需要添置点什么。其实陈冲的客房装修得一应俱全，被褥什么的都是新的。姚乐也并不打算长住，所以笑着婉拒了他的好意，"谢谢，不用麻烦了。"

"没事没事，你爱住多久就住多久。"陈冲腼腆地笑笑，"你来了，我不知道有多欢喜呢。"

看着这个男人一脸纯真的笑容，姚乐的心瞬间暖了，她笑笑道："陈冲，谢谢你。"如果没有梁言，她或许会爱上陈冲这样的男人吧，他有阅历，对人温和有礼，处事周到，简直就是居家旅行必备的全能型好先生。

可惜，相遇没有早一步，姚乐的心已经丢了，再想找回来，只怕是需要很长一段时间了，也不知道陈冲是否能等得上。

晚上小深打来电话，"小乐，阿珀现在情绪稳定了，你在哪儿？什么时候回来？"

"小深，这几天我暂时不回去了，帮我好好照顾阿珀，出去玩的时候看着她，不要让她喝太多，因为她特容易闯祸。"姚乐仔细地关照着。

"你们搞成这样，谁还有心情去玩？我真的不明白，她暗示我打电话问你在干吗，你也在关心她，你们何必呢？"

"我们需要给彼此空间。"姚乐叹了口气，她和阿珀彼此了解，所以知道哪怕两个人出现矛盾，相互关怀自然是不会少的。

"我希望你们好好的。"小深沉默了一会儿，说完这句话便挂了电话。

"我们会好的。"姚乐自言自语地回答，深吸了一口气，将眼泪擦干，"只是需要一点时间。"给彼此一个合适的台阶，让彼此渡过这个坎儿，也许会更懂如何去相处。

陈冲出差的几天，姚乐选择了回家，跟姚妈妈撒谎说，租的地方网坏了，她需要整理资料，不得不回家住。好在姚妈妈并没怀疑，只是每天一如既往地唠唠叨叨。

小深打电话过来，问姚乐什么时候回家，说姚乐不在的时候，阿珀买了很多姚乐喜欢吃的零食，但是阿珀一句话也没有和姚乐说，电话、微信，一条信息也没有。

姚乐和阿珀就是两只刺猬，明明很想靠近，也只有靠近的时候才会相互温暖，但是靠久了就会感到疼痛，彼此会刺伤。姚乐的心被阿珀伤了，阿珀的心也同样被姚乐伤了。她们两个都后悔，彼此反思，但是谁都没有先开口的勇气。

姚乐在朋友圈写下了这一段文字来表达近来的心情。

  那时，我们都只是孩子，在天真的乐园里，无忧无虑地玩耍，常手握着手，细数指纹里属于我们的缘分，傻傻地对比着我们指纹里的吉祥和命运。

  那时，我们喜欢在空旷中狂奔，追赶着、打闹着，脚步踩着脚步，学着走路，笑声叠着笑声，夸张不做作，擎着的缘分牵着我们的梦想。

  那时，天空是那么晴朗，我们喜欢一起整人、恶作剧，对着被整的人，天真地眨着眼睛，诉说着我们的无辜，其实内心已经笑翻了天。

  那时，我们说过要一直这样，我们不会为爱情而疏远友情，透彻地付出着纯真，我们都是害怕寂寞的人，厌恶被忽略，习惯自傲。

  那时，八月的艳阳烧伤了我们，离别，只是回不到从前了，选择与放弃只是一个界限，友情和爱情也只是一个思量，冷静地做回自己。

  那时，没有太多虚伪地挽留，我们都太过骄傲了，或者说，我们都是理智的人，清楚地知道，你选择什么，你将失去什么，没有完美，只是想努力更美，没有成功，只有尽力不失败，原谅我们，只是不顾一切的孩子。

放上去不到五分钟，阿珀点了个赞，又取消了。

姚乐咬住唇，抓着手机，犹豫要不要给阿珀发个消息。但是冷战了这么久,她倒是有些拉不下面子了。这个月过得漫长而又伤感,在她生命里又是一段遗憾和疼痛。

姚乐和阿珀整整一个月都没有说过任何话,手机、通信软件、微信,明明有无数种可以打破沉默的方式,但是她们偏偏执拗地选择相互避让,只有小深在中间充当传话筒,传递她们两个人的思念和关怀。

如果姚乐和阿珀是冷战,那么梁言可以说是消失不见了。他出现得突然,消失得莫名其妙,却牵扯着姚乐全部的心思。姚乐总是在想,他恋爱了,和沈静甜蜜着,他那小孩子性格说的喜欢,怎么能拿来当真呢,原来自己还是太傻太天真。

姚乐在陈冲家住了近一个月,马上放十一长假了,姚乐被老妈催回家,第一件事就是拉着她去买衣服。姚乐脸色有些无奈,"老妈,我看着你买,我嫉妒,还是不要去了,看着伤感情!"

"你这人怎么这样?要你学服装设计干吗的?都不给我打扮打扮,搞个形象设计。"姚妈妈说着就上手要揪姚乐的耳朵,姚乐闪躲了几下,姚妈妈又说:"我说,你看中了,我也帮你买。"

姚乐望着老妈那开心的笑脸也实在不好意思打击她,就姚妈妈那水桶身材,穿什么看着都别扭,尤其姚乐现在的眼光又极其挑剔,再说服装设计和形象设计差别大了去了,不由得赔着笑脸打趣姚妈妈,"妈,你中彩票了还是捡到钱包了?"

"你少来,都工作这么久了,买衣服还得剥削我,白养你这个女儿了。"姚妈妈叉着腰,指着姚乐的鼻子骂,"不肖女。"

"妈,我陪你买衣服你还骂我,太夸张了吧。"姚乐卖乖道,"我要是有钱,倒是想给你买名牌。"她工作将近四个月了,领了三个月工资,可是根本就不够花,她的信用卡还是负的,每个月就盼发薪水还账单呢。

"我可听着了,你以后有钱了记得给我买名牌。"

"买买买,一定买。"姚乐笑道,"什么驴牌啊、哭泣牌啊,我通通都给你买。"

姚妈妈这才听得心花怒放,还给姚乐买了一套新衣服,催着她去换上后,啧啧称赞:"果然人要靠衣装,你看你这一打扮,人就精神了。"

"妈,你想夸我漂亮就直接点。"

"老姚,你怎么生了这么个不害臊的孩子?"姚妈妈皱眉看向一旁的姚爸爸,"别杵着玩手机了,赶紧去付账。"

虽然姚妈妈喊着买衣服,但是到头来全给姚乐买了,她自己试试这件,摸摸那件,看看价牌又觉得贵,什么衣服都舍不得买,最后只买了一条丝巾,让姚乐心里十分难受。她暗暗发誓,以后一定要给妈妈买一堆品牌衣服孝敬她。

如果那天没有和爸妈去肯德基,姚乐就不会遇到时苏,心结就没有办法解开,仍会徘徊在当初的遗憾和愤恨中不能自拔。

姚妈妈抓着鸡腿,指指玻璃窗外,鄙夷地说:"现在的孩子怎么都这么不自重,光天化日下就这样随便。"然后说教姚乐,"你啊,你给我学好点,女孩子要自重。"

姚乐转过头,看到了两个正在忘情接吻的人,有些无奈地笑笑,要是老妈知道,她也这样跟人在街上接吻,在酒吧做更加伤风败俗的事还不得气死。姚乐笑笑安抚老妈道:"老妈,年轻人嘛,血气方刚的,你就当没看到,吃你的鸡腿去。"

"你现在也工作一段时间了,到底有没有交男朋友?有的话,赶紧带回家给我们看看。"姚妈妈笑吟吟地问。

"没有,没有。"姚乐忙把头摇得跟拨浪鼓似的,"我发誓真没有……"话还没说完，就被玻璃窗外那对分开的男女给惊到了。那个男人，那个面庞陌生又熟悉的男人，不是时苏吗？可是他的品位怎么差了这么多？他刚才抱着的姑娘，比当初的姚乐还要重，并且重得不是一个档次。

时苏的视线也看向姚乐，犹豫了一下，跟怀里的姑娘打了个招呼便朝着姚乐走来，姚乐心里不断祈祷，千万别说认识我，千万别过来打招呼。可是临时抱佛脚显然菩萨都没来得及听到，时苏已经走到了姚乐跟前。

姚妈妈倒是没注意，还在一个劲儿地絮叨说着王合的好话："你要真没男朋友，妈就帮你拉线了，你们王经理我看着就挺好的，他妈也跟我提过几次了，我看改天约到家里一起坐着好好谈谈吧，你的意思呢？"

"你是姚乐？"时苏的问话打断了姚妈妈的絮叨，她不悦地瞪了时苏一眼，发现是刚才看到的那个伤风败俗的背影，脸上露出明显的"不喜欢"。

姚乐抬头看着时苏，刚才的慌乱跟不安瞬间变得平静，她礼貌地朝时苏笑笑，说："是的，我叫姚乐，请问你是哪位？"

"你不认识我了？我是时苏。"时苏满脸不可置信，见姚乐茫然地摇头，眼里没有任何惊慌和喜悦，一派平和，不由得充满挫败，"我是你高中同学，我叫时苏。"

"是吗？不好意思，我不记得了。"姚乐歉意地赔着笑脸。

姚乐那句"不记得"让时苏十分尴尬，随即道："没想到你现在变得这么漂亮了。"

"是吗？谢谢。"姚乐非常受用地接受了他的夸奖，礼貌地说，"你女朋友叫你了。"

"遇到就是缘分，给我留个电话号码吧。"

"好吧。"姚乐笑嘻嘻地接过时苏的手机，存了号码，将手机还给他,"以后保持联络。"时苏告别了姚乐回到女友身边。

姚乐心里暗笑,刚存的号码是她三年前废掉的卡,她现在压根儿不想跟时苏有任何联系。

"你老同学?"老妈不满道,"怎么像个小痞子?找的女朋友怎么胖成那样?"

"妈,都说了是老同学。"姚乐无奈地解释,"而且是我记不得的人,你就别这样损人家了。"说完姚乐悲伤起来,当初怎么就那么瞎眼,竟然会看上这样的男人。这种男人酒吧里闭着眼睛随便一抓就能抓一把,那时候的爱情真是太傻太天真。这一刻姚乐突然希望她从来没有爱过,那么她也不会被伤成现在这样。

时苏,为何当初要把我伤得体无完肤?你是否过后才明白,其实你心里是有我的?这些问题,姚乐无法去找时苏问清楚,也没有必要知道,往事如风,过去的一切都过去了。

"我今天遇到时苏了,但是我宁愿没遇到,现实太残酷。"姚乐感慨地跟小深说,"真不知道他怎么变成现在这样,我都看不下去了。"

"你这人啊,要是他今天带的女朋友超级美艳,就怕你要自卑,躲到一旁悄悄哭泣了。"

"我还宁愿躲起来哭,也不想这样失望。"姚乐深深地叹了口气,"想到自己被这样一段感情伤得体无完肤,不敢轻易爱恨,我就悔得肠子都青了。"

"算了,都是过去的事了,你也别感慨了。"小深劝慰道,"眼前我比较关心的是,你跟阿珀到底准备怎么办?"

"凉拌。"

"凉拌你个头!你是不是欠骂?"小深不悦道,"你真准备跟陈冲同居吗?"

"没有,我们很清白的。"姚乐忙解释,"我只是借住一段时间,我一个人睡客房的。"

"什么时候回来?"

"十一长假后我就回去了。"姚乐跟阿珀分开得够久了,情绪也都稳定了。

"长假后我准备搬出去了,你再不回来,就阿珀一个人了。"

"为什么要搬?房子不是还没到期吗?"她们的房子是按年交的,还有一个月到期呢。

"高浅父母和我父母都见过了,他妈妈要我搬过去和他们住,我又不好意思拒绝,只能答应了。"小深遗憾地说,"我是真舍不得和你们分开,可是天下没有不散的筵席,迟早是要分开的,我们都会有属于自己的家庭。"

"是啊,我们都会长大,都会有属于自己的生活。"姚乐附和,虽然有一万个舍不得,但是分开这种事早就是注定的。只是她有些意外小深这么早搬出去,但还是深深地祝福她能幸福,一直幸福。

"想吃啥?我请客。"陈冲敲门打断了姚乐的多愁善感。

"随便吧。"姚乐看着陈冲笑嘻嘻道,"不过老规矩,要请我吃饭,得先给一个理由。"

"今天我买彩票中奖了。"

"啊?真的?中多少?"姚乐激动地问。她买彩票从来没中过。

"中多少不是重点,重点是这个理由够请你吃饭吗?"陈冲卖萌道,"够吗,够吗?"

"好吧,我去换衣服。"

姚乐跟陈冲去了一家川菜馆，陈冲按着姚乐的喜好点了几个菜。姚乐看着仔细帮她擦筷子的陈冲，觉得这个人的感觉挺好的，跟他相处一点拘束感跟压力感都没有。他的成熟和阅历是姚乐所欠缺的，他的包容和宠溺是姚乐正在享受的，如果姚乐能放下梁言，或许跟陈冲在一起，对她而言会是最好的归宿吧。

"看什么呢？"陈冲伸手在姚乐面前晃了晃，"我都喊你半天了。"

"在，怎么了？"

"你的手机，一直在响。"陈冲指了指姚乐的手机提醒道。

"哦。"姚乐下意识地抓起手机看了一眼，是陈临的来电。她不解地看着陈冲道："你弟弟怎么打我电话了？他是不是找你，没打通你电话？"

"没啊，你接吧。"陈冲快速扫了眼手里的电话摇头道，"或许他找你有事呢。"

"你觉得你弟弟会找我有事吗？他能有什么事？"姚乐说归说，还是接起了电话："喂，你好，姚乐。"

"姚乐，我看到你朋友好像惹麻烦了。"

"我朋友？惹麻烦？谁啊？"

"阿珀，就那个跟你很好的阿珀。"陈临简洁道。

"阿珀？阿珀怎么了？"姚乐顿时紧张，抓着电话站了起来，"你倒是快说呀。"

"我看到她好像要被人打了。"

"什么？怎么回事？"姚乐激动道，"陈临，你赶紧给我说清楚。"

"我也不知道，就看见她被一群人围着，那些人指指点点骂她是小三什么的……"

"位置在哪里？我马上过去。"姚乐打断陈临的话，边走边问。

听到陈临说的位置,姚乐感到庆幸,还好就在这条街的后巷,跑过去五分钟就够了。姚乐跟陈临交代:"拜托你,你帮我先看着点,我五分钟就到。"

"喂,我怎么看呀……"

陈冲什么都没问跟着姚乐奔了出去,当两个人气喘吁吁赶到的时候,只见咖啡厅靠近门口有一桌围着许多人,姚乐下意识走过去问:"怎么回事?"

阿珀被陈临护在怀里,见到姚乐一个箭步就冲了过去,抱着她哭了起来,"小乐,我不是小三,我不是小三。"

"怎么了?"姚乐温柔又关切地问,并且眼神犀利地看着为首的那个凶悍女人,看着有几分眼熟,但是一时想不起来她是谁。

阿珀深呼吸,然后看向那个女人,大声道:"我嘴贱说错话,你疯狗一样咬着我。今天甩我的这一巴掌,看在你昨晚被你男人打了两巴掌的份儿上,我不跟你计较,但是请你搞清楚,我不是小三,也没兴趣抢你老公,你下次再敢动手,我一定会让你死得很难看。"

"你说你不是小三就不是了?明明就是你这个贱女人大半夜跟我老公发消息。"那凶悍的女人气急败坏道,"你别以为是他前女友,就可以跟他勾勾搭搭。"

前女友?姚乐认真地端详了一下这个女人,脑子里闪过一张新娘照——她是陈楚的老婆!

"是你老公大半夜给我发骚扰信息,你搞清楚状况!"阿珀冷眼看向匆匆赶来的陈楚,朝他钩钩手指,"过来。"

陈楚拉了下自己老婆,犹豫地走向阿珀,尴尬地喊道:"阿珀。"

"啪啪——"阿珀毫不犹豫地朝着他的脸甩了两巴掌,"把你疯狗一样的老婆领回家去,还有,你以后也别烦我!"

那凶悍的女人眼瞅着自己的老公被打,又凶巴巴地要朝阿珀动手,陈楚快一步将她拽住,阴沉着脸道:"你闹够了没有?"

"没有,你不是要离婚吗?你不是心心念念还想着她吗?我死都不离……"凶悍的女人说着便失控地号啕大哭起来。

姚乐拧眉看看越来越混乱的状况,拉着阿珀走出人群。陈冲跟陈临机警地跟在身后护着,走了很长一段路,才避开凑热闹的人群。阿珀顿住脚步,看着姚乐认真地解释:"我没做小三,也没跟他联系过,是他前天晚上突然给我发了很多消息,说跟他老婆各种不合适,我就嘴贱了句,'不合适就离婚,跟我吐槽有毛用,你敢离婚吗你?'"

"我知道。"姚乐点点头,"我还不了解你。"阿珀若想做陈楚的小三,早就去大闹婚礼,让他不得安宁了,明明去了婚礼也没忍心闹,就是不想打扰他的新生活。

"这巴掌挨得我真憋屈。"阿珀摸摸脸颊,还火辣辣地疼,不由得咧咧嘴,"还挺疼的。"

"你刚才打那男人两巴掌的气势不错呀。"陈临打趣道,"动作很熟练,经常这样暴打前男友吗?"

"你想试试吗?"阿珀咧嘴笑问。

"免了,无福消受。"陈临忙躲得远远的,"难怪你前男友被你打跑了,你也挺凶悍的。"

"知道我凶悍就少惹我。"

"好了,你们别斗嘴了,我们刚才过来连饭都没吃完,一起去吃饭吧。"陈冲提议,姚乐忙点头,"是啊,我很饿了。"

一行四个人换了一家烧烤店,开始胡吃海聊起来。

吃完饭,姚乐便跟着阿珀回家了,两个人嘻嘻哈哈地斗嘴,好不热闹。早睡的小深激动得顾不得穿衣服便爬起床，惊喜地叫道："哇，我们铁三角终于合体了。"

"合体，合体。"三个女生就在床上跳啊、闹啊，还是原来那亲密无间、无话不谈的欢喜模样。只要彼此的心是坦诚的，不用太过在意过去，即使走远了，依旧保持着那份关切的热情，还是一样能回去，因为心里一直记得原来的路。

一晃便是十一长假。

早上起来，姚妈妈就处于心情极好的状态，眉开眼笑地招呼姚乐，"小乐，你今天穿漂亮点，咱们过节去。"

姚乐闻着那十里飘香的冬瓜炖肉，乐呵呵地跑向厨房，打趣地问姚妈妈："妈，今天什么日子，怎么搞得跟过年似的？"看着满桌丰盛的佳肴，鸡、鸭、鱼肉样样俱全，都能凑成满汉全席了，姚乐可真没自恋到认为老妈会因为她回家了才搞这排场的，难道有什么重要客人要来？

想到重要客人，姚乐脑子里浮现出梁言一家，她真的很想梁言，不知道他过得好不好，有没有想念她。

"等下你表舅一家要来吃饭，还有你们王经理也要来。"

"什么？"姚乐茫然地看向姚妈妈，"王经理来干吗？"表舅一家来吃饭她理解，毕竟姚乐的工作是表舅妈介绍的，姚妈妈捎带全家感激，邀请他们吃饭，再隆重都是应该的。可是捎带上王经理算怎么回事？这事情好像有点不太对劲。

"你不是没男朋友嘛，我看王合就不错，他妈早就想见见你了，你表舅就约过来一起吃个饭，其实也没别的意思。"

姚乐脸上挂满了无奈，这还需要有什么别的意思？不就是变相相亲吗？可是她和王合天天见面，四个月也没来电，再怎么相亲都是浪费感情。

"老妈,我对王经理真的一点兴趣都没有,你别乱点鸳鸯谱行不行?"

"兴趣是可以培养的,多吃吃饭,多熟悉熟悉就谈出感觉来了。"老妈义正词严道,"你都没跟人家交往,你怎么就知道不行了?"

"妈,这事能乱试吗?"姚乐无奈地看向姚妈妈,"妈,我说真的,我跟他在一起工作将近四个月了,我们真的很熟很熟,熟得都快烂掉了,但是我真的肯定,也非常确定,我跟他没戏。"

"那你倒是带个有戏的回来啊。"

"没有。"姚乐摆手,要是她真憋足气把梁言带回家,只怕老妈又要不淡定了,当然,梁言也不是那么好带回家的人,姚乐挫败地深深叹息一声。明明不想去想,明明已经很长时间没看到他了,感觉自己已经忘记他了,可是梁言这个名字跟魔咒一样,时时刻刻地徘徊在姚乐的脑海里,挥之不去。

"过完年你就二十三岁了,男朋友该谈了,谈个一两年就可以结婚了。你妈我那会儿二十二岁就生你了。"姚妈妈举着抹布朝姚乐大吼,"你现在就知道感觉感觉,等你被人挑剩下后,抱着被子哭死都来不及了。"

以前在学校,不许她谈恋爱的是姚妈妈,总说如果在念书期间谈恋爱就断了母女关系。可是一旦出了校门,政策就完全变了,每天一副担心姚乐嫁不出去的样子。姚乐想想自己挺悲剧的,可能在姚妈妈的眼里,她是一个不求上进、没啥大梦想也不会有好事业的人,所以得趁早找对象,给自己找一张长期饭票。可是姚乐再不济,她也不希望自己的婚姻就这样被父母牵着鼻子走,更别说,她心里还有梁言这个疙瘩。

"我说妈,现在二十八九岁还单身的人多着呢。"

"二十八九岁的爹妈,各个都急得带着简历在相亲公园乱发名片呢，你也希望我那么做吗？"

"人家成功的女强人都要这个岁数才谈婚论嫁，女人三十才是魅力一朵花。"姚乐对于成家立业这个概念非常模糊，她还想好好玩几年，虽然渴望爱，但是不代表渴望马上结婚嫁人。这就是她避让陈冲的最直接的原因，因为她知道自己贪玩，可是陈冲想要的恋爱对象是奔着结婚去的。姚乐贪恋陈冲的温暖，并且借此疗梁言留下的伤口，但是她不想更进一步发展，因为她还没有做好准备。对陈冲都是这样保守观望的态度，更别说现在姚妈妈要介绍的王合，姚乐真是没兴趣。

"一朵老黄花有什么稀奇？"姚妈妈幽怨地说，"你要真那么大岁数不结婚，真是丢死我们老姚家的脸了，反正今天的事就这么定了。"

"定什么？"姚乐反问。

"你和王合的事，我们双方家长已经默认，所以你们必须得试着发展一下。"

"妈妈，你这是想包办婚姻吗？"这简直比变相相亲还要可怕，直接下命令要试着发展，姚乐的心情跌到谷底，敢情今天晚上吃过晚饭后，她就要有个家属——姚妈妈钦定的男朋友。

"就当是吧。"姚妈妈拍拍胸口，"我最近血压很不稳定，你不想我死的话，最好乖一点。"

"妈，不带你这样威胁我的。"姚乐抗议。

"有没有威胁，你自己去看我桌上医院的检查报告。"

这是姚乐二十二年中，吃得最没胃口、最沉默、最想呕吐的一顿饭，她匆匆扒了几口饭，冷眼看着一桌人在那儿虚伪地笑着，客套地寒暄着，她真的有一种要闷死的感觉，完全透不过气来。好不容易熬到结束，她完全挂不住虚伪的笑脸，直接甩脸回房间生闷气去了。

姚妈妈送走了客人,来敲姚乐的门,姚乐回了句"睡了"便不再理会姚妈妈的敲门。姚妈妈敲得火大,直接找了备用钥匙开门,指着姚乐的鼻子大骂:"你这个孩子怎么这样?当着别人的面就甩脸子,你工作还想不想要了?"

"如果为了工作,我就必须跟王合谈恋爱的话,我宁愿辞职。"姚乐憋屈道,"没了这份工作我又不会饿死,但是跟王合谈恋爱我会憋死,我不要!"

姚妈妈抬手就甩了姚乐一巴掌,"你再说一次试试?"

"我说,我跟他谈恋爱会憋死!"姚乐眼瞅着姚妈妈气急败坏地再次伸手,她仰着脸,傲气地瞪着姚妈妈,准备再挨一巴掌。

可是姚妈妈举了半天,最终颓然地放下手,幽幽道:"你现在长大了,翅膀硬了,我管不了你了对吗?"

"妈妈,你说得对的,我都愿意听,我也不想忤逆你,但是谈恋爱这件事不行。"姚乐坚定自己的立场,"我还年轻,我想找一个自己喜欢的人谈婚论嫁,我不想随便找一个相亲的凑合。"说完她不等姚妈妈回答,捂着脸跑出了家门。

姚妈妈看着姚乐甩上的大门,深深地叹了一口气:"孩子,爱情跟婚姻根本不是一码事,你想找个喜欢的人谈婚论嫁,真是太天真了。再喜欢的人,经过生活的打磨后,也会变得面目全非。婚姻是需要找合适的人,能相互扶持的人去磨合。"

过来人的经验,并不能阻止我们想要一心一意去体验成长,我们渴望轰轰烈烈地爱一场,撕心裂肺地去爱一个人,刻骨铭心地将爱情进行到底。

姚乐蹲在墙角抱着自己哭了半天,脑子一热就给梁言打去电话，响了半天，沈静接起了电话："喂，你好。"

姚乐听到沈静的声音整个人都懵了，隐约还听到梁言妈妈温和的叫声："沈静，你过来帮我一下。"

沈静在电话那头回了句"阿姨我马上来"，然后又礼貌地对着电话询问了几句，得不到回复便挂断了电话。

他们两个人之间的关系突飞猛进，沈静竟然跟着梁言回家见家长了。

姚乐恍惚地回到出租屋，阿珀和小深都回家过节了，整个屋子显得冷冷清清，她一个人完全不知道应该做什么。

时间一分一秒过去，夜色袭上星空，姚乐地肚子"咕咕"叫了起来，她掏出手机看看时间，已经晚上十点多了。她点开微信消息，竟然有梁言的信息：姐姐，你今天打我电话什么事？我带女朋友见家长呢，你故意搅局吗？

姚乐在屏幕上打下"恭喜"两个字，却实在没有勇气发过去，最终清除掉，退出微信。

或许，这样无言的结局是最好的结局，从来没有开始，也就没有期待，更不会有预想的那些故事。一切擦干净，重新开始吧。

第七章　寻找新目标

陈冲接到姚乐邀请他喝酒的电话吓了一跳，疑惑道："你这是玩我呢？你不是回家跟爹妈过节去了吗？"

"我爹妈逼我相亲，我逃回来了。"姚乐苦笑，"来不来随便你。"挂了电话，自己一个人开始喝闷酒。她喝的是冰啤酒，灌进肚子的时候，拔凉的感觉就跟她此刻的心情一样，冰冷无感。

陈冲赶到姚乐家的时候，她的脚边已经扔了五六个空啤酒瓶，而且她正在开启新一打啤酒。陈冲忙上前一把按住，"跟哥说说，为什么喝闷酒？"

"心情好，就喝酒。"姚乐带着七分醉意看着陈冲，"来来，陪我喝一杯。"

"你喝很多了，别喝了。"陈冲伸手去抢姚乐手里的瓶子，"你这样开着大门喝得醉醺醺的，很危险，你知不知道？"

"我是给你开的大门好不好？"姚乐委屈地撇嘴，"要不是等你来，我开什么门嘛。"

"那你也得等我到了再开门，万一我来晚了，你遇到坏人怎么办？"

"坏人在哪里？你是坏人吗？"姚乐跌跌撞撞起身，脚步不稳地摔下去，陈冲眼疾手快扶着她，"我还算好人，要是遇到坏人，你就完了。"

"好人，你是好人。"姚乐反手勾住陈冲的脖子，对着他灿烂地笑笑，"我知道你一直都是好人。"

"你喝醉了，我扶你去休息。"陈冲搀着姚乐回房，"先声明，我不会帮你洗澡，你明天起来千万别怪我让你又发臭了。"

"洗澡，我要洗澡。"

"别洗了，赶紧睡吧。"陈冲拉住姚乐，却被醉酒的她猛地扑倒在床上，双眼蒙眬地问："睡，你要跟我睡吗？"

"什么？"陈冲还没反应过来，姚乐火辣的吻已经铺天盖地地吻上他的俊脸。

陈冲本能地回应姚乐，他们相互撕扯着对方的衣服，激烈拥吻，直到坦诚相见。

陈冲看着姚乐明显带着醉意的脸蛋，犹豫了一下，姚乐似乎有所察觉，她睁开眼看了一眼陈冲，下意识地将他踢了下去。

陈冲防备不及，被踹了个正着，狼狈地跌下床，起来一摸鼻子，一股鼻血就这样流了出来，心里懊恼地抱怨了句，就跑去洗手间冲洗。等他回到房间的时候，姚乐已经将自己包裹起来，她虽然满嘴的酒气，但显然理智已经回归了几分，戒备地看着陈冲问道："你没事吧？"

"你还记得对我做了什么吗？"

"对不起，我喝多了。"姚乐歉意，见陈冲鼻子里塞着卫生纸便提醒道，"我们家有应急药箱，需要我帮你处理一下吗？"

"不用了。"陈冲摆摆手，"你既然醒了，那我们还做不做？"

姚乐的脸瞬间火辣辣地烧起来，她不自在地别过脸，心虚道："陈冲，对不起，我没做好准备呢。"话都说到了这个分上儿，自然也就不需要下文了。

"就知道你又调戏我。"陈冲认命地撇撇嘴，"我也习惯被你调戏了，算了。"

"陈冲，对不起。"

"别说对不起，真不好意思的话，那这个点了就别赶我走了，让我借宿一晚总可以吧？"陈冲可怜巴巴地看着姚乐保证道，"你放心，我绝对不会勉强你做任何不想做的事，只是借宿一晚。"

姚乐点点头，因为阿珀跟肖晓之前睡了姚乐的床，引发姚乐跟她的争吵，姚乐自然不会让陈冲去睡阿珀或者小深的床，她大方地将自己的床让了半张出来。

陈冲老老实实地挨着姚乐睡觉，鼻血却因为自己的冲动而越流越多，他真的很想抱着被子哭一哭，好担心明早起来，他会因为血流干而挂了。

姚乐身边第一次睡一位男性，心里异常紧张，大气也不敢出，生怕陈冲控制不住会兽性大发。她翻来覆去的，压根儿不敢踏踏实实地合眼睡觉。

两个人明明都不敢闭眼睡觉，但又都故意小声呼吸，隐藏自己没有睡着的事实。

三点多的时候，姚乐的手机铃声打破了尴尬，她麻利地看了一眼，是梁言的来电。姚乐大脑有一瞬间空白，梁言已经很久没有主动联系姚乐了，今天姚乐找他也是沈静接的电话，这也是姚乐今天情绪低落的原因。她不想再为梁言伤心，更不想再为他和沈静的事烦恼，她要告别与梁言的一切。姚乐明明已经下定决心了，想借着醉酒跟陈冲生米做成熟饭，可还是有那么一丝不甘心，所以最后时刻她放弃了。

姚乐接起电话，故作平淡地说："喂。"有人说过，所有的爱情里面都有卑微，分量不一而已。因为爱上一个人，在乎一个人，就有妥协，妥协自然就有卑微的感觉。在对等的情感关系中，这种卑微是相互的，是男女双方对一份情感的努力和付出。

可惜姚乐以为的爱情并不是那么对等。当她爱得更多、付出更多的时候，她自己都发觉自己的卑微。就算是卑微，她还是不愿意错过他的任何一个电话，哪怕知道自己也许会受伤，可还是飞蛾扑火一样，想要前行。

"我突然想你了，想和你聊聊天，你方便吗？"梁言的声音有种无形的磁性，吸引着姚乐。姚乐轻轻"嗯"了一声，其实她也不知道，她和梁言还有什么话好说。他们已经回不到原来那种关系了，之间早已有了无法跨越的裂痕。

"为什么女人都喜欢犯贱？"梁言说这话的时候，姚乐听得特别不是滋味，感觉梁言就像指着她的鼻子在骂一样。

"姐姐，现在还有处女吗？"梁言的声音有些迷茫和愤怒，"为什么女生的第一次会那么随随便便就不见了呢？"

"处女当然有，只是看你能不能遇到罢了。"姚乐心里补了句"老娘就是，老娘就把第一次看得异常重要"。其实姚乐认为，第一次真的不能作为衡量一个女人的标准，只是为了照顾此刻梁言的情绪，她不能说而已。

"反正你第一次是肯定没有了。"梁言的话让姚乐的心又刺了一下，她本来想反驳，但是看了看身边的陈冲，便放弃了这个念头，反正在梁言心里她是不是都已经不再重要。姚乐叹了口气，决定结束这没营养的话题，"你大半夜给我打电话就为了说这些吗？"

"不说这些，那说什么？"梁言没好气道，"难道聊你身边的男人吗？"

一听这话，姚乐不自觉地心虚，转移话题道："你不打算跟我说说你跟沈静吗？"

梁言便一点一滴回忆他和沈静的事。姚乐静静地听着，可心里那五味瓶子，复杂得难以想象。焦虑、好奇、担心、心疼、无奈、悲痛、崩溃，所有情绪一股脑冲向姚乐。姚乐知道梁言和沈静已经同居，她突然有种解脱的感觉，这场戏里真的没她什么事了，提前散场，她该干吗干吗去。

姚乐曾经真的很讨厌沈静，也不知道自己上辈子到底哪儿得罪了她，这辈子她要无休止地缠着姚乐。姚乐每次遇到她都不战而败，落荒而逃。梁言既然是沈静心仪的对象，那么姚乐就放手好了，因为姚乐知道自己争不过，一旦强求，只怕会两败俱伤，她无法应对沈静，招架不住她的进攻，所以她放弃了。

"姐姐，你快乐吗？幸福吗？"

姚乐看着背过身睡觉的陈冲，她不可以说自己不快乐。被这样深深地宠着，她也不可以说自己不幸福。即使是装出来的，也要这样一直装下去。至于以后，以后的事情遥不可及，不可预知。也许幸福在她看不到的远方，只是，等待太漫长。等待一个看不到尽头的结果，真的太漫长，但至少还有希望。

"恩，应该很幸福吧。"这是她唯一想在梁言面前要的面子。

"姐姐，你幸福就好，晚安。"姚乐"嗯"了一声，梁言就切断了电话。姚乐看着漆黑的屏幕，她做了一个倾听者，听着她喜欢的男子形容他的"幸福"，然后撒谎告诉他，自己很幸福。

陈冲翻过身来看着姚乐倔强的背影，轻轻叹了口气，他一直弄不明白，姚乐是不是真的没心没肺。跟她相处那么久，她一直保持着理智，好像有超越常人的控制力。可是刚才她接完电话的叹息声，辗转难眠地翻身，都清楚地说明，她是个有正常情感的女人，而且敏感又脆弱。只是她把伪装的坚强给了他们这些走不进她心里的男人，她的心里藏着一个人，藏着一个秘密。

到底是什么样的男人，让姚乐这样死心塌地地爱着，并且拒绝一切爱和温暖靠近呢？这一刻陈冲的内心充满好奇。

姚乐悄悄翻看梁言的朋友圈，他已取消了对姚乐的屏蔽，只不过他的朋友圈多了一个叫沈静的女子，那个娇美如花的女子是他的女朋友。他们穿着情侣装，做着虐狗的恩爱动作，张扬地向全世界宣告他们的甜蜜。

姚乐冷笑了声，梁言，我不知道放弃你到底对不对，但是当我知道沈静的存在时，我就只能退回自己的壳里，远远地看着你们，在心里呼唤你的名字。想你的时候，把你的名字写在手心。摊开的是思念，紧握的是幸福，但是我没有办法拥有你。

姚乐在迷迷糊糊中流着眼泪睡着了，陈冲听着她平稳的呼吸声，知道她睡熟了才偷偷将她搂进怀里。陈冲轻轻地将她眼角的泪痕拭去，心里无比心疼这个故作坚强的女子。如果可以，他真的很想用自己最大的热情去融化她，将她带出那一片阴霾。姚乐，请你给我一个好好照顾你的机会，我一定会给你幸福的，我会一直等你的。

姚妈妈在第二天主动给姚乐打电话表达歉意后将她哄回家，陈冲则回去陪爸妈过节，长假一晃而过，转眼又恢复到正常的工作中。

这天陈冲起了个早，殷勤地给姚乐、小深和阿珀送来了早餐。真是吃人嘴软，小深和阿珀将送姚乐上班这件差事指派给了陈冲。陈冲眉开眼笑地道谢，他知道走闺蜜路线是不会错的，只要得到她们两个的大力支持，他追求姚乐的胜算就会大上几成。

姚乐走下陈冲车的时候，正好遇见王合，她尴尬地笑笑。王合盯着陈冲卡宴的车尾，恨不得瞪出两个窟窿来。

王合不悦地看着姚乐问:"他是谁?"一副已然把姚乐定位为自家女友的样子,仿佛她从别的男人车上下来,就是给他戴绿帽似的。

"我朋友。"姚乐不太喜欢王合说话的语气,强忍着不适回话。

"什么朋友?"

"这个没必要跟王经理交代吧?"听着王合的寻根究底,姚乐的不爽更甚了。

"怎么没必要?你是我的相亲对象,我妈内定的女朋友,你跟别的男人这样牵扯不清,算怎么回事?"王合一副理直气壮的样子。

"打住。"姚乐不耐烦地挥手,"我跟你相亲这件事,纯属我妈的无理取闹。如果那天没有跟你说清楚,那么现在我明确地告诉你,王经理,我不喜欢你,咱们没戏。"什么叫你妈内定的女朋友,问过我姚乐的意见了吗?真的是太搞笑了。

姚乐直白地回答,顿时把王合惹怒,他激动地指着姚乐说:"你,你你……"半响没找到合适的词汇来,生气地甩开姚乐,"你这不是玩弄我的感情吗?"

姚乐目瞪口呆,觉得自己冤枉极了,"什么叫玩弄你的感情?王经理,麻烦你说话打打草稿好吗?"她从头到尾都没有表现出对王合有任何想法,也没说过任何暧昧的话,如果陈冲这样指责姚乐,姚乐兴许还会心虚一下。

"你对我没意思,那你妈把我妈约到你家去吃饭,算几个意思?"王合气急败坏道,"你这个人还真是搞笑,做了婊子还想立牌坊。"

姚乐气得甩手就给了王合一巴掌,"你才做婊子立牌坊。"

"你你,你……竟然打我?"

"打你又怎么了？要怪就怪你嘴巴不干净。"姚乐怒瞪着王合，见他气急败坏地伸手，便凑过脸道："想打我吗？你打一个试试看。"

姚乐的主动出击让王合犹豫了一下，趁这个时间，姚乐已经机智地躲远了几步，心里暗自庆幸，要是她躲得慢，王合的巴掌就招呼到她脸上了。反正人也打了，架也吵了，话不投机半句多，以后也没脸在王合手下工作了，姚乐果断说道："我辞职不干了，再见。"不指望拿这个月的工资，也就没必要再去打辞职报告挨批了。

陈冲刚过一个红绿灯便接到了姚乐的电话，"喂，怎么了？"

"陈冲，我辞职了。"姚乐走过街道，回过头看看公司大楼，她从学校出来之后就被圈在这栋大楼里，时光飞逝，粗算已有四个月了。从最初的陌生到熟悉，到厌恶，再到准备在这里继续虚度青春，还在这里经历了一场残缺的恋爱，突然离开，竟然有一种解脱的快感。

两个月前，梁言还嬉皮笑脸地在这儿对她说，"姐姐，我碰巧等到你下班而已。"可是现在，梁言和沈静好得跟连体婴一样。

姚乐是在这里丢失了她的梦想，她学的是服装设计与管理，她的梦想是做一名出色的时装设计师，办属于自己的时装秀。可是大学毕业没有任何工作经验，她投出去的简历就跟飞出去的雪花片一样，没有一家大的时装公司需要她，能接纳她的，给她安排的工作，不是做流水线的缝纫工，就是从基层锻炼，打吊牌、熨烫、包装。

姚乐那个专业的同学，理想的工作是在办公室内，对着电脑制版、打样、设计新款衣服，现实的残酷和极低的劳务报酬，压榨着应届毕业生只能做全能打杂工。熬过去实习期，吃得了苦的人，公司会培养成才；熬不过去的，实习期结束便会收到劳务解除合同。

姚乐承认，她属于吃不了苦的人，她完全受不了在车间做劳力活儿，在接近四十度高温且没有空调的房间里，熨烫那些衣服，浑身出的汗，比在水池里泡过还夸张。勤工俭学的时候，姚乐早把国内服装厂的生活酸爽地体验了一把。所以在她投了无数简历，得不到想要的工作时，姚乐选择了接受家人的安排，做一名普通的文员，安逸地生活。

可是现在她亲手打破了这份安逸，突然间她茫然得不知所措。未来的路那么长，高不成低不就的她，应该怎么办呢？

难道真的做一个"啃老"的"米虫"，还是重新去寻找一份工作，继续在厌恶中麻木地应对？

"怎么好端端地突然辞职了？"陈冲关切地问，"你在哪里，我现在过去接你。"

"我打了经理一巴掌，我不辞职，难道等他还我两巴掌？"姚乐避重就轻地将事情经过简单跟陈冲说了一下，"我是真受不了他那么粗的话，一个大男人，还是做经理的人呢，怎么素质那么差？"

"就是因为素质差，所以你才没看上他嘛。"陈冲的话刚说完，车也停到了姚乐面前，摇下车窗对她招手道，"来吧，赶紧上车。"

姚乐刚上车，姚妈妈的电话便打了过来，她看着来电愣是不敢接。

"怎么不接电话？"陈冲好奇地探过头，"你妈呀。"

"知道是我妈的电话，我才不敢接。"姚乐撇嘴，"我辞职肯定要被她骂死的。"

"你辞职迟早会挨骂吧？"

"可我还打了王合一巴掌。"姚乐愁眉苦脸，"现在接电话，我会死得很惨。"

"那就不接吧。"陈冲一把抓过姚乐的手机，果断地关机，"这下好了吧？"

"你这是嫌我死得不够难看吗？"姚乐急忙抓回自己的手机，开机，然后主动给姚妈妈回电话过去，"喂，妈。"

"妈什么妈，你眼里还有我这妈吗？"姚妈妈一阵河东狮吼，"你翅膀硬了，胆子肥了，竟然敢给我辞职！"

"妈，我错了。"姚乐忙认错，"我真的知道错了。"

"知道错了，那你赶紧给我回家，我陪你去王家赔礼道歉去。"

"我不去。"姚乐拒绝，"我才不去王家道歉。"

"你辞职就辞职，我也不说你什么，可是你干吗打王合一巴掌？"姚妈妈恨铁不成钢道，"王合是你随便能打的人吗？"

"妈，我刚才真被气糊涂了，我真不是故意的。"姚乐小声辩解，"反正都辞职了，以后也老死不相往来了，道歉就算了吧。"

"算了，怎么能算了？"姚妈妈拔高声音道，"你倒是轻飘飘一句辞职算了，你舅妈怎么去跟人家王阿姨交代？"

"妈，反正我不管，我不去道歉。"姚乐耍赖道，"舅妈那么有本事的人，会帮我善后的。"说完忙挂断了电话，姚妈妈再打的时候，姚乐就死活不接了。

"辞职了，现在准备怎么办？"陈冲见姚乐将手机收进包里，便关切地问。

"还没想好，你现在什么都别问我，我脑子乱得厉害。"姚乐摇摇手，"先送我回家吧。"

姚乐回到家看到房东太太时愣了一下,阿珀见她回来了,忙说:"小乐,看来你也知道房东太太要把房子卖了的事吧。"

"我不知道。"姚乐忙问怎么回事,房子还没到期呢,房东太太想补偿点钱让她们搬走。因为她老公赌钱把房子给输了,如果不在规定时间内办理过户手续,就要被人追债。

"这么急,我们去哪里找房子呀?"阿珀送走了房东太太,满脸的愁容,"小深的电话还一直打不通,急死人了。"

"先上网找中介问问看吧。"姚乐提议。

"也只能这样了。"阿珀点头,随即问姚乐,"你不是上班去了吗,怎么回来了?落东西了?"

"我辞职了。"姚乐一边上网找房子,一边轻描淡写地将事情经过重复了一遍。

"这个王合就该打。"阿珀拍手叫好,"你回答得还不够狠,你应该说,你才做了婊子立牌坊,你全家都是。"

"阿珀,骂人就骂人,别带着人全家,不厚道。"

"厚道,你厚道,你做事最厚道了。"阿珀嬉皮笑脸道,"你那么厚道的人,对陈冲好像没做多实在的事吧?"

"你想说什么?"姚乐转过脸看着阿珀。

"我想说,房子太贵了,我没钱租了。"阿珀伸手指着电脑上一排排的价位,"三室一厅的,这个地段竟然都六千以上,我的工资难道要全拿来租房吗?"说完捶胸顿足道:"可是,我还要养化妆品,还要买衣服,还有那些好看又贵的包包……"

"阿珀,我们还要租三室一厅吗?"姚乐看着她问,"小深跟高浅应该要搬回去住了吧?"

"对哦,她走了,我们就只需要两居室了。"阿珀恍然大悟,"那行,我找找看两室的。"

事实上两室的价格也不便宜,在三千五左右,交三押一,还要多付一个月房租给中介,对于刚辞职又没有积蓄的姚乐来说,这笔钱真的相当有压力。她又不能厚着脸皮跟家里人开口要钱,也不能跟阿珀说,她没钱租房了。

梁言打电话来的时候,姚乐正愁得心里发毛,有气无力地接了电话,"喂。"

"姐姐,你在干吗呢?"梁言轻快的声音传了过来,"晚上有没有时间一起吃个饭?我女朋友想见见你。"

"没时间。"姚乐毫不犹豫地拒绝。别说她现在没心情见梁言,就算有心情,可是梁言还要带着沈静,姚乐必然是要有多远麻利地滚多远了。

"不是吧?我这么有诚意约你吃饭……"

梁言的话还没说完,姚乐已经恼怒地挂断了电话,她真的一丁点都不想再听到梁言跟沈静的消息了。挂了电话还不解气,姚乐打开微信将梁言拉入了黑名单。

"小乐,这套房子我看挺合适的,而且不是中介,是房东在出租。"阿珀敲门喊姚乐,"这是一套复式公寓,房东说,他楼下放了办公用品,只要我们不搬走,房租收我们便宜点,两千八一个月。"

"我看看。"姚乐凑过去看了看,这地段这个价格真的很便宜了。楼上有两个房间,还有独立卫生间,她跟阿珀住二楼,空间够了。

"约房东明天看房子吧。"姚乐说完便悄悄回房间给陈冲发消息借钱。

陈冲二话没说,直接从微信上转了一万块钱来,然后才问姚乐出了什么事。

姚乐把事情简单说了下,然后说明天跟阿珀去看房子,准备尽快搬家,陈冲自告奋勇道,陪她们去看房,如果需要搬家,他正好可以直接帮忙了。

在陈冲的陪同下，姚乐跟阿珀第二天便去看了那个公寓。二楼两个房间的装修还算满意，一楼那些办公用品就有些夸张了。因为是格子间，小型公司，房东说价格可以再便宜点，但是东西不能搬走，每周他需要回来办公一天，也会留着房子钥匙。

陈冲一听立马婉拒了房东，"谢谢，我们再考虑一下。"然后拉着姚乐和阿珀走出了房子。

阿珀不满地哼哼："陈冲，你什么意思？你只是陪我们看房子的，没资格发表意见。"

"你们俩大姑娘住在这屋子里，房东还留着钥匙每周回来办公一次，你们就不怕有危险？"陈冲解释道，"虽然房租很便宜，地理位置也可以，装修什么的也马马虎虎，可一旦跟危险扯上关系，就不能贪便宜了，万一出事了怎么办？"

"可是这附近再也找不到这么便宜又合适的房子了。"虽然姚乐承认陈冲分析得很有道理，而且房东每周回来一次，她跟阿珀肯定不习惯，也受不了，但是无奈口袋里钱不多，没得选择。

"谁说没有？"陈冲一本正经道，"我那屋子不是还空着两客房吗？"

"你家？"

"对啊，我家。"陈冲笑嘻嘻道，"反正你们租房住，也不需要管房东是谁，我那边有空房间，装修一应俱全，网络什么全部现成的，合适得不得了。"

"房租呢？"阿珀问。

"房租就跟这边差不多好了。"陈冲讨好地笑笑，"要是嫌贵，还可以便宜点。"

"你口口声声说这边有危险,不能贪小便宜,好像租你家就没危险似的。你也是男的,而且你还要跟我们同住呢。"阿珀认真地说。

"就算是有危险,也是冲着姚乐去的,你瞎紧张什么?"陈冲赏了一个白眼给阿珀,"我可告诉你们,这样的好事可不是天天都有的,你们俩好好考虑。"

阿珀不再说话,转头看向姚乐。姚乐犹豫了一下,心想,她不能总问陈冲借钱,如果不赶快租房,找到新工作,恐怕只能回家妥协,跟着姚妈妈去给王合道歉,然后再被安排做不喜欢的工作,跟不喜欢的人相亲,与不喜欢的人结婚……不,这不是她想要的,她要独立,要追求自由自在的恋爱,要有自己的人生追求。住陈冲家明显是占他便宜,但是姚乐没有更好的选择,所以她果断同意:"好,一会儿就去搬东西。"

"小乐,你可考虑好了?"阿珀倒是无所谓,关键是姚乐跟陈冲的关系。

"考虑好了,尽快搬家吧。"姚乐笑笑,"其实陈冲家挺好的,我以前住过,还算习惯的。"

陈冲从来不会勉强姚乐做她不愿意的事,他的人品是姚乐经过一次一次考验过的,她相信陈冲有时候都快超过相信自己了。

搬进陈冲家的时候姚乐认真地说:"房租占你点便宜,我跟阿珀出两千八,但是水电费、网费、生活费我们均摊。"

"好好好,你说什么就是什么。"陈冲乐得眉开眼笑,殷勤地帮姚乐跟阿珀将客房收拾了出来。

在陈冲家住了一个礼拜,工作依然没有头绪,姚乐心里的压力越来越大。她的脸色整天阴沉沉的，无论陈冲多么卖力地哄她，都很难见她一笑。

相反，阿珀是一副天塌不惊的样子，每天下班后便和陈临眉来眼去地斗嘴，两个人还会一起打部落游戏。

陈冲担心姚乐，便悄悄问阿珀："姚乐一直这么不开心，怎么办？"

阿珀没心没肺地说："那是大姨妈来之前的忧郁，只要做点她喜欢的事就好了。"这么多年的朋友，姚乐有多少抗压能力，阿珀还是知道的，这才一个星期，绝对打不垮她。

陈冲半信半疑地"哦"了声，转过身去问姚乐，"你有什么特别想做的事情没？"

"我想去 Y 市。"姚乐脱口而出，说完就后悔，她去 Y 市干吗？人生地不熟，也没有工作给她。

"好，明天周末，我陪你去。"陈冲摸摸姚乐的脑袋安慰她，"不要担心找不到工作，你要不介意，我们公司前台、文员职位随便你挑。"

"陈冲，你知道我不想麻烦你的。"姚乐谢绝了他的好意，"我只是想凭自己的能力，找一份自己能驾驭的工作。而不是再靠关系去做一个被摆弄的花瓶。"

"我知道，所以我从来都不提。"

"陈冲，谢谢你。"

第八章　假装自己幸福

姚乐和陈冲去Y市玩了两天回来，姚乐的精神状态也好了不少。

十一月的秋，姚乐终于感觉彻底不爱梁言了，但是也失去了爱的能力。有些人注定是无法在一起的，直到现在她也不明白，但一切就是这样简单，分开了便分开了。

姚乐只当这是上天安排的宿命。

Y市的夜景依旧那般灿烂，花儿依旧绚烂，风景依旧美丽，光影依旧在幸福的角落里跳跃，只不过换了几拨儿游客，经历了一些故事，再不会有姚乐和梁言嬉闹的身影。遥不可及的过往，曾经深爱的对方，手牵手一起漫步的幸福，所有绮丽的回忆，犹如人鱼公主一般，化成了海面上映着阳光的泡影……

梦里依稀会看到梁言，可他总是离得那样遥远，梦里的姚乐只是一个看客，远远地望着梁言与她的幸福。

故事一直是按最初的设定在发展，没有好的期望，就不会有好的结局，快乐与温馨成了微不足道的事，而悲伤与无奈也不会有过多的戏份儿。激情过了，平淡也过了，仿佛不分开都对不起彼此。没人愿意接受分开的结果，可谁都不知道这出戏的导演原本就是他们自己，他们的交会只为了各奔东西。

梁言似乎有什么感应，半夜两点多的时候，给姚乐打来电话，张口就骂:"你脑子有病,微信干吗把我屏蔽了?"

姚乐竟无言以对,半晌后冷静地回答:"你都跟沈静同居了,你管我屏不屏蔽你?这重要吗?"

"当然重要。"梁言恼怒道,"我都没屏蔽你,你怎么可以先下手?"

姚乐平静地说:"那需要重新把你加上,然后再让你拉黑我吗?"

"神经病。"梁言暗骂了句,深吸一口气问,"老实说,你是不是喜欢我?"

"喜欢过,曾经。"姚乐坦白道,"可从你跟沈静在一起后,我就不喜欢了。"

"你喜欢我,为什么不早点说?"梁言气急败坏道,"你难道不知道我一直都喜欢你吗?"

"不知道。"姚乐昧着良心回答,"我只知道,你的女朋友叫沈静,你们同居了,你们还彼此见过家长。"

"跟沈静在一起前,我就跟你说过,我喜欢你,可你从来没当回事。"梁言痛苦道,"我跟她在一起了,你又跟我说,你喜欢我,那你早干吗去了?"

"梁言,现在说这些还有意义吗?"姚乐的情绪终于控制不住了,"晚了,来不及了!"她无法接受跟沈静同居过的梁言,哪怕她依旧爱他,明媚如初。

"是啊,晚了。"梁言深深地叹了口气,不确定地问道,"你现在真的一点都不喜欢我了吗?"

"不喜欢了。"姚乐努力装作平静地回答,"梁言,我有男朋友了,我开始新生活了。"

"那么,祝你幸福。"梁言挂了电话,眼角湿润。

一句曾经喜欢过,一句晚了,来不及了,为两个人曾经的那段感情画上了句号。

除了再见,两个人再也找不到半分话语,一切随着时间的流逝都过去了。

那一日清早醒来的时候,姚乐不再想梁言,不会在心里念叨梁言的名字。姚乐的心曾被深深地伤过,现在伤口已经愈合,即便会有一条难看的疤痕,也不会感到疼痛。他们曾经照亮彼此,但大喜大悲、大彻大悟之后,心如止水,犹如他们从未相逢。彼此的记忆里,也渐渐将对方遗忘,遗忘这样的结局,这样的人。

"阿珀,你跟陈临是不是好上了?"姚乐从Y市回来,觉得阿珀和陈临之间好像发生了点什么,不由得担忧道,"我得提醒你,玩归玩,要注意点那什么,陈临的德行……我们也不是第一天认识了。"

"就知道说我,你跟陈冲出去玩,有没有睡在一起?"阿珀问得很直接。

"没有,我们开的标间。"姚乐理直气壮道。想起陈冲鼻血狂飙的模样,心底便带着愧疚,这个男人一直很尊重她,两人规矩得连接吻都没有。

"得了,都开上标间,住一个屋子了,有没有发生什么事,也只有你们自己心里清楚。"

姚乐被阿珀堵得竟无言以对,只能转移话题,"算了,我去做饭。"

"姚乐,你电话,吵死人了。"陈临在客厅扯着嗓子喊,姚乐在围兜上擦了擦手,边走出厨房边冲他回道:"嫌吵你就不会帮我接吗?"

"我敢接吗我,你家里的电话。"姚乐暗叫糟糕,一把抢过电话，接前还对陈临比了个嘘的手势，然后走到阳台去接，"妈。"

"你去哪里了？为什么你们租的房子退了都不告诉我？"姚妈妈千里传音的功力貌似又长了，姚乐摸着被震痛的耳朵，可怜巴巴地说："妈，我忘记告诉你，我换新工作了，也搬家了，离我公司更近一点。"

"找到新工作了？"姚妈妈问。

"找是找到了，正在努力适应呢。"姚乐硬着头皮回道。

"什么工作？在哪儿？"姚妈妈问得仔细，姚乐脑子一热只能将陈冲公司给报了出去，"我就做一个普通的文员，前台，朝九晚五，还双休，福利也挺好的。"

"那住哪里了？我跟你爸爸回头去看看。"工作的事定了，姚妈妈的火气瞬间降了不少。

"妈，我跟一个姑娘合租了单间，你们过来看不方便的。"姚乐撒了一个谎，注定要撒无数个谎来弥补，姚乐心里不断哀求，老妈，您可千万别问了，再问我都不知道要撒谎多少个谎了。

"我不看看，心里不踏实。"

"妈，我都这么大的人了，你就相信我好不好？我能把自己照顾得很好的。"姚乐撒娇，"过年我一定给你捧一个'好职工''最佳员工奖'回来。"

"既然双休，那你这周回家吧。"姚妈妈拿姚乐也没办法，只能妥协。女儿大了，很多事当妈的做不了主了，只能盼着她安稳点，找个好对象回来。

"好好，我一定回家。"姚乐举手保证，"一定一定回家，我先挂了。"

"看不出来你白日撒谎的能力也挺强的。"陈临见姚乐挂了电话，忍不住对她点了个赞，"佩服，佩服。"

"打你的游戏去。"姚乐没好气地赏了他一个大白眼。

"本来还想告诉你一个好消息,你对我态度这么恶劣,我决定还是不说了。"

"什么消息?"姚乐看到陈临手里拿着一个信封,疑惑地问,"你拿的什么东西?"

"叫一声好哥哥,我就告诉你。"

"陈临,你别逼我动粗。"姚乐不耐烦了,"赶紧拿来。"

陈临见姚乐脸色不善,也就收起了逗她的心思,恭敬地将信封递过去,"喏,这是日报社寄过来的。"

姚乐麻利地拆开一看,高兴地大叫起来:"啊!"果真是好消息。

"怎么了?怎么了?"阿珀看姚乐高兴得手舞足蹈,也赶来看热闹,"给我看看。"接过信件一看,竟然比姚乐还激动,跳了起来:"哇!小乐,你好牛,稿费啊,你竟然有稿费!"

这是姚乐跟阿珀闹别扭的时候,给本地媒体报纸投稿,写了一首发泄的诗歌,没想到报纸竟然发表了,还给了姚乐人生中第一笔稿费。价格虽然不高,但是意义重大。

陈临也好奇地凑过脸问:"啥稿费啊?多少钱?"扫了一眼阿珀手里的稿费单,不由得鄙夷,"才一百来块钱,你们至于乐成这样?"

"你懂什么呀?"阿珀赏了个白眼给他,"我们跟你这种没文化的人有代沟,完全没办法交流。"

"我堂堂大学本科毕业生,你竟然说我没文化!"陈临不满道,"会不会说话啊你?"

"你有文化,你最有文化。"阿珀赔了个笑脸,接着毫不客气地打击,"这年头还真怕流氓有文化。"

"你这是故意让我耍流氓是不是?"陈临快步走到阿珀身

边,一把抱住她,也顾不得姚乐在场,直接热辣地吻了上去。阿珀顺水推舟,两个人就这样大大方方地在姚乐面前热吻起来,动作也越来越大胆,倒是让姚乐羞得满脸通红,背过身子没好气道:"你们俩能不能注意一下场合?好歹有我这个大活人在呢,能不能别表演这种限制级画面,我怕长针眼。"

两个吻得忘我的人才懒得理会姚乐的抗议,要不是陈冲刚好回家,姚乐还真担心两个血气方刚的人在客厅里当着她的面胡来。

"咳咳,你们两个注意一下形象。"陈冲进门便看到限制级画面,不由得尴尬出声,"想要做什么,能不能回房间去?"

"我们不就接个吻吗,哥,你也太大惊小怪了。"陈临松开阿珀,痞气地对着陈冲笑笑,"羡慕嫉妒恨,你就直说。"

"我不羡慕,也不嫉妒,更不恨。"陈冲放下手里的包,正色地看向陈临,"只是我把话放这儿,你既然跟阿珀谈恋爱了,就正儿八经地谈,别到时候出什么幺蛾子,我第一个饶不了你。"

"你这是我亲哥呢,还是阿珀的亲哥?"陈临嘟囔,"怎么向着阿珀说话?"

"你是不是不想认真对我?"阿珀一听这话脸色黑了下来,一把拽住陈临,气呼呼地质问:"你说,你是不是就想玩玩?"

"没有,我哪儿敢啊。"陈临忙安抚阿珀,"我不就是嘴贱,随口这么一说吗?姑奶奶,您别生气,你是我的心,你是我的肝,你是我什么的四分之三,没有你,我的人生就残缺不全了……"

"好了好了,满口的油腔滑调。"阿珀不耐烦地打断,"听着你这些泡妞的烂招数我就嫌烦。"

"阿珀,我对你是认真的。"陈临神色带着真诚,看着陈冲认真地保证,"哥,你放心吧,这一次我是认真的。"

"认真就好。"陈冲点点头,"我们全力祝福你们。"

这一晚大家聊得很开心，姚乐心里也带着触动。连阿珀跟陈临都后来居上了，而她，她看看对自己满心宠爱的陈冲，竟然微微有些期待，她是不是也可以试着跟陈冲进一步发展呢？

"小乐，既然你可以拿到稿费，说明你有文艺女青年的潜质，你要不要考虑写东西赚钱呢？"陈冲试探地问她，随即补充道，"反正你最近也没什么合适的工作，试试也不错嘛。"看着姚乐找工作各种碰壁，陈冲邀请过她去自己公司上班，但被她婉拒了。她的情绪越来越差，陈冲知道她拿到稿费后便试着鼓励她，毕竟让她转移注意力，总比担心她一蹶不振要好。

"写东西能赚钱吗？"姚乐虽然在学校的时候也喜欢写写段子，构思小说故事，但是从来没有想过要靠写东西赚钱。

"能不能赚钱我不知道，但是现在网络作家挺火的。"陈冲微信上给她发了一段采访网络作家的报道，"顾七兮这个作家也不是专业的，但是人家勤奋，这几年都出版了十几本书了，还成了作协会员，你也可以试试嘛。"

"试试？"姚乐心里犹豫起来，反正工作也没眉目，每天闲在家都快"发霉"了，还不如试试在网上写书，能赚钱最好，不能赚钱，至少也能打发时间。

在陈冲的鼓励下，待业在家的姚乐开始尝试在网络上创作她人生的第一部小说《时光未老：终于等到你》，写的是她跟梁言的故事，真实的开端，忧伤的过程，但是她渴望用欢喜的结局来弥补她现实里没有跟梁言在一起的缺憾。

每天的固定更新，让姚乐一下子找到了倾诉的渠道，她认真地在键盘上敲打每一个字，竭尽所能地将故事写得环环相扣，曲折迷离。这是她在虚拟空间延续她跟梁言的故事，将她的自卑、胆小全部抛弃，她为了爱情变得强悍，无所不能。

连载到二十万字的时候，终于有网站编辑加了她的通信软件要跟她签约。

虽然一开始姚乐也希望靠写东西赚钱,但是时间一晃就过去了两个月,当这一天真的来临的时候,姚乐彻底懵了,她第一时间给陈冲打电话,"陈冲,有网站编辑找我签约了,我怎么办?"

"傻啊,签呀。"

"万一是陷阱怎么办?"姚乐看着编辑发来的合同,前前后后竟然有四十多页,各种版权协议,看得她眼睛都花了,"合同好麻烦,我都看不懂。"

"你把合同传我,我找律师给你看一下,没问题就帮你直接打印出来。"

姚乐忙把合同给陈冲发过去,等了半天陈冲才回话:"律师说,虽然条款比较苛刻,但是合同没有大问题。你作为新人,有些条款比较吃亏,你可以试着跟网站再谈谈,要是没办法争取权益,那么要么签,要么放弃。"

姚乐怀着忐忑的心情,试着把律师罗列的苛刻条款跟网站编辑说了一下,对方坚定地说,对待新人的合同条款是没有商量余地的,然后安抚姚乐,说只要她熬过这个新手期,以后合同续签就有谈的机会。

阿珀知道这件事后,忙劝姚乐:"你是个新人,有机会靠写东西赚钱,就签了吧,等以后你成为大神、名家了,你就有跟别人谈判的资本了。新人如果都敢跟网站叫板的话,那网站还混不混了?"

这个故事倾注了姚乐很多心血,赚钱是其次,她是看上编辑承诺的,可以帮她推荐出版,她潜意识里还是渴望将自己的故事印成图书捧读的。所以第二天她就把合同签字好给网站寄了过去。

陈冲当晚提议带大家出去给姚乐庆祝，阿珀跟陈临自然是举双手赞成。

"冲哥，吃啥？烤肉还是火锅？"阿珀问道。

姚乐坐在副驾驶的位置，从反光镜内看到阿珀跟陈临在后座卿卿我我，不由得撇嘴道："我说你们两个能不能含蓄点？要真这么喜欢在人前表演，那哪天我帮你们约个摄影师，帮你们好好拍个片子，放网上给大家共享好不好？"说完补充道，"我真是受不了你们，我怎么就认识了你们这对不害臊的家伙？"

"你这还没成名家呢，就看不起我这发小了？"姚乐话刚说完，阿珀就从后面飞了一脚，理直气壮道，"我不但是你闺蜜，而且是你妯娌，你对我得客气点。"

"注意点形象，黑色内裤走光了。"姚乐摸摸被踢的肩膀，努嘴指了下陈冲，"你这曝光给陈冲看，你觉得合适吗？"陈临忙拉过阿珀的腿，拽着裙子帮她遮了一下，对着姚乐嬉皮笑脸道："小乐，你即将成为大作家了，以后火了会不会把我哥给踹了呀？"

"离成名还早呢。"姚乐无视陈临后半句，颇有自知之明道，"我这刚签约，一毛钱都没赚到的人，还欠着你哥高利贷，你就别挖苦我了。"

"欠我哥钱好办，你以身抵债嘛。"

陈临的话刚说完，就被阿珀猛地拍了一下，"你以为咱们小乐是那么没节操的人吗？"陈临忙配合地点点头，"有节操，有节操，我哥都快等得满头白发了。"

"你哥喜欢慢工出细活，活该他。"阿珀虽然明里说的是陈冲，但暗里是在点醒姚乐，"都不主动，两个人就知道天天干瞪眼，别说愁得满头白发了，就是真等到老死，也是有可能的。"

姚乐识相地装傻，不再继续这个话题。其实看着阿珀跟陈临每天打打闹闹，幸福恋爱的模样，姚乐好几次冲动地想跟陈冲打破这种关系。但是她找不到机会，所以只能先这样处着。

其实姚乐很讨厌暧昧，她跟梁言就是因为暧昧，才会错过。她是想要新的开始，可是陈冲似乎被姚乐之前的行为给伤到了，不敢贸然主动，甚至有些安于现状。将姚乐圈在自己的地盘里，陈冲便已经心满意足。

四个人在一家颇有名气的烤肉店吃完饭，陈临便拉着阿珀去过二人世界，还特意关照说，今天他们一个朋友的情侣主题酒店开业，他们被邀请去试房，所以今晚不回家。

夜里走在马路上，虽然满是路灯，但是姚乐的心带着落寞，她双手抱在胸前暖和了一下。转眼就十二月了，她的衣服一件一件地加多，被伤过的心也一点一点被陈冲捂热。如果说，她对陈冲一点感觉都没有，那绝对是骗人的。但是要说有，姚乐也分不清她对陈冲到底是什么感觉。因为他人好，还是因为他的家境好。

姚乐一开始就没对陈冲心动，她自私地贪恋他的温柔，喜欢缩在他身边疗伤，或许现在要她接受陈冲会是一件水到渠成的事，但是以后呢？姚乐还这么年轻，她不确定自己还会不会遇到心动的对象。万一她和陈冲在一起后，又对别的男人有情愫，那又该怎么办？

感情这件事，一旦考虑得多了，犹豫得多了，就会让人变得迷惑而徘徊不前。姚乐现在的状态就是这样，想进一步发展，但又不敢。

陈冲脱了外套披在姚乐身上，关切地说："晚上气温低，以后出门多穿一件衣服。"

"我们现在干吗?"姚乐并不拒绝陈冲的讨好,她也在努力试着和他一起生活,试着去打开心门,将他迎进门。

"你说干吗就干吗,我都听你的。"

姚乐看着陈冲对自己的宠爱,不由自主地笑笑,"去看个电影吧。"

等姚乐跟陈冲看完电影出来,一个提着花篮的女孩跟着他们,可怜巴巴地说:"哥哥,给姐姐买朵花吧。"

姚乐看看时间,十一点多了,这个小姑娘确实可怜,便对陈冲道:"都买了吧。"

"好。"只要是姚乐吩咐,陈冲二话不说都会照做,乐得小姑娘将花篮都送给了他,"哥哥,这个篮子一起送给你,祝你跟姐姐幸福。"

"谢谢,我一定会让姐姐幸福的。"陈冲信誓旦旦地看着姚乐,将花递给她,"做我女朋友好不好?"

姚乐接过玫瑰花,郑重地点点头,"好。"

姚乐正式答应做陈冲的女朋友,两个人终于可以名正言顺地牵手。

其实,重新开始一段恋情似乎也没想象中那么艰难。姚乐知道自己心里带着点遗憾,但是看着陈冲温柔的笑容,她便释然了,这样其实也没什么不好的,一切顺其自然吧。

第九章　彻底放弃

在姚乐写完《时光未老：终于等到你》这个夜晚，她跟陈冲终于发生了关系。从头到尾姚乐都是极其清醒的，她认真地看着挥汗如雨的陈冲，努力配合着他。这是个浓烈的激情夜，让两个寂寞的灵魂一次一次达到欢爱的巅峰，直到两个人累得沉沉地睡去。回望往事，已是蒙眬的千年之前了。姚乐在结束的时候，心里只是默默叹了口气：梁言，再见了，从此我们真的是两个世界的人了。

陈冲抱着姚乐郑重地承诺："小乐，我会对你好，一直一直对你好。"

姚乐扫了一眼洁白的床单，脑子一热问道："那你介意我不是处女吗？"第一次真的没有预想中那样的疼痛，也没有落红，这让姚乐的心里多少有些失落，她其实想解释自己是处女，但是觉得没必要。

陈冲愣了一下，随即紧紧地抱着她，"不介意，我只在乎你。"

姚乐没有解释自己第一次为什么没有落红，只是抱住了陈冲，只要他不介意就好。

第二天醒来，她把陈冲的被子全抢了，见他可怜兮兮的，不由得抱歉道："对不起，我睡相不好。"

"没关系，我不介意。"

"我饿了。"陈冲两眼发光，一副要将姚乐扑倒的模样，姚乐赶紧出声。她昨晚虽然没有落红，但真的是第一次，浑身跟散架了一样酸疼，她可真的受不住陈冲再来一次了。

陈冲体贴道："那你先休息会儿，我去给你熬粥。"

姚乐从来没有进过陈冲和陈临的房间，她和阿珀不是那种喜欢偷窥别人隐私的人，所以平时在家的活动地点就是各自住的房间，还有客厅、卫生间和厨房。偶尔叫陈冲或者陈临吃饭，也只是走到门口敲门，从不进去。

姚乐此刻打量陈冲的房间，装修很简洁，一张大床，两个床头柜，还有一台挂在墙上的电视，正对着床。门口有一排隔断的九宫格柜子，姚乐没戴眼镜，看着模糊，就好奇地走过去看每一格放了些什么收藏品。除了小刀、挂品外，姚乐在角落看到了一张合照，应该是陈冲和她前女友的。相框上落了一层灰，姚乐吹了吹，又用手擦了擦，一下子就清楚了。照片上的女人是和姚乐长得有点像，只是她比姚乐看起来多了份宁静。陈冲说过，他的前女友是做老师的，姚乐心里有种说不出的感觉，她只是在做替身吗？

陈冲端着碗走进房间，看到姚乐拿着他以前的照片在看，一把抢了过来，解释道："这是我和前女友的照片，没什么好看的。"

姚乐看着他紧张的模样，不由追问："对她还有感情吗？"要真的没有任何念想了，何必还留着过去的照片呢？

陈冲的表情尴尬了一下，随即道："当然没有了，我现在心里满满地都是你。"

"是吗？"

"当然是，我对天发誓。"陈冲举手，信誓旦旦道，"我会爱姚乐一生一世,如有违誓,天打雷劈。"

"你不用发毒誓的。"姚乐忙拉住他的手,"我相信你就是。"

"我这不是怕你误会吗?"陈冲说着干笑了两声就把相框丢回了柜子,笑嘻嘻地招呼姚乐,"粥都给你端来了,我贴心吧?"

"贴心,我去刷牙。"姚乐洗漱完吃了早餐又躺回床上昏昏欲睡,她的下身火辣辣地疼,不过实在难以启齿。

陈冲收拾了一下,也陪姚乐回床上躺着,只是视线看向柜子时,眼神开始变得迷离。

陈临跟阿珀回来的时候,也看出姚乐跟陈冲已水到渠成,便嬉皮笑脸地打趣他们,"终于巫山云雨了,我还以为我哥那儿什么有问题呢。"

"我也以为小乐性取向有问题,还为自己担心了呢。"阿珀笑着接话,"现在好了,我们四个终于成为亲密的一家人了。"

姚乐看着陈冲憨厚地笑,也跟着笑笑,她其实挺喜欢这样一家人的感觉。

陈冲妈妈的到来真是意外。

那是一个阳光明媚的周末,四个人窝在客厅打牌,吵吵闹闹玩得不亦乐乎,陈妈妈开门进来时愣了一下,随即眼神犀利地看向姚乐跟阿珀。

陈冲快步走过去将陈妈妈迎了进来,讨好道:"妈,您怎么来了?"

"对啊,妈,您来怎么也不打个招呼?"陈临一改往日不正经的模样,乖巧地问。

姚乐跟阿珀面面相觑,不知所措,半晌后才回神打招呼:"阿姨好。"

"她们是谁?"陈妈妈六十多岁,保养得不错,脸上化了个精致的妆容,穿着很端庄,看着像五十出头的样子。她说话神色淡淡的,问出的话却带着距离感。

陈冲忙介绍道:"这是我女朋友姚乐,那是陈临的女朋友,阿珀。"

"一个一个来。"陈妈妈幽雅地在沙发上坐下,然后指着姚乐问,"多大了,做什么工作的?"

"马上二十三了。"姚乐心里捏了把汗,紧张地回答,"暂时还没合适的工作。"当时的理想是很美好的,想写东西赚钱,也曾希望签约上架,但现实是很残忍的,姚乐的小说上架后收入不理想,整个故事写完才赚了八百多块钱,至于出版什么的就更没戏了。

要不是最近靠陈冲养着,姚乐只怕早就撑不过去要回家了。

姚乐最近又在疯狂地投递简历找工作,但是临近年关,找工作这事非常不理想。

陈妈妈的眉头皱了起来,一针见血道:"你没工作,就是靠我儿子养着了?"

姚乐想说不是,但又觉得理亏,事实上她就是靠陈冲撑着,所以咬着唇默认了。

"妈,我没有养着姚乐,她虽然没上班,但是也有事做。"陈冲生怕姚乐在自己母亲面前丢分,忙抬出她写作的事来,"姚乐是在网上写书的,算网络作家。"

"什么网络作家?"陈妈妈不以为然地看向姚乐,"现在在微博上随便发几句牢骚的,都标榜自己是作家,作家也忒不值钱了。"

"妈,您怎么说话呢?"陈冲不乐意了,"我要求您给姚乐道歉。"

"道歉可以,但是我要声明,你谈恋爱找什么样的女朋友我都不管，但要是谈婚论嫁，就得先过我这一关。"陈妈妈看着姚乐，"姑娘，我话虽然说得直接，但是请你也记住，我们陈家的门不是那么好进的，哪怕不讲究门当户对，但起码你自身的条件也得过得去，像你这样的……"陈妈妈顿了一下继续道，"我不看好你。"最终碍于陈冲的面子，没有说出更难听的话来。

姚乐本来就敏感，此时三言两语便被陈妈妈击垮，整个人情绪都不好了。

"阿姨，您可以不喜欢我们，但是您不能阻止您的儿子喜欢我们。"阿珀见不惯姚乐被欺负，忙硬着头皮跳出来，被陈临拉回去，她又不悦地瞪了陈临一眼，"你们陈家的门不好进，也得问问我们是不是愿意进呢。"

"你这丫头脾气倒是火暴。"陈妈妈将视线对上阿珀，"叫什么名字？多大了？干吗的？"

"我叫阿珀，大名赵魄妍，今年二十三岁，在一家私企做人事工作。"

"私企工作？工资多少呢？"陈妈妈高傲地问。

"工资这么私密的事，没必要告诉您吧。"

"也是，我真瞧不上你那点工资。"陈妈妈扫了一眼阿珀，"是本地人吗？"

"大市范围的算吗？"

"原来不是本地的。"陈妈妈嗤笑了一下，"丫头，就你这脾气，什么时候改好了，再来跟我说话。"

"阿姨，您要是客气，我客客气气地喊您一声'阿姨'。可是您这进门到现在都没拿正眼瞧过我，我这暴脾气，是很难跟您沟通了。"

"我没拿正眼瞧你，是因为瞧不起你。"陈妈妈狠狠地扫了一眼陈临，"你们都找的什么玩意儿回来？"

"什么叫什么玩意儿?"阿珀气得跳脚,"阿姨,我拜托您说话积点口德。"

"听不惯呀?那别缠着我儿子。"陈妈妈毫不客气地说。

"您以为我稀罕缠着他?"阿珀气得跳脚,陈临忙一把将她拉到身后,安抚道:"好了,好了,你先少说两句。"然后使眼色给姚乐,"你们先进去吧。"

"妈,您这是干吗呢?"陈冲终于听不下去,拉着陈妈妈道,"您今天来就跟吃了火药一样,您这是干吗呢?爸给您气受了?"

"你滚开。"陈妈妈气恼。

"妈,就算爸爸给您气受了,您也不能这样不问青红皂白地往我们身上撒气呀。"陈冲拉着陈妈妈将她安抚着坐到沙发上,"您这样不讲道理,我不要理您了。"

"就是,哪有您这样的恶婆婆,进门就给儿媳妇下马威的。"陈临不满地说道,"您要是把我媳妇吓跑了,我可跟您没完。"

"你们两个兔崽子,找的都是什么人,连个正经工作都没有。"

陈冲跟陈临轮番跟陈妈妈辩解,姚乐跟阿珀的为人到底有多好。姚乐拉着阿珀回到客房,眼泪忍不住流了下来。她从没想过见陈冲的妈妈第一面,就会是这样惨烈的状况。陈妈妈不喜欢她,她跟陈冲便不会有好的将来。

阿珀倒是气得浑身尖刺,见不得姚乐哭哭啼啼的模样,咬牙切齿道:"你哭什么哭?这样的恶婆婆,就是八抬大轿抬我,我都不嫁进陈家。"

"不嫁进陈家,你难道真要跟陈临分手?"姚乐问。

"干吗分手?"阿珀理直气壮地看着姚乐,"我就跟陈临在外面卿卿我我,双宿双飞,气死这个老太婆。"

姚乐嘴角抽搐一下,"你注意点,再怎么样别当着人面说,这样不好。"

"我都快被气炸了。"阿珀深呼吸几下继续说道,"都说婆媳是天敌,我今天总算是见识到了,这就是小说里写的那种豪门恶婆婆。"

陈家确实能算殷实之家了,而这个陈妈妈真的是一个不好相处的人,阿珀的话一点错也没有,未来的路只怕并不坦荡。

陈冲跟陈临好不容易将受了陈爸爸气来这边乱撒火的陈妈妈劝走,又各自施展哄人技巧,费了九牛二虎之力才把姚乐跟阿珀给哄好。四个人欢欢喜喜地去吃了烤肉,回来的时候陈冲拉着姚乐的手,认真地跟她说:"小乐,今天我妈妈或许让你受委屈了,但是请你一定要相信我,不论未来有多少风雨跟挫折,只要你不离,我便不弃,生死相依。"

姚乐不知道该怎么回应陈冲,只是淡淡地一笑,不离不弃,生死相依是一件很浪漫的事,但是真正能白头到老或许是更接地气的事。

姚乐睡得迷迷糊糊的时候被阿珀急切的敲门声给吵醒,她睡眼蒙眬地开门,"你今天怎么没去上班?"

"小乐,我完了。"阿珀哭丧着脸,抱着姚乐撕心裂肺地大哭,"三张了,都是两条杠。"

"什么?"姚乐茫然地看着阿珀,"你说什么呢?"

"杠杠,中奖了。"

"不会吧?你没搞错吧?"姚乐知道这样问真的很白痴,但是除了问"你准备怎么办"她真不知道要说什么。

"能怎么办?"阿珀说得无奈但是又坚决,"只能做了。"

"陈临知不知道?"

"还不知道,我不想告诉他,小乐你帮我瞒着点。"阿珀神色认真地看着姚乐,"我怕他知道了,要跟我谈婚论嫁。你也知道,要是怀孕嫁进他家,就他妈妈那个人,肯定一辈子都瞧不起我,觉得我是那种心机婊。"

"那你总得和他说一下吧,毕竟这事他也有份。"姚乐不太认同阿珀的做法,"你这样悄悄去做掉,我觉得不太合适。"

"我不想他认为我是玩不起的人,也不想和别的女人一样问他要堕胎钱。"阿珀特别有骨气地说,"当然,最不想的是因为怀孕了跟他谈婚论嫁,在她妈妈眼里一辈子抬不起头做人。"

"可这事能瞒得住吗?"

"姚乐,要换做是你,只怕你的想法也会跟我一样。"阿珀看着她,"陈妈妈看不起我们,如果我们争气,有体面的工作,再去说服她同意我们嫁进陈家,那么没准我们会幸福。但是如果一开始就是瞧不起的角色,那么这辈子别指望翻身做主了。"

"可是,孩子总归是无辜的……"姚乐看着阿珀,"你真的忍心吗?"虽然她承认,万一换作是她,只怕也会做跟阿珀一样的选择,但是真要说出这决定,她还是会特别难受。

"无辜又怎么样?"阿珀神色哀伤起来,"缘分没到,要不起呀。"

姚乐无言以对,她不知道应该怎样劝说阿珀,或许她的劝说都是苍白无力的,因为现状确实如阿珀所言。陈妈妈瞧不起她们,一旦她们真的因为孩子嫁进陈家,只怕不仅自己会受辱,连带父母和未出世的孩子都要被瞧不起。

"好了好了,你别愁眉苦脸了,我已经做决定了,你得支持我。"阿珀拍拍姚乐,"给我打气,我还有好多事要做呢。"

"还有什么事?"

"问家里要钱。"阿珀叹了口气,"我一直是月光,这笔费用只能找借口请求家里支援了。"她还得找完美的理由去公司请假。

"对不起。"姚乐悲伤地看着阿珀,"我卡上还剩八百块,我取出来回头多给你买点营养品。"

"恩,没事。"阿珀宽慰地对姚乐笑笑,"明天陪我去医院。"

姚乐点点头说:"虽然是废话,但我还是劝你再想想。"

第二天一大早阿珀就把姚乐叫起来,两个人偷偷去了医院。做妇科例行检查的时候,阿珀紧张得浑身冒冷汗,死死地掐着姚乐的手,姚乐疼得忍不住叫出了声,"阿珀,你别紧张,抓疼我了。"

"我第一次做这些检查,我好怕。"

"你要是怕,那咱们回去吧,生了得了。"

"我是真怕,不过要我生,那我更怕。"阿珀深吸了一口气,"算了,死就死吧,反正十八年后又是一条好汉。"

排了半天队终于轮到阿珀,检查完了,跟医生说不要,医生眼皮都不抬地说:"手术就约这周五吧。"

回到家后,姚乐再一次劝阿珀考虑清楚,跟陈临商量一下再做决定。可阿珀这次异常果断,还威胁姚乐,如果走漏风声,朋友就到此为止。姚乐只能夹着尾巴做人,小心翼翼地熬到周五,再次陪阿珀去医院。

在手术室门口排队的时候,阿珀额头上开始紧张地冒汗,十二月的天,汗珠特别闪亮。

"阿珀,你别紧张,没事的。"姚乐抓着她的手安慰着,自己心里却乱得跟打鼓一样。

"你怎么比我还紧张?你手抖什么呢?"阿珀看着姚乐问道,"你这么紧张搞得我心里又忐忑起来了。"

"不紧张,不紧张。"姚乐忙稳了稳情绪,"咱们选的是三分钟无痛人流,很快就没事了。"

"都说孩子是妈身上的一块肉,做母亲的总舍不得孩子受罪,也不会舍得拿掉,我为什么就觉得他像个炸弹,越快拿掉越好呢?"阿珀摸着平坦的肚子,恨不得自己的手能穿进去,直接把孩子给拿出来,"宝宝,对不起,咱们缘分没到。"

姚乐心里难受,说不出话来,她有些担心自己,如果她跟陈冲遇到这样的事,只怕结局也会如此糟糕吧。

"好了,轮到我了,我进去了。"

阿珀进去的时候,姚乐看着四周的人群,有比她们年纪大的,也有比她们年纪小的,但都有男人在旁边陪着。姚乐突然觉得阿珀很勇敢,她为了在未来婆婆面前争一口气,果断地做了决定。她不是不爱陈临,只是她不想因为孩子牵绊住这个男人,让他在妈妈跟老婆之间为难。

姚乐不知道阿珀的选择到底是对还是错,但是作为闺蜜,她只能默默地陪在她身边。心疼她,却替代不了她做选择。

阿珀脸色苍白地走出了手术室,抱着姚乐一顿大哭,"小乐,我杀生了,我竟然杀生了。"

"阿弥陀佛,改天我陪你去寺庙上个香。"姚乐拍着阿珀的肩膀安抚,"好了,好了,不哭,不哭了。"姚乐温柔地伸手帮她擦去眼泪,"你刚做完手术,哭对眼睛不好的。"

阿珀止住眼泪,深吸一口气,调整情绪道:"我就失控这一分钟,回去后我们就当什么事情都没有发生。"

姚乐点点头,"恩。"

"阿珀,真的是你呀?"这时从手术室走出一个戴着口罩的小护士,惊喜地打招呼道,"刚才看到名字,我还以为同名同姓呢。"

阿珀看着那小护士,礼貌地点点头,"筱雅?"

筱雅点点头，"你的手术做得挺好，但是后期要注意一些事项，不然也挺麻烦的。"说着对阿珀交代了一些注意事项，阿珀跟她礼貌地告别后才对姚乐道："这是我初中同学，我好怕她会跟我爸妈说……"

姚乐听完顿时紧张，"那怎么办？"

阿珀慌乱得不知所措，"我也不知道。"

"我去跟她说一下。"姚乐忙追上那个叫筱雅的护士，"筱雅，你好，我是姚乐，阿珀的好朋友。"

筱雅茫然地看着姚乐问："你找我什么事？"

"是这样的，阿珀怀孕这件事家里并不知道，她挺想要这个孩子的，但是检查出来有问题，所以……"姚乐避重就轻，半真半假地跟筱雅说着，最后求她千万不能告诉别人阿珀打胎这件事。筱雅笑着说："明白，我不会乱说的，你放心吧。"

姚乐这才安心带着阿珀离开医院，回家休养。

陈家兄弟神经比较大条，又临近年关，公司账务、业绩、年终活动什么的很忙，倒是让姚乐悄悄给阿珀把身体补得结结实实的，这件事神不知鬼不觉地过去了。

姚乐跟阿珀提早回家过年。姚妈妈虽然觉得姚乐公司年假放得有点早，但是见她每天都很忙地在电脑前写东西，所谓加班，也就打消了心里的疑虑。

姚乐第一个故事写了三十五万字，赚了八百块的稿费，华丽地失败了，本来都不准备继续码字，可是拗不过编辑热情地再三邀请。姚乐便跃跃欲试地参加了网站的征文活动，开了一个新坑。

新书的成绩还不错，上了几轮对决，收藏、点击率都算可观，编辑给姚乐打气说，只要她坚持写完一百万字，这本书上架后月入万元不是梦。

姚乐第一个故事的成绩令她失望过,对编辑说的话自然也不抱太大希望,但是目前没有合适的工作,每天勤劳地码字,好歹能混个全勤奖。一个月一两千的收入还是可以有的,总比一毛钱都不赚,完全靠陈冲吃喝来得强。

除夕的时候,姚妈妈就在那儿说:"女儿啊,我帮你算命,那算命的说,你今年要带男朋友回家过年,可你男朋友呢?"

姚乐啃着鸡腿,朝老妈翻了个白眼,幽怨地说:"我说妈,那算命的话能信吗?他怎么就没算出来我还苏妲己再世呢,就差一个商纣王被我迷惑了。"

姚乐话刚说完,姚妈妈的筷子就直接劈了下来,瞪着她训斥道:"过完年你就二十三岁了,我可告诉你,超过二十五岁就真的没什么好行情了。你现在还处于能挑人的状态,年纪大了,只能被人挑,你就真的惨了。"

"妈,你能不能对我有点信心?我才二十三岁好吧,不是三十三岁。"姚乐不满道,"找男友这种事得看缘分的。"

"小女孩口口声声就知道缘分,找男朋友是要看缘分,但是结婚对象要考虑的东西太多了。"姚妈妈说到这个话题就开始激动,"首先得要年龄合适,家境最好相当,高攀或者低嫁,多多少少会出现不和谐的问题。"见姚乐不耐烦地翻着白眼,姚妈妈恼怒道:"还有要看亲家的人品,要是对方人品不好,条件再好,你妈我都舍不得把你嫁过去。"

听着姚妈妈这话,姚乐便想到陈冲的妈妈,要真的跟陈冲谈婚论嫁,姚妈妈跟陈妈妈见面,估计就得掐架。

"我说你也真是会瞎操心,我们家小乐这么好的条件,还怕嫁不出去吗?"姚爸爸的话一说完,姚乐的头点得跟小鸡啄米似的,看吧,还是老爸了解她,对她有信心。

"我是真担心她。一个女孩子在外面不比男孩子,什么都得注意着点。"姚妈妈叹了口气,"小乐,你要记住,挑男人一定要找人品好的,其他的都是次要的。"

母亲的爱如小溪般细水长流,而父亲的爱更像是大海,浩瀚又充满包容。但是只有小溪和大海的相辅相成,才是完整的幸福,也能让如小舟般的子女,平稳地走向人生彼岸。

姚乐其实是幸福的,父母对她的爱是那么无私,为她操心,只是姚乐也不知道为什么不敢把跟陈冲恋爱的事告诉家里。或许是因为对陈妈妈的忌讳,或许是因为自身能力的不强,她对这一段感情没有把握。又或许是阿珀的事,让她心里有了顾虑。总之,她现在根本不想把自己谈恋爱的事告诉家里人,生怕爸爸妈妈跟着担心。

大年初三,姚乐他们一家去梁言家拜年。梁言还是姐姐长姐姐短的热情地叫着,姚乐也当没事人般嬉笑着回应,两个人就像当初重逢时一样。两家的父母都不知道,时过境迁,姚乐和梁言之间已经发生了一些事,他们的内心再无法像表面上这样亲近。

姚乐知道,遗忘过后,各自开始新的路程,他们会像现在这样努力回到最初的样子,换种方式继续友谊,但是永远不会再有情感交集了。因为破镜不能重圆,即使外表看起来完整无缺,可是在镜子的背后有一道难以愈合的裂口。也许经过时间的冲刷,才会让他们淡忘,忘记伤,忘记痛,也忘记爱。

吃完饭,双方家长打麻将,梁言在屋内喊着姚乐进去。她茫然地走进去,梁言快一步将门锁上,将她一把拖入怀里,毫不犹豫地吻住了她……

姚乐惊恐地瞪大了双眼,但是她不敢出声,怕惊动外面的家长，只能任由梁言加深这个吻，并毫不克制地在她身上抚摸。姚乐不安地挣扎，无奈之下，狠心咬了梁言在她嘴里放肆游走的舌头。见梁言吃疼地松开自己，姚乐趁机果断地推开了他，压低了声音道："梁言，你这算什么意思？"

"姐姐，对不起。"梁言神色痛苦地道歉，眼神忧郁地看着她，"我有没有告诉过你，我真的很喜欢你？"

"梁言，你觉得现在说这些还有意义吗？"

"有。"梁言眼神坚定道，"我喜欢你，一开始就喜欢你，可是我想不明白，你为什么要一再地拒绝我。"

"梁言，你一次一次说喜欢我的时候，仍跟沈静牵扯不清，你让我怎么接受你？"姚乐痛苦道。

"沈静，你终于愿意说这个名字了？"梁言看着姚乐冷笑道，"你为什么一开始不告诉我，你们很早就认识？"

"告诉你有意义吗？"

"如果一开始我就知道你不喜欢她，我就会远离她。"梁言理直气壮道，"我用她故意来气你，可是你一再地把我推给她。当我真的跟她在一起的时候，你却表现出喜欢我的样子，你知道你这样我有多痛苦吗？"

姚乐不知道该如何回答梁言，只能说："对不起。"

梁言一把拽住姚乐，语气肯定道："姐姐，我们重新开始好不好？"

姚乐看着梁言眸子里的灼热，轻轻地摇摇头，"梁言，对不起，真的晚了。"她已经跟陈冲在一起了，虽然她不确定自己到底是因为爱陈冲，还是因为感激，但是既然已经做出了选择，那么就不会再跟梁言牵扯不清了。

"感情的世界里，只要你喜欢我，我喜欢你，就不会有太晚这种说法。"梁言霸道地说，"姐姐，我们出去对爸妈说，我们要谈恋爱,我们要在一起,我相信家长们都会支持我们的。"

"梁言,你疯了。"姚乐情急,甩了梁言一巴掌,将打算拉着她出去的梁言怔住,"姐姐,你打我?"

"梁言,实话告诉你吧,我有男朋友了。"姚乐看着梁言俏脸上的巴掌印,歉意道,"梁言,对不起。"

"你真的有男友了?"

姚乐点点头,"真的有了。"她已经把自己交给陈冲了,她没有脸再说自己有多爱梁言,她连自己都守不住,这一份爱情,她更是无能为力,没有办法接受。

"那我祝福你。"梁言颓然地松开手,"希望你幸福。"

"梁言,你也会幸福的。"姚乐调整了下情绪,打开门,微笑着跟家长们道别,"我闺蜜约我出去看电影,我先走了。"她再也没有办法若无其事地跟梁言相处下去了,落荒而逃是她眼前唯一能做的事。

姚乐不得不承认,在梁言吻她的那一刻,她自以为死去的心,竟然再一次跳跃起来,她甚至有一种想跟陈冲马上分手,跟梁言在一起的冲动。

原来喜欢一个人,真的没办法假装不喜欢。哪怕嘴里不承认,心里也会给出最诚实的回应。

姚乐喜欢梁言,从一开始就喜欢,哪怕到现在,心里依旧喜欢。

第十章　惨烈结局

　　"这个世界上有很多事情，你以为明天可以继续做。有很多人你以为一定可以再见面。于是，在你暂时放手或者转身的时候，你心中所想的只是明日重聚的希望，有时候甚至连这点希望也感觉不到！因为，你以为日子这样一天一天过来，当然也应该这样一天一天过去，昨天、今天、明天应该是没有什么不同的。但是，就会有那么一次，在你放手或转身的一刹那，事情就完全改变了。太阳落下去，在它重新升起以前，有些人就和你永远分开了。"姚乐捧着小说，把这段她认为非常经典的话读给阿珀听，"阿珀，我们都要珍惜眼前的时光。"

　　阿珀认真地点点头，"小乐，如果我和陈临今年年底还好着的话，我就带他回家，给我爸妈审核敲章。"

　　"你们俩的黏劲儿跟502一样，别说年底了，白发苍苍也不见得你们能分开。"姚乐笑着打趣，"咱们提前说好，你一定要给我买漂亮的伴娘礼服，不好看我可不做伴娘。"

　　"你算了吧，陈老大都快奔四的人了，再不结婚，难道等着生了孩子叫爷爷？"阿珀不甘示弱地回嘴，接着笑道，"不过我觉得，我们一起结婚，来个双喜临门倒是很不错的提议呢。"

　　"就怕陈妈妈第一个跳出来反对。" 姚乐不乐观地打击着阿珀，"还记得上次她说什么了吗？我俩别指望着进陈家的门，除非她死了。"

"别跟我提他妈,这老太太我真的对她无话可说。"阿珀一听到陈太太,整个脸都皱了起来。年后,陈妈妈趁着陈冲、陈临不在家,竟然跑来这边房子大搜查,正好撞上姚乐、阿珀回来。尽管姚乐跟阿珀不想跟她起正面冲突,但是陈妈妈一个人还是指桑骂槐地骂了半天,暗指姚乐、阿珀不要脸。阿珀实在受不了,跑出去痛痛快快地跟老太太对骂了一场。等陈家兄弟回家的时候,陈妈妈撂下一句狠话,姚乐跟阿珀要嫁进陈家,除非她死了,这矛盾已经到了不可调和的地步。

陈冲悄悄跟姚乐她们说,要让陈妈妈松口,其实也不难,只要她们怀孕了,看在孙子的面上,陈妈妈一定会不计前嫌,接纳她们进门。奉子成婚这个提议遭到姚乐跟阿珀的一致拒绝,甚至还让姚乐产生了心理阴影,将近一个月没给陈冲开荤。

"我们把自身能力提高了,陈妈妈或许会高看我们一眼吧。"

"小乐,你别像个爱受虐的包子一样没骨气好不好?"阿珀恨铁不成钢道,"我跟你说,就算你能力再强,在陈妈妈眼里,咱们都配不上她的宝贝儿子。她是打心眼儿里看不上我们。"

"那没办法,我们作为晚辈,让着点长辈也是应该的。"姚乐自我安慰道,"尊老是美德。"

"她都不爱幼,我看是没必要尊老了。"阿珀不认同地摇头,"我反正跟陈临说了,如果结婚,将来肯定不会跟老太太一起生活的,我跟她井水不犯河水。要把我惹急了,我管她是谁,照样爆发。"

"好了,不说这个问题了。"姚乐打断阿珀,"反正我们尽人事,听天命,要是感情都到位了,那么不管陈老太太那儿是龙潭还是虎穴,我们两个都一起去闯,为我们的幸福去作战好不好?"

"好,一言为定。"

两个女生开始憧憬、计划她们的婚礼,勾勒未来生活的模样。这一刻,她们幸福得忘记了男人曾经给过的伤痛,也幼稚地忽略了相爱容易相处难,得不到父母祝福的感情跟婚姻,一般都不会有太好的结果。

过完浪漫的情人节没多久,阿珀就和姚乐说她跟陈临吵架了。阿珀神色恍惚地说:"我要和陈临分手了。"

"阿珀,你别跟我开玩笑,愚人节还没到呢!"

原来阿珀和陈临去超市购物,结果遇到了筱雅,她关切地问阿珀身体好了没,有没有什么不适。陈临关心地问阿珀到底哪里不舒服了,现在好了没。筱雅竟然一脸鄙夷地看着陈临对阿珀道:"你不会连打胎这事都没告诉他吧?"阿珀便知道这件事穿帮,兜不住了。

陈临忙寻根究底问阿珀,什么时候打胎的,孩子是谁的。

阿珀被陈临问得恼火,又不知道该怎么回答他,不耐烦地说:"你烦死了,都过去的事,有什么好问的?"

这个回答让陈临瞬间觉得阿珀是拿掉了别人的孩子,他一直以为阿珀的第一次给了他,所以对她比之前的女朋友容忍得多,宠爱得多,也更真心。可这样一顶莫名其妙的绿帽子压下来,他的情绪完全失控了。阿珀本来就是倔脾气,她跟陈楚那一段过去也不是真的清白,两个人说着说着就吵了起来。等阿珀意识到两个人竟然毫无形象地在大马路上吵架,相互指责彼此的缺点是一件多么不文雅的事件时,陈临已经甩下她走了。

"你们两个就为这件事吵架?明摆着就是误会嘛。"姚乐算听明白了,也就是一句话两句话可以解释的事,两个臭脾气的人,只是闹情绪,相互不肯低头罢了。

"什么误会？你不知道他在大街上，指着我的鼻子骂我脾气差，还说他妈妈说的对，我就是这样没素质的人，我当时就想两耳光给他抽过去。"

"吵架说的话不能当真。"姚乐忙安抚阿珀，还给她递了一杯水，"你先消消气，晚上心平气和地跟陈临解释一下，误会说开了就好。"随即嘟囔了句"这哪里需要上升到分手那么严重的地步"。

"小乐，我和他这是分手前的预兆。"阿珀一口气把水全喝了，"我的直觉特别准，真的，我们不会好了。"说完便跑回房间睡觉去了。

晚饭的时候姚乐叫了阿珀好几次，她都不肯出来，姚乐便踢踢陈临的腿，充当和事佬，"哥哥，拜托，你这么个大男人怎么就这么小气，哄哄她嘛。"

"她打胎这种事是小事吗？"陈临气恼地瞪着姚乐，"你也不是什么好人，竟然瞒着我。"

"我不是跟你解释过了，她打胎是不想让你为难，因为你妈妈不喜欢她。"姚乐见阿珀不肯跟陈临解释，她便主动跟陈临交代了自己陪阿珀打胎的事。为了更具说服力，还找出了当时的病例，证明阿珀打的是陈临的孩子。

"她跟我妈那么叫板着吵架，我妈能喜欢她吗？"陈临扯着嗓子大吼了一声，"还有，明明有孩子这张王牌，非得要去做掉，她考虑过我的感受吗？"陈临之前虽然是个花花公子，也有不少风流债，给钱做掉的孩子也不是头一个，但是他对阿珀不一样，他是真的想跟阿珀谈婚论嫁地走下去。知道阿珀不声不响就做掉了他的孩子，他心里不但愤怒，更多的竟然是伤心。他心疼那个没缘分来到这个世界的孩子，这是他这个做父亲的失败。

"虽然这件事阿珀有错，但她也是不想让你为难。"姚乐试着劝陈临,"再怎么样,你们吵架了,作为男人哄哄她,也没大错吧?你们这样闹下去,难道想分手吗?"

"老子就是想分手了。"陈临粗声说完,猛地甩下筷子,快步走出了家门。

姚乐知道陈临说得这么大声是故意说给阿珀听的,她的心十分难受,陈冲讨好地给姚乐夹了口菜,安抚道:"你也别操心了,他们都那么大的人了,让他们自己冷静一下,或许明天就好了呢。"

姚乐看了一眼陈冲,深深地叹了口气,不知道为什么,心里隐约有种不好的预感。

感情这种事,越是在乎越容易伤人。阿珀跟陈临明明彼此在乎得要命,但是偏偏谁也不肯低头,任由姚乐两边吃力不讨好地各种劝说,他们也没一丁点冰释前嫌的迹象,让姚乐真的有些心力交瘁,无所适从。

冷战一周这样的关键时刻,陈冲还飞去广州出差了,家里留下姚乐和一对闹别扭的情侣。不管姚乐怎么制造机会,如何婆口苦心地劝,阿珀和陈临硬是堵着一口气,谁也不肯妥协,吝啬任何一个给对方开口说话的机会。白天各上各的上班,晚上各归各去泡吧,两个人都倔强地选择相互伤害对方,来彰显自己的存在感。这样相爱相杀的相处模式,真的把姚乐给急死了。

"阿珀,你就先跟他道个歉吧,让他个大男人有个台阶下。"

"凭什么要我和他先说话?世界上的男人又不是死绝了,我非得看着他那张臭脸自讨没趣?他妈嫌弃我素质低,他也嫌弃好了。"阿珀愤恨地说,"老娘还真不稀罕嫁给他。"

"阿珀,你们这样闹下去,真的会玩过火的。"姚乐语重心长道,"为了这么点小事闹掰,多不合适。"

"小乐，这一次就算是闹掰，我也不会妥协。"阿珀认真地看着姚乐说，"他妈妈不喜欢我，无论我做什么都不会喜欢。我跟陈临如果感情不坚定，谈再久都会崩，还不如借着这个机会看看，在他心里我到底有多少分量。"

"可是，你们闹成这样……"

"小乐，这是我们的事，你别管了。"阿珀不耐烦地打断，"我是成年人，我有自己的想法，我知道我自己在做什么。"

阿珀把话说到这份儿上，姚乐真的不知道还能再说什么，只能试着去劝陈临。可是姚乐还没开口，陈临果断地送了姚乐一个"滚"字，姚乐终于放弃了劝说的念头。

第二天姚乐被家里乒乒乓乓的打砸声给惊醒，忙披了睡衣出来。只见阿珀跟陈临不知道又为了什么，一言不合，竟然直接动手了，两个人在摔东西。

"你这个没素质的女人，霸道又自私，你以为我还想忍你吗？"陈临砸了一套茶具，气急败坏道，"从哪里来，滚哪里去。"

"你让我滚我就滚？你当我是什么？"阿珀抬手也砸了一个花瓶，"陈临，我告诉你，我还就给你戴绿帽子了，我不敢生别人的孩子，我才去做掉的，怎么了？不爽我？咬我啊？"

"我有什么不爽的？我管你有多少男人，反正你被我白睡了大半年，我也不亏了。"陈临冷笑道，"说到这里，我还真要感激你，你这个贱人没给我带病。"

"你混蛋。"阿珀朝着陈临冲过去，扬手就要打他巴掌，陈临却快一步伸手拽着她，眼神中充满愤怒地瞪着阿珀说："还想打我呢？省省吧你。"一甩手将阿珀推了出去，而他则转身大步流星地出了门。

阿珀撞到了墙壁，额头的鲜血便流了出来。姚乐见状慌忙扶起她，小心翼翼地坐下，"阿珀，你没事吧？"虽然不是陈临直接动手打的，但是也跟陈临脱不了干系，这让姚乐心里对他充满了憎恨。

"我没事，你让我静静。"阿珀甩开姚乐，神色颓然。

"你别动，我去拿药箱。"姚乐简单地帮阿珀处理了一下伤口，又包了纱布，这才叹了口气道，"阿珀，你是不是很难过？难过就哭出来吧。"姚乐坐在阿珀身边，看着她把嘴唇咬得发白，不一会儿就流血了，姚乐有些害怕。阿珀从来没有这样安静过，姚乐宁愿阿珀像以前一样，抱着她大哭，哭过以后好好吃顿饭就过去了。

"我不难过，真的，从在一起的那天起我就知道，我和他不会到老，分手也是注定的。我们都是自私的人，都死要面子，所以宁愿活受罪。"

姚乐特别希望阿珀能哭出来，把情绪发泄出来，阿珀越是不哭，就表示她越伤心。

"但是，我做不到像别的女生一样，低声下气地去讨好男人，我不可以妥协，我宁愿这样两败俱伤，也不想一个人受伤，而他依旧潇洒。先说出分手，是我保留自尊的唯一方法。"阿珀面无表情地说道。

姚乐抱着阿珀说："其实你们不用这样的。"

"小乐，你还不知道吧，陈太太已经给陈冲、陈临安排好几个门当户对的姑娘相亲了。"阿珀苦笑道，"我们不讨陈太太喜欢，出局是迟早的事。"

陈太太为陈冲、陈临安排了相亲这件事，姚乐还真不知道。想到陈冲竟然什么都没有跟她说，姚乐的心里有些说不清楚的酸涩。

"小乐，陪我去泡吧吧。"

"可你的额头……"姚乐伸手指指阿珀,她却果断地把纱布撕开,"我才没那么娇气,我没事,走吧。"

姚乐说不出拒绝的理由,跟着阿珀去了酒吧。

姚乐坐在高脚椅上,耳朵里是震人的音乐声。点上一支烟,让烟雾在面前缓缓地升起,遮住了面前的视线。透过那模糊的烟雾,姚乐看到阿珀在台上不停地舞动,她在发泄。是的,姚乐知道,因为她们是同一种人。每当伤心难过的时候,她们只会依靠外界的一切事物,来把身上浓重的哀伤淡化掉,只有在纸醉金迷的气氛下才能把那些不开心的事情统统抛掉,回归最初的自己。

陈冲打电话来的时候,姚乐已经喝得七分醉了,她扯着沙哑的嗓子问道:"陈冲,你妈妈给你安排的相亲你去了吗?"

"……"电话那头一阵沉默,姚乐低沉地叹了口气,看来她真不是陈冲所坚持的唯一选择。这一刻姚乐更加理解阿珀跟陈临为什么这次吵架后会越闹越凶,只怕阿珀也看清了这件事的本质,她们得不到陈太太的欢心,撑不到谈婚论嫁那一天。

电话那头隐约传来几句争吵,然后一声巨响。"小乐,你在哪儿?这么晚还不回来,你不知道我会担心吗?"陈冲的声音带着一丝怒意却硬被掩饰起来。

"我和阿珀在 SEVER。"这个酒吧是他们以前玩乐的会所。自从跟小深分开,姚乐、阿珀就再也没有来过。曾经有段时间,姚乐以为自己已经不会再过这样萎靡的夜生活了,再一次回归的时候,发现原来感觉还是那么熟悉。

陈冲,始终没有真正走进姚乐的心,她在狂欢的时候,心里还是那么寂寞。梁言,看来只有你的名字才能填补我这些空白的残缺,我们却回不到过去了,姚乐在心里想着。

电话那头似乎又传来一声争吵，但很快归于平静。

"你在那儿等着，我们过来接你们。"陈冲一锤定音地挂了电话。

我们，代表陈临也会来，或许这是一个转机吧，姚乐收回手机重新回到舞池。里面放着舒缓的轻音乐，一个穿着公主装的少女，站在舞台上唱着梁静茹的《勇气》。

姚乐的视线在下面的大舞池里扫了一圈，那里都是成双成对的男女，独独没有阿珀的身影。

阿珀刚才喝了很多，可她不见了，怎么办？姚乐心里懊恼得不得了，她就不该出去接陈冲的电话。她不停地在人海里寻找，连厕所都挨个找过了。

"阿珀呢？"陈临见面就问。

"我不知道，我也在找她。"姚乐神色焦急道，"我刚问过服务生，他们说，阿珀出来了。"姚乐没敢说，阿珀跟一个男人出来了，现在她还没找到人，急得如热锅上的蚂蚁团团转。

"我想，我找到她了。"陈临咬牙切齿地说，而他的目光看着姚乐身后，垂在身体两侧的手握成了拳。姚乐发现陈临似乎在努力克制心中的怒火，因为他的额头已经有青筋崩起了。

姚乐突然不敢转身了，因为她知道，身后肯定发生了什么，但是她无力阻止。

"阿珀！"陈冲大叫出声，姚乐终于转过身。她看到阿珀整个人像脱了水一样，软趴趴地挂在旁边的男人身上。而那个男人一只手放在阿珀的腰际，另一只手拿着白色的手绢，正细心地擦拭阿珀嘴角的秽物。

"陈楚。"姚乐失声，她怎么也不会想到会在这个地方碰到这个男人。

陈临的脸色黑得跟锅盖一样，他眼神冷冷地盯着阿珀，暴怒的眸子甚至带着点猩红。他当然不会忘记，这个男人的老婆口口声声骂阿珀是小三，在大庭广众之下暴打过阿珀，而这个男人，显然跟阿珀关系不一般。

"阿珀喝多了，先带回家再说。"陈冲在旁边推了一下陈临，暗示他上前接过阿珀。陈临黑着一张脸把阿珀从陈楚身上架了下来。手劲似乎很重，让还在昏睡中的阿珀哼了几声，睁开了眼。

陈临看着面前泛着迷糊的阿珀，心里说不出是什么滋味。他用力把她搂紧了些，刚想走，阿珀突然双手环在了他的腰际，脸往他脖子里一靠，呼出来的热气让他有片刻的战栗，"阿楚，别离开我。"阿珀的声音很轻，却传到了在场几个人的耳朵里。

姚乐惊恐地看着陈临的身子一下僵硬了，搂着阿珀的手用力地收紧。猛然间，陈临把挂在身上的阿珀一推，丢进了姚乐的怀里。姚乐差点被推过来的阿珀压倒，好在身后的陈冲托着她，才勉强把面前的阿珀扶住。

"我还有事，先走了。"陈临直接转身，随手拦了辆车，上车后关上车门就走。

姚乐看着远去的车影顿感无力。

"阿珀喝醉了，我们先走了，回头见。"姚乐客套一声，转身和陈冲一起扶着阿珀走向停在一边的车。

陈冲发动车子，姚乐无意中转头，看到陈楚还是站在原地，嘴角带着笑意地注视着他们。

姚乐突然间觉得，陈楚今晚的暧昧举动好像是故意的，他跟老婆之间的感情不顺，非得要拉着阿珀这个炮灰，才算输得光彩吗？

好不容易把阿珀弄上床，看着躺在床上呼呼大睡的人，姚乐表示无奈。如果阿珀醒来回想起今天晚上的一切，会怎么样？是懊悔，还是开心？老实说，姚乐在这一刻居然猜不到了。

"小乐。"姚乐回到自己房间，陈冲正靠在窗台上抽烟。

"恩。"姚乐随意地应了声，掀开被子准备睡觉。她现在很混乱，陈楚的出现似乎触动了她心里的某根弦。她似乎又在陈临离去时的背影上看到了梁言的影子。

人真的很奇怪，明明只是一些回忆，但是当你再度想起的时候就会发现，原来回忆中的一切都没有淡化。

"小乐。"身后传来淡淡的烟草味。

陈冲熄了灯，躺上床，从背后把姚乐圈了起来。他的脸埋在她的后颈，姚乐感到轻微的瘙痒，他的胡茬儿磨在皮肤上，一阵阵刺痛。

"小乐，我们要好好的，我们不要像他们那样，好吗？"这一刻，姚乐觉得陈冲似乎是脆弱的。他那么禁不起摧残，姚乐的心柔软了，转过身抱住了他。陈冲愣了一下，黑暗中，他的眼睛闪闪发亮。

陈冲软软的嘴唇压到了姚乐嘴上，黑暗中，他身形一翻，压到了她身上，片刻后，轻微的喘息声响起……

姚乐打算不去计较陈冲背着她相亲的事，因为有些事一旦追究起来，便会发现真相是那么伤人，还不如装傻，抓住自己所能拥有的幸福。

第十一章　爱你明媚如初

"小乐，我一会儿把东西搬去公司宿舍，你就别送我了。"阿珀醒来，却像个没事人一样，看她的样子，似乎对昨天的事一点印象都没有。姚乐想问，却不知道该怎么开口。她还没打算好要不要问，阿珀就要搬走，姚乐知道，她是铁了心要跟陈临分手了。可是姚乐真的想不明白，明明就是情侣之间闹情绪的小事，为什么非得要分手，闹到你死我活这样的地步。

"阿珀，我们不是说好一起做幸福的新娘吗？"阿珀没有哭，姚乐却眼泪直流，"你们为什么一定要闹成这样？"

"小乐，这就是命。"阿珀的话刚说完，陈临便推门进来了。他满身酒气不说，怀里还抱了一个花枝招展的女人。看到阿珀，陈临竟然厚颜无耻道："你怎么还厚脸皮不走，是不是还要给老子白睡啊？"

阿珀斜睨了眼，骂了句"疯子"，并不打算搭理他，眼睛却被气得不争气地红了，眼泪也跟着打转。

姚乐拉拉阿珀的衣服，安慰道："他就是一个疯子，我们不理他。"

"老子告诉你，现在你就是送给老子，老子也不要你。就一个烂货，还是做小三儿的烂货。"陈临在那儿不依不饶地挑战阿珀忍耐的极限。

"我是烂货，我是做小三儿的烂货，你陈大少爷不曾经也把我当宝吗？"阿珀气急败坏道，"我就喜欢你这一副看不惯我，又干不掉我的样子。"

陈临被阿珀气得够呛，猛地俯身抱住怀里的女人就开始接吻，表演限制级的画面。

"要亲热就给我回房慢慢亲热去。"姚乐看着脸色挂不住的阿珀，对着陈临大吼了起来，"你要不要脸？"

"这是老子的家，老子爱在哪儿就在哪儿，别以为你跟了我哥就真当起家来了，你们就是一路货色。"陈临指着阿珀，却连同姚乐一起骂起来，"我妈妈不喜欢你们，看来真是有道理的，没素质，配不上我们兄弟俩，只够我们玩玩。"

"陈临，我见过不要脸的，但是从来没有见过你这样不要脸的。"阿珀咬牙切齿道，"你喜欢表演是吧？我帮你拍下来，放网上让人看个够。"阿珀说着跑进房间拿出陈临送的情人节礼物，一台索尼高清的DV，对着陈临挑衅道，"怎么，没种了，硬不起来了吗？"

"你以为我不敢？"陈临用力一把撕开那个女人的衣服，"她们爱看，我们就做给她们看。"

姚乐根本没办法阻止这样的事情发生，因为实在快得让人无法反应过来。看着陈临越来越投入的表演，以及阿珀越来越颤抖的双手，姚乐上前扇了陈临一巴掌，"你闹够了没？"

"滚。"陈临满身怒火，用尽力气一把推开姚乐。姚乐撞到了茶几上，她哼了一声，捂着肚子开始发抖，剧烈的疼痛让她的脸色瞬间苍白。不一会儿她就感觉，有液体顺着牛仔裤流下，低头一看，血……姚乐看着就直犯晕，耳边恍惚听到阿珀急切地叫着"小乐，小乐……"姚乐支持不住，疲惫地闭上了眼睛。

姚乐从昏迷中醒过来时,看到四周都是白色的。她望了望手上挂着点滴,茫然地问:"我怎么了?"

阿珀看着姚乐,欲言又止,在姚乐追问的目光中,阿珀把头别到一边,痛苦地告诉她实情,"小乐,你有两个月身孕了,不过现在孩子没了。"

姚乐并不知道自己怀孕了,过年回来以后,姚乐总以为是吃胖了,腰里长肉了,细想一下,好像大姨妈两个月没来报到了。孩子她本来就没打算生,流了也算好事,免得去人流了。可是阿珀的表情,似乎还有什么事情瞒着她。

"阿珀,你还有什么事瞒着我吗?"

"小乐,你醒了,什么都别问了好不好,我好怕,好怕你出事。"陈冲一把抱住姚乐,让她有种喘不过气的感觉,"我们好好的,好好地在一起好不好?"

姚乐敏感地感觉到他们有所隐瞒,肯定和她有关系,但是姚乐现在肯定是问不出来的,那么就等他们放下防备再说吧。

在医院休养了好些天,阿珀一直都陪着姚乐,但是始终什么都不肯说……也不给姚乐和医生单独相处的时间,姚乐心头阴霾更深了。

"阿珀,你跟陈临还能和好吗?"出院以后,陈临刻意住回了爸妈家,所以阿珀还是陪着姚乐接着住。

"真完了,一点儿机会也没有了。"阿珀说得毫无留恋,"两个相爱的人,眼里容不下任何沙子,我和陈临,已经不是沙子的问题了,而是,横跨着一座山。我永远都不会忘记,那天晚上,他那样禽兽的行为,我也永远不会原谅他伤害我最好的朋友。小乐,真的对不起。"

"他是做得过火了些,但是也正代表他在乎你。如果不是真的喜欢你，他也犯不着这样了。如果你也爱着他，你们只要相互退一步，就海阔天空了。"姚乐劝道。

"小乐，你不要劝我了，我真的想得很清楚了。"阿珀抱着姚乐，"以前我认为爱情就是一场救赎，是可以帮助彼此战胜孤独、忧伤与颓废的保障。可是现在，我不这么认为了，我们忘记了爱情更深层的含义。因为我们心灵的脆弱，孤单的无法排遣，精神的相对匮乏，所以我们选择了颓废的生活，我们这样活着，真的没意义。"

姚乐茫然地望着突然间成熟起来的阿珀，追问道："你到底有什么事情不能和我说呢？你告诉我，是不是和我有关？"

阿珀看着姚乐，张张口，又犹豫地闭上了嘴，换了话题，"小乐，我觉得，这辈子我最对不起的就是我爸妈，回家看到他们我心里特别酸。在学校的时候，我们渴望社会，渴望舞台，渴望自己能做主角。其实，生活不是这样的。我们都很平凡，我们只是努力创造不平凡的生活，我们远离了父母，远离了家庭，以为自己长大了，可是并没有。我现在看着我爸双鬓越来越多的白发，还有我妈脸上越来越多的皱纹，我特别难过。我现在真想回到他们身边，我都让他们操了这么多年的心了，可是，我什么都没能为他们做。以后我就想多陪陪他们，珍惜以前从来没过明白的生活。"

"阿珀，其实我也觉得，做父母的真的很不容易，养了我们大半辈子，我们却不争气地总让他们操心。怕我们学坏，怕我们成绩不好，怕我们没好工作，怕我们没好对象，怕我们不会照顾家，怕很多很多东西……可是我们该学的知识没有学好，不该学的颓废和堕落却全会了。"姚乐反复问自己，是谁造成这一切的，是她自己。对啊，除了自己还有谁能将自己改变呢？每天化妆，想着怎么让自己更加美丽。每天太阳东升西落，似乎就没有别的什么奢求与渴望了……每天想着怎么玩，怎么去让生命更加精彩，怎么去挥霍青春的尾巴，似乎不去张扬地生活，青春就不曾来过一样。

"父母养了我大半辈子，现在是不是该换我来养他们了？"阿珀有些喃喃自语，"我把自己锻炼得太过娇气，总是抱怨任何我觉得不舒服的事，但是从来没有正视过自己，我到底是个什么样的人？我只会眨着自以为天真的眼，对别人说我活得很累，其实我累什么了？我的天空，总有父母的保护伞，我没资格说累。我只会在受到挫折时不停地抱怨，不停地把自己变得忧郁。其实是我自己的娇纵心理在作祟。我不想离开熟悉的人群，不想一个人单独生活，怕接触新的事物，怕接触新的人，我就想做鸵鸟，一辈子这样畏缩着。小乐，我现在真的很想回家，在那个小地方，至少有疼我爱我的父母。"阿珀说着说着就号啕大哭了起来，"他们不会嫌弃我，他们只会永远包容我、爱我。"

"对，回家也好，多陪陪父母。"姚乐安慰着阿珀，随即试探地问她，"阿珀，我知道，你肯定有事情瞒着我，我真的很想知道，即使你现在不说，我将来还是一样要知道的。告诉我，除了没了那孩子，我到底怎么了？别让我胡思乱想好不好？"姚乐心里其实已经有些猜测，只是不敢确认。

阿珀转过头，神色痛苦地说："你可能以后都生不了孩子了。"

姚乐就这样傻愣地看着阿珀，有那么几分钟脑袋一片空白。她可能永远做不了母亲，要是被姚妈妈知道这件事，非气得吐血身亡不可。

"小乐，你别吓我，难过就哭出来吧。"阿珀看着沉默的姚乐，有些害怕，她知道这个消息给姚乐的打击有多大。

"没什么,以后就不用担心要一个人去拿掉孩子了,多好。"姚乐强颜欢笑,突然抱着阿珀大哭起来,"阿珀,我也想回家了。"姚乐突然好想家,在这个空荡的世界里,她只有不停地爬出泥潭,才能找到出路。可是她的出路在哪儿,她总是一次次感到无助,一次次感到迷茫,原来在她忽视的地方。

原来,人可以变得那么快。从前,是她吝啬去爱,现在呢?是别人吝啬来爱她吧……她已经失去了所有,甚至以后她都没办法拥有完整的家了,因为她丧失了一个做母亲的权利。

"我明天就回家了,你送我吧。"阿珀吸吸鼻子,她这辈子都会觉得,是她的爱伤到了姚乐,她没有办法假装没事人,她必须离开陈临。

姚乐送阿珀回到了她从小长大的小镇,她特别伤感,阿珀拍着她的肩膀安慰她,"我们都糊涂了那么久,现在能醒悟也是不错的!回家好啊,以后有事没事常联系。也许我会一辈子留在这边,做个碌碌无为的村妇,也许过段时间,等我心情好了,我还是会回Z市,继续我们的梦想,但是现在我就想留在我爸妈身边。"

姚乐不知道,她该怎么去面对陈冲。该去恨陈临吗?窝在阿珀家,姚乐更多的时间是空想和矛盾。她参加网站比赛的征文成绩确实不错,真的在上架后达到编辑所预言的那样,月入万元。她一跃成了网站新贵,各种推荐、包装。阿珀夸姚乐是天生作家的命。

陈冲见姚乐在阿珀家玩了将近一个月还没回,每天打很多个电话,诉说着相思之苦。姚乐知道,她和陈冲凑合过的日子也许再也没办法平静了,她开始正视自己的感情,也开始坦然面对自己的心。

陈冲很好，是一个很适合结婚的对象，但是他真的不是姚乐心动的对象。如果说两个人结婚，能凑合着一起好好过日子也就罢了。可是有陈妈妈在，结婚这件事是遥遥无期的。还有姚乐失去了做母亲的权利，陈家根本就不会接纳她的。分开，或许是她保留骄傲的唯一方式。可是突然想到分手，姚乐心里还有几分不舍。毕竟这么久的相处，已经习惯了。

陈冲在一再催促却不见姚乐回来的情况下，担心至极，直接开车到X市区，准备打电话问阿珀详细地址。

"小乐现在不想见你，你别过来了。"阿珀婉拒，但是仍悄悄给了陈冲地址。

"小乐，你不要逃避了，你和陈冲，你们可以创造幸福的未来，你要把握住。"姚乐茫然地看着阿珀，听着她劝说自己，"因为陈冲真的很爱你。有这样一个爱你的男人，并且肯为你妥协，愿意卑微地守护着你，你能做的事情，就是好好地珍惜。"

姚乐精神恍惚地坐着陈冲的车回到Z市，脑子里都是阿珀哭着挥手的样子。其实阿珀何尝不是在逃避，因为她是毫无保留地爱着陈临的。虽然阿珀霸道，可是姚乐知道，阿珀在害怕，阿珀和她一样，都是没有安全感的人，她们都害怕被辜负，但是爱的时候都是狠狠地爱。可是阿珀和陈临真的回不去了，因为姚乐。因为他们的任性伤到了姚乐，姚乐丢失孩子，以后也不能生育的结果，让阿珀无法原谅陈临，但是阿珀没办法不去爱他，这个男人，阿珀曾为他拿掉过孩子。

回到陈冲家以后，姚乐患得患失，逐渐有了抑郁症倾向。

"阿珀，我不知道为什么，开始变得自卑，变得害怕，极度缺乏安全感。陈冲在我面前示爱，刻意哄我，我看见他就会有股莫名其妙的反感，直到把他的兴致破坏得一点儿都没了，失落地背对着我睡觉，我才开始觉得是不是做错了？我会不会这样把他给气走？然后我整夜都不能安稳地睡觉，睡一两个小时就醒过来摸摸陈冲还在不在，我害怕他突然就离开了。我知道这样的情绪不好，可是我真的越来越控制不住自己的情绪。"姚乐说着说着就哭了起来，她的情绪越来越糟糕，她不但有抑郁倾向，甚至有一点自虐，试过几次用小刀片划破自己的手臂，疼痛地看着鲜血流出来，她才能感觉到自己还活着。

陈冲洗完澡出来，一看见姚乐这样子，吓得头发都来不及擦，用力地抱着她，"小乐，你怎么了？"

"我该拿你怎么办？我该拿陈临怎么办？"姚乐喃喃自语，这些都是她的心结，都是她精神恍惚的源头，她真的不知道该怎么办。

"小乐，你还在生我弟弟的气？没关系，孩子没了，我们还能生嘛。"陈冲抱着姚乐像哄小孩子一样，不过他话一说完，姚乐抬手就给了他一巴掌，"还生什么，我这辈子都不能生了吧？"姚乐说完就开始疯狂地打陈冲，"我这辈子都不能做妈妈了，我再也不会有宝宝了。"

陈冲任由姚乐捶打，直到姚乐打累了，他才用力握着姚乐的手，"小乐，就算你不能生宝宝了，我也一样爱你，我们结婚好吗？"

自从和姚乐在一起生活后，陈冲的生活发生了天翻地覆的变化，他静静地点了一根烟，平静地想着半年来的点点滴滴。虽然因为姚乐和他前女友长得相似，他才刻意去认识并追求，可是每一次见到姚乐，陈冲的心就跟着她在跳。他猜到自己完了，或许从第一眼看到她起，他就知道自己完了，因为姚乐和他前女友是完全不同的女孩子，他要彻底栽在姚乐手里。

陈妈妈不喜欢姚乐，陈冲努力为姚乐争取。姚乐发生意外，他甚至放弃子嗣也愿意娶她、照顾她。陈冲真的觉得他能给姚乐的已经尽力给了，可是她还是那么悲伤，他也不知道该怎么办了。

"我不会跟你结婚的。"姚乐第一次这么认真地看着陈冲，"我们到此为止吧。"她现在的状况跟陈冲再走下去，只会走上相爱相杀的道路，姚乐不想阿珀身上的悲剧在自己身上重演。

"姚乐，你再说一次？"陈冲不可置信地盯着她。

"我说，我们分手。"姚乐平静地看着陈冲，"好聚好散。"

"你开什么玩笑？"陈冲压根儿没把姚乐的分手当回事，"你别胡思乱想了，我有事先出去一下，结婚的事回头我跟你爸妈去商量。"

姚乐目送着陈冲出门，她开始麻利地收拾自己的行李。她不会告诉陈冲，她所有负面的情绪来自那晚，她接到了一个叫"静芬"的女人打来的电话。她说，离开陈冲的时候怀着孩子，现在求陈冲救救他的孩子。

姚乐也是从那一天开始，逐渐患得患失，走向抑郁这条不归路的。

陈冲回来正好撞上拉着行李箱准备不辞而别的姚乐，他顿时像个发怒的野兽一般，将姚乐扑倒在地，悲伤地质问她："姚乐，你到底对我有什么不满意，你给我说啊！"

"我对自己不满意。"姚乐挣扎着推开陈冲，"我配不上你，求求你，放过我吧。"

"不，我不让你走。"陈冲说着猛地吻住了姚乐，"不许离开我。"情绪失控地在她身上胡乱抓着，将她的衣服撕碎，不顾姚乐的抗拒，强行粗暴地占有了她。

只有在合体的时候，陈冲那颗不安的心才能稍稍安定下来，才能感觉到姚乐的存在。他真的无法接受，这个女人能如此轻描淡写地离开他。

激情过后，姚乐看着身上红肿的伤痕，眼神绝望又无助。她扫了一眼旁边喘息的陈冲，泪就这么滑了下来。姚乐什么都没有说，只是一件一件地捡起被撕裂的衣服，那衣服就像她的心一样。姚乐深深地轻叹了口气，却什么都没有说。

"真有那么委屈吗？我们又不是第一次做。"陈冲看着姚乐无声控诉的双眼，被气得口不择言，其实他心里想说的是"对不起"。

"陈冲，我们之间完了。"姚乐一字一顿地说完，麻利地拿了几件衣服套在身上便准备离开。

陈冲一把拉住她，"你是不是真的从来就没爱过我？"

"是！"姚乐含着泪点头，"就像你只把我当作你前女友的替身一样。"姚乐刚说完就被挨了一巴掌，陈冲不敢相信，他竟然挥手打了姚乐。他茫然地看着自己的手，却没有什么解释。他以为自己把姚乐的心焐热了，却没有想到，只是他的一厢情愿罢了。

"再见。"姚乐捂着发烫的脸颊丢下这句话，就背过身开始收拾她落下的东西。

陈冲沉默地看着姚乐收拾东西，心感觉特别痛。他上前一把抱住姚乐，哀求道："小乐，不要走，不要走，我从来都没把你当过谁的替身，你在我心里是独一无二的。"

"我们完了，还有就是，我真的从没喜欢过你。"姚乐知道这句话的杀伤力，陈冲大受刺激地放了手，姚乐感到她的眼泪在不争气地流着，但是仍倔强地别过头，拉开了房门。

"姚乐，要是今天你真出了这个门，我们就真的完了！"陈冲做了最大的让步，他甚至可以不介意姚乐不爱他，只要他爱姚乐就可以了。总有一天他的爱能把姚乐的心焐热，现在他只是希望姚乐能留下,他希望她只是闹闹脾气而已。

"再见。"姚乐头也不回地提着行李离开了陈冲的视线。

回家的一路上,姚乐一直在哭,她也不知道,为什么会这么舍不得?她给陈冲留的最后一句话便是告诉他,静芬找他了,还带着他们的孩子来求救。

姚乐没机会给陈冲生孩子,也没有机会做母亲,但是静芬的孩子是陈冲的。姚乐不知道陈冲会做出什么样的选择,但是这一刻她帮陈冲做了选择。

后面的事,姚乐已经不想再掺和。走到这一步,她跟陈冲之间的缘分就尽了,再无前进的可能。

遗忘,是留给彼此最好的念想。

姚乐将自己写书的事告诉了爸妈,并且晒出了月入过万的稿费单。姚妈妈虽然觉得不可思议,但是打心眼里为姚乐高兴。姚爸爸也是一脸自豪和骄傲。趁着爸爸妈妈心情好,姚乐提出世界那么大,她想出去看看。

鉴于创作需要灵感,姚爸爸和姚妈妈大度地同意了姚乐出门旅游的想法。

姚乐带上简单的行李便出门了,好消息接踵而来,她第一部小说——《时光未老:终于等到你》虽然网上没赚到多少钱,但是网站编辑真的给她找到出版社出版了。阿珀第一个知道消息,便来给姚乐道喜,直嚷嚷着要姚乐请客。

姚乐淡淡地说:"请客没问题,但是等我旅游回去吧。"

阿珀这才问姚乐都去哪里玩了,玩多久了,准备什么时候回家。当然避免不了的话题是,姚乐跟陈冲到底怎么样了。

姚乐只是用很平静的语气告诉她,她跟陈冲理智地分手了。姚乐刚说完就惊得阿珀手机掉到了地上,好一会儿才恢复了平静,"小乐,你可别冲动。"

放弃陈冲这样的钻石王老五对很多人来说,都是一件不可思议的事,但是姚乐真的放弃了。因为她无法勉强自己去爱他,她可以嫁给陈冲,愿意给他生孩子,一起过平静的日子,但那始终是贪恋温柔而无关情爱的。

"阿珀,你和陈临分手,有没有冲动呢?如果说有,那我也有;如果说没有,那我就没有。"姚乐巧妙地把话题丢给阿珀。

"我们都是被爱伤过的人,同病相怜!但是到现在,我最想说的就是,我不后悔我爱过,只可惜不能爱到最后。但是人生就是这样,曾经拥有就好了嘛。"

挂了电话,姚乐看看手机,有很多个未接电话,都是陈冲的,他还发了好几个信息。姚乐看都没看,直接关机,拔出 SIM 卡,还和上次一样丢入厕所。只是这次,没有一个男人会重新买卡给她了,姚乐的世界突然变得安静。

梁言给姚乐在微信上留了一句话:我跟沈静已分手,等待你回到我的身边。

姚乐看着这条消息,忍不住笑了起来。梁言,你始终是一个单纯的孩子,如果能回到当初,我真的想爱你,明媚如初,可是现在,我已经失去了爱你的资格。

姚乐的人生注定无法完整,所以她选择一个人坚强地生活。梦里有时会看到青涩的梁言,但是她始终都是远远地观望着……

那一份最初的爱,在内心深处掩埋,虽然明媚如初,却找不到痕迹。

后　记

　　姚乐写着游记，写着散文，写着不同话题的见闻，但是唯独对于感情，她始终保持沉默。或许时间很伟大，可以慢慢磨平人们心中的爱恨，也可以让人遗忘很多东西，比如至爱的容颜。

　　姚乐从来都不肯带着累赘上路，每离开一个地方，基本不会留下痕迹。姚乐怕留恋了，她就会回头；回头了，她的梦会离得越来越遥远。

　　选择了一个人的旅途，除了不能停，还有就是要习惯漂泊。姚乐是个不甘寂寞的人，可她在慢慢体验着矛盾地成长。摇曳在风中的是流浪，姚乐并不知道，她下个地方会去哪里。

　　每隔一段时间姚乐就给家里打个电话，给阿珀打个电话，但是谁都不去提某些人、某些事。每到一个地方姚乐就寄张明信片给阿珀，让阿珀分享她在异地的心情……

　　不要徘徊沉寂的生活，不要留恋破碎的回忆，流星划过天空，抬头可能会有一秒地凝望，但最终流星还是一闪而逝，我们抓不住一丝痕迹。

　　生活不能有一丝一毫的强求，掺不得一分一厘作假，永无止境地奢望着永恒，奢望有太多付不出的昂贵，奢望有太多担不起的责任。风，吹过了，不会留下任何痕迹；人，走过了，不会不留下脚步。曾经的信誓旦旦，而今的荒诞不经，一步一个脚印，一段故事，一场回忆，一场梦。人生真真假假，假假真真，戏如人生，人生却不如戏！

  我们说我们想长大，于是我们真的长大了。然后街道变得拥挤，狭长而又深远，我们的世界大了，眼界开始变宽了，心却小了。有天，我们发现我们有了面具，紧紧地覆在我们的脸颊。我的眼神开始空洞，似曾相识，却忘记在哪儿见过了。空气间藏匿了一道禁锢，我们无心打破，也无力打破！

  我们开始寂寞，就像绚丽的烟花，开散在半空，来不及消失，但早已无人问津，只留下浓重的硝烟味。于是，很多人开始在虚幻的世界寻找寄托，累了、倦了，也就放弃了。

  小时候，有种游戏叫捉迷藏，我们躲在一个不被人找到的地方，为此我们沾沾自喜。长大了，有种游戏叫掩藏，我们把心埋藏起来不让人窥视，为此我们心力交瘁。

  曾经的很多，快乐、不快乐，都被我们给遗忘了，至爱的容颜也慢慢地老去了……

  心，疲惫不堪，或许有些事情、有些心境都已化为灰烬……

  等待着，我们慢慢地死去……活着只为了证明，我们曾经拥有过。